Level maker《レベルメーカー》

Ss侍
Illustrator
.suke

レベル上げで充実、異世界生活

Levelmaker
Fulfilling The Life of Another Universe
By Raising Levels.

TOブックス

CONTENTS

プロローグ……3

[一部]ステータスと魔物……16

[二部]ダンジョンとレベル上げ……48

[三部]ピピー村と冒険者……88

[四部]メフィラド城下町……163

[五部]冒険者のおしごと……204

[六部]武闘大会……248

[七部]お城と友達……278

エピローグ……331

番外編　傷跡……341

あとがき……350

Levelmaker
Fulfilling The Life of Another Universe By Raising Levels.

イラスト：.suke
デザイン：TOブックスデザイン室

プロローグ

修学旅行が終わり、もう四日も過ぎた。

今日は土日の休み明けであり、俺はスキップしながら学校へ向かっている。でもそれは別に学校が楽しみだからというわけではないんだ。

俺が昔から大好きなゲームシリーズ、『ドラグナーストーリー』のその最新作が、今日、二年ぶりに発売されるからなんだ。派生作品をのぞいたら四作品目。新作発表が出されてから半年間も待った。

ドラグナーストーリーはＲＰＧの王道中の王道！　全世界でおよそ八年間愛されており俺みたいな熱狂的なファンも多い。特に期待すべきところは一作ごとにストーリーの深みやゲーム自体のクオリティが数段上がって行くところ。前作のドラグナーストーリー３ですら時代の最先端を行く出来だったのに、今回はどうなっちゃうのか……楽しみで仕方ないよ。

ちなみに俺はシューティングゲームとか、格闘ゲームとか、何種類とあるゲームの中でＲＰＧが一番好き。というかそれしかできない。複数人で遊ぶとかなら別だけど、一人で遊ぶならそれしかやる気もない。

そしてＲＰＧは一作を何周も、何十周も、家族や友達から呆れられてしまうほど繰り返し遊んでしまう。そんな中でも地道なレベル上げっていうのが特に好きで、レベルをひたすらに上げまくってラスボスに挑むっていうのが一番良い楽しみ方だと思っている。二周目なら物語の序盤の最初の草むらでレベルをカンストさせるなんてこともザラ。

よく正気なのかと訊かれることがあるけれど、俺は生まれつき忍耐力だけはあるから、ゲームで延々と同じことをする程度のことは朝飯前なのだ！　いや、流石にものすごく時間がかかる行為だから、正確に言えば朝ごはんの前に済ませられることではないんだけど。

それにしても……こうやって天にも昇るような心地で登校している傍《かたわ》らで、どうにも何かを忘れている気がしてならない。学校指定のカバンは持ったし、教科書や筆記具、必要なプリントだって忘れていないはず。いつも一緒に登校している幼馴染だってちゃんと隣に……いない。

ポケットに入れておいたスマートフォンが震える。

【ちょっと、置いていかないでよ】

震えはその幼馴染からの連絡によるものだった。送られてきた文章には、顔文字も絵文字も、ビックリマークもなにも付いていない。どうやら置いていってしまったことに対して相当お怒りのご様子。

ドラグナーストーリーの発売が楽しみ過ぎて、長い付き合いの美花《みか》を置いてきてしまうのはちょっと浮かれ過ぎだったかもしれない。深く反省しなきゃ。

美花とは本当に長い長い付き合い。家が真隣のためこの街に引っ越してきた二歳の頃から面識がある。幼稚園も小学校も中学校も一緒。中高大一貫校だから高校生になっても一緒だったし、おそらくこのままいけば大学も一緒だ。

さらにさらに母親同士が同級生で、父親同士も同級生、弟と妹までもが俺と美花みたいな関係……と、ここまでくると腐れ縁としか言いようがないかな。

そんな昔からの幼馴染だというと付き合ってるんじゃないか、なんてよく言われる。でもお互いお付き合いはしていない。美花は幼馴染の俺が言うのもなんか恥ずかしいけれど、とんでもなく可愛くて優しくて天使みたいなんだ。付き合えるもんなら付き合いたいけど、今の仲が壊れるのがすっごく怖くてなかなか踏み込むに至らない。あと当然のように超モテる。ちなみに俺も……や、俺の場合はモテてるといっていいのかは深い疑問かな。

ともかく幼馴染で、現状は大親友で、心内では好きな人を普通は忘れるはずがない。やっぱり今の俺は冷静ではないみたいだ。

今回みたいな場合は大抵、罰として美花から何かをやらされる。例えばコーヒー奢《おご》らされたり。お金使うの嫌いだから勘弁してほしいんだけど。そういえば次に美花から連絡が来る前に返信しなきゃ、飲み物以上に高いものを買わされたり、もっと凄いことやらされたりするんだ。そのすごいことというのは俺のことをいじくりまわすというか、なんというか……ともかくさっさと返信しなければエライ目にあう。

【ごめん、この埋め合わせはいつかする！】

すぐに返信が返ってきた。

【そう？　じゃあ今週末にお買い物でも付き合ってもらおうかな。女性もののお洋服屋さんに、一

緒にね】

【……もちろん、美花の服を買うんだよね？】

【違うよ。あ、ちなみに支払いも】

【どうかそれ以外で！】

まずい、これは今までで一番重いといっても過言じゃないぞ。やっぱり相当怒ってるんだろうなぁ……。でも悪いのは完全に俺だし、仕方ないといえば仕方ないのかな。

もう学校も目と鼻の先だ。これから戻って美花を迎えに行くわけにもいかないだろうし、ひたすら謝るしかない。

またすぐ連絡が来るかもしれないので、ポケットにスマホを電源つけっぱなしで仕舞おうとした。だけどその瞬間、背中に悪寒が走る。

妙に嫌な予感がして上を見た。

ここは煉瓦《れんが》造り風のボロアパートの真下。

俺との間にあと何メートルなのだろうか、迫ってきている茶色い物体。植木鉢か、花瓶か、レンガの破片か。

誰かがベランダから落としてしまったんだろう、それが俺にめがけてゆっくりと落ちて来るように見える。

そう、俺に狙いを定めたように。

流石に回避しなければ頭に当たるだろう。

でも、なぜか身体は金縛りにあったように動かない。

体が言うことを全く聞いてくれない。

なんで言うこと聞いてくれないだろう？

色んな考えがよぎるけど、鈍い痛みとともに目の前が真っ暗になり、頭はなにも考えられなくなった。


――――――――


周りがぼやけて見える。頭をぶつけたことだけは確かだから、ここは学校の保健室か病院かもしれない。

……いや、明らかにベッドの上と感触が違う。草の上みたいだ。だんだんと視界も晴れてきたので周りを見渡してみた。

「っ……⁉」

声にならない叫びとはこのことなのかもしれない。声を出したいのに気持ちがいっぱいで出ないんだ。

ここはどこなのか、なぜかここにいるのか。

目が覚めたら俺は、見知らぬ森の中に居た。

夢の中なのかもしれない。

だって、どれだけ見渡しても木、草、木、草。あからさまな森の中。

うーん……通りすがりの人に助けられて、病院や保健室っていうのが普通なんだろうけどなぁ。

あと馬鹿みたいに身体が楽だ。頭を打ったりしたらこんな調子よくないはず。仮にあの落下物の当たりどころが良かったとしても、たんこぶの一つや二つできていてもおかしくないはずなんだけど。

ああ、そうか、あるいは当たりどころが悪くて、ここはあの世ってやつで……この森の中を通り抜けると三途の川があるとかなのかしらん。

なんにせよもう少し周りを散策したほうがいいので、ゆっくりと立ち上がってみた。足腰にも痛みなども感じられない。

「……ん？」

たしかにどこも痛みは感じなかったけれど、何かがおかしい。目線が普段よりかなり低い気がする。まるで身長が縮んでしまった感じだ。

俺は本当におかしくなってしまったんだろうか。……美花がもし居ればおかしいのは元からだと言われることは確実だ、なんて。

それはさておき、立ってはみたものの景色自体は特になにも変化はない。やっぱり森だ。あんまり深い森じゃないのか日光がちゃんと射している。

でもなんともいえない不思議な感じもしてくる。この不思議な感じを言うなれば、ゲームや本で見た女神様がいるような湖の周囲や、妖精のいる森みたいな。厳かではなく優しい雰囲気だ。

少し先の木に見たこともないような真ピンク色の鳥がとまっているのが見えた。無理やりピンク色にカラーリングされたウグイスというのが正解かもしれない。

いや、俺が見たことなかったのはそのピンク色の鳥だけじゃない。木陰からひょっこりと咲いているのは正三角形の花弁をつけた奇妙な白い花。森の木々のうち一部ではあるものの、葉っぱの形がハート型だったりするし、何かよくわかんない生き物が飛び跳ねる様子も一瞬だけ見えた。

これは流石に夢だよね、やっぱり。でも夢だとしたら感覚とかがリアルすぎる。そもそも普段は熟睡しちゃって夢なんてみないから、比較しようがない。美花ならしょっちゅうおかしな夢を見るからわかるんだろうけど。

あと、ここはあの世とも考えられるけど、その説も世間で言われているものと違いすぎて微妙だ。それに死んであの世にいるのだとしたら、やり残したことがたーっくさんありすぎて俺がそれを受け入れたくない。絶対に受け入れない。

いやだよ、ドラグナーストーリー4で遊んでないし、美花に告白だってしてない。それにまだまだまだ……思い残していることが山のようにあるんだ。もっと前向きに考えよう。

となるとちょっと突飛な話かもしれないけれど『別世界』だと考えちゃうのが一番かも。雰囲気もそう考えるとぴったりだ。さっきから普通とは違う変な植物や動物が見えてることも含め、そう呼ぶことで決めようかな。

そうなれば迷子にならないよう目印を定めて、周囲をもっとよく散策するしかない。

その目印となりそうなものを探そうとその場から一歩だけ動いてみた。その時、頭の上から何かがひらりと落ちてきて足の上に乗っかった。なんか靴が登校中に履いてたものと違う。それに肌が普段より白いし。それより気になるのはその落ちてきたものだ。それはすごく細いのに真っ赤なのがわかる糸状のものだった。

手に取ってみると、それが髪の毛であることがわかった。俺の頭の上から落ちてきたということは、この真っ赤な毛は俺のなんだろう。

念のため頭から髪の毛を一本だけちぎってみると、やっぱり真っ赤だった。頭を強く打ったのだから血で赤くなるのは当然かもしれない。でも頭は濡れていないし、ちぎった時には乾いてベタついてるということもなかった。それに血で染まったとしたなら色が綺麗すぎる。

そして、もう一つだけ気がついたことがある。毛を採取するために、手を伸ばした時に見えた俺の腕。その腕には小学生の頃に何針も縫《ぬ》った傷跡がなかった。

つまり、周りの景色だけじゃなくて俺自身もだいぶ変化しているということ。身長が縮んだ気がしたのは気のせいじゃなかったみたい。となるといよいよ別世界だという突飛な仮説が信憑性《しんぴょうせい》を帯びてきた。

頭を働かせてごちゃごちゃと考え始めてから一分は経とうとした頃、また上からハラリと一枚の薄っぺらいものが落ちてきた。文字の羅列が確認できたから手紙なのかもしれない。早速読み始めてみると、その手紙には長々と日本語で文章が書き連ねられていた。

《突然のことで驚いたことでしょう。残念ながら貴方は落下してきた花瓶に当たり、打ちどころが悪くて死んでしまいました。

貴方は私の頭に落ちてきた鳥のフンを取り除いてくれたり、周りの掃除をしてくれたり、お供え物までくれたことがあるでしょう。それにとても優しい子であることも知っています。

ですから私は日頃の感謝の念から、私の出来る範囲で貴方の魂を救い出し生かすことにしました。しかし肉体は滅びてしまったため、止むを得ず、地球ではない別の世界へと送る形となってしまいました。

貴方が今いる世界は、いわゆる異世界。

その名も、『アナズム』。

地球で思い残すこともたくさんあるでしょう。力が肉体まで及ばず、本当に申し訳ありません。

ですが、こうして魂は残り新たな肉体を得たのです。アナズムでの新たな人生を楽しみ、幸せになってください。

……では、このアナズムで暮らすための基本的な知識などを与えましょう。

貴方にはまず、アナズムの言語の知識を与えてあります。読み書き会話には困らないはずです。

次に最も重要なステータスの確認方法をお教えしましょう。

このアナズムの住人には貴方が大好きだったゲームのようにステータスがあります。【ステータスが見たい】と頭の中で強く念じると、ステータスやこのアナズムで暮らしていく上で役立つ情報が見えてきます。もっともそれはステータスの存在同様にアナズムの住人全員ができることなので、貴方一人の特別な能力などではありません。ステータスに関する会話もなされたりするでしょう。

次に年齢についてです。貴方は地球では十六歳でしたが、このアナズムでは十二歳になっています。なぜならアナズムの一年は十六ヶ月ですから、見た目や身長もそれに合わせられているのです。

基本的な情報はここまで。最後に忠告です。とても重要なのでよく読んでください。

この世界で再び死ぬと、今度は本当に死んだことになりあの世へと送られることになります。気をつけて行動して下さい。

私からは以上です。

幻転地蔵《げんてんじぞう》より》

………気になることはたくさんある。

とりあえず幻転地蔵って言ったら、うちのかなり近くにあった色々な曰《いわ》くがあるという噂のお地蔵様のことで、だ。たしかに一応お地蔵様だから汚れているのを見かけたら掃除とかしてたけど……。でもそれは最近の話じゃなくて割と小さい頃のことだと思う。ここ数年ひどく汚れることなんてなかったし。でもまあ、ちゃんと見てくれていたということは嬉しいかな。

そんなことより……どうやら俺は本当に死んじゃったみたいだ。そんな魂だけ送られてきたとか言われても、実際この場所は俺にとってはあの世も同然じゃないか。

お地蔵様からの手紙には異世界と書いてあったかな、魂を生かしてそんな場所に送るだなんて誰が予想できるの？

地球には帰れないのかな。こんなことになるなら、やっぱりさっさと修学旅行中に美花に告白しておくんだった。お母さんもお父さんも悲しんでいるはずだ。まあ、両親に関しては天才の弟がいるから精神面以外での心配はないけど。あと、もう一人の親友である翔《しょう》にもお別れをしっかりと言いたかった。

心残りは山ほどある、数え切れない。

でもこうなってしまったら仕方ない。とにかく今は生かしてくれたことだけでもお地蔵様に感謝しなきゃならないね。

この世界……アナズムって名前らしいけど、俺はここで頑張って生きていくことにする！　せっかく俺に与えられた第二の人生だから！

――――なんて、ポジティブに考えるのはやっぱり無理なんだよ。そんな簡単に受け入れられるはずがない。

目がぼやけてきてしまった。涙で視界が悪い。もう何もかもよくわかんないし、惨めな気分だ。

お母さん、お父さん、弟の叶《かなた》。親不孝で、バカな兄でごめんなさい。親孝行する前に死んじゃった。叶には何もかもを任せることになっちゃう。

ごめんね翔、柔道の大会を今年も見に行くって約束したのに叶えられないや。

そして、やっぱり美花に会いたい。告白したい。好きだって言いたい。ずっとずっと、そう言いたかったんだ。いつか言えるだなんて思ってたんだ。なのにそんな機会自体がなくなってしまった！

悔しい、悔しい悔しい、悔しいよ！

いやだ、こんなのいやだ！

なんで俺がこんな目に遭うんだろうか。なんであの時身体が動かなかったんだろうか。なんであの時、落ちてくるものに気がつかなかったんだろうか。なんで美花と一緒に登校しなかったんだろうか、危ない時に美花に気がついてもらえたかもしれないのに！

でもさ、どっちみち俺は普通に通学路を通ってただけなんだよ。なんでそんな頭の上に植木鉢なんか落ちてくるの？　そしてなんでそんなんで死んじゃうの？

生き返るなら普通に地球が良かったよ！　戻れるなら今すぐにでも戻りたいよ！　新しい肉体くれるなら、向こうの俺の身体だってなんとかできたはずだろ!?　誰か助けて。なんだよアナズムって！

なんなの、なんなの、なんなのさ……俺、まだ死にたくなかったんだ、死にたくなかったんだよ……。死ぬなんて思ってもいなかったんだ。いやだよ、戻してよ。

――――

泣いて泣いて泣き続けてどのくらい経ったんだろうか。体感にして三時間くらいかもしれない。体感だからホントはもっと短いかも。

こんな森のど真ん中に飛ばされて、何がいるかわからないから大声で泣くこともできなかった。

……こうなったら俺はここで生きて行くしかない。

新しい命を今度は無くさないように、なんとか生きていくしかないんだ。

一部　ステータスと魔物

さて、俺は生きて行くことに決めたわけだけどこれからどうしようかな。

今の年齢は十二歳だっけ。もともと運動する方ではないけれど、十六歳より身体が動かしにくいことは確かだ。やはりここはステータスというものを見てみるのが最善だと思う。

集中するために目を閉じて、頭の中で『ステータスを見たい』と考えてみた。するとすぐさま頭の中に何かが湧き上がる。なんとも言えない新しい感覚だった。脳内に直接プロジェクターで映像を映されているような……ともかく、これが俺のステータスなんだね。

〈ステータス〉
Ｎａｍｅ：アリム　Ｌｅｖｅｌ：１　ＥＸＰ：０
ＨＰ：10　ＭＰ：10　Ａ：５　Ｃ：５　Ｄ：５　Ｗ：５　Ｓ：５　ＳＴＰ：10
〈スキル〉
―ＳＫ１―
［Ｅ（Ｘ）火術《ひじゅつ》］Ｌｖ－　［Ｅ（Ｘ）水術《すいじゅつ》］Ｌｖ－

［Ｅ（Ｘ）風術《ふうじゅつ》］Ｌｖ－　［Ｅ（Ｘ）土術《どじゅつ》］Ｌｖ－
［Ｅ（Ｘ）念術《ねんじゅつ》］Ｌｖ－　［Ｅ（Ｘ）癒術《ゆじゅつ》］Ｌｖ－
［Ｅ（Ｘ）強化術］Ｌｖ－　［Ｅ（Ｘ）弱化術《じゃっかじゅつ》］Ｌｖ－
—ＳＫ２—
［剣技★］Ｌｖ－　［体技★］Ｌｖ－　［槍技《そうぎ》★］Ｌｖ－　［弓技《きゅうぎ》★］Ｌｖ－　ＳＫＰ：10
称号：－　印：－
－－－－－－

なるほどなるほど、お地蔵様が書いてくれていた通りたしかにゲームっぽい。それに名前がアリムになってるけれど、これは俺の一応今世の名前ということでいいのかな？　地球にいた時に使っていたゲームなどでのユーザーネームだ。

『アリム』がこれからの一生の名前かぁ。まあ気に入ってるから別にいいや。

そして名前の下は経験値だね。特に言われてなかったけど、この項目があるということは魔物もいるんだろう。なんだかちょっとワクワクしてきた。いや、かなりワクワクしてる。

表記に関してはＨＰとＭＰは安定で、Ａが攻撃、Ｄが防御、Ｓが素早さでしょう。でもＣとＷってなんだろう。ＳＴＰ、ＳＫＰっていうのも気になる。ステータスを見たいと思えば見えるように、説明を見たいと思えば見れたりしないかな。

【これはアリムのステータスです。特殊なスキルやアイテムなどがない限り他者に見られることは

ありません。】

おお、よかった。頭の中にウインドウみたいなのと文字が現れて、見たいところの説明文がちゃんと出てきてくれた。よし、こうなればとりあえず一通りステータスの説明を受けていこう。俺は説明書はしっかり読むタイプだからね。

【Ｎａｍｅは貴方の名前です。】

【ＥＸＰは今までに貴方が得た経験値です。】

【ＨＰは体力です。体力が０になると基本的に気絶します。体力減少による気絶状態の時にＨＰの一割以上のダメージを受けると死亡します。また、最大ＨＰの二割を超える攻撃を受けると即死します】

ほう、てことは基本的に体力０になっても仲間とかがそばにいたらなんとかなるのか。でもやっぱり超えちゃいけないラインはしっかりあるんだ。

【ＭＰはマジックポイントです。ＳＫ１か一部のＳＫ２発動時に消費します。ＭＰが０になるとステータスが一時的に大幅に下がります。一般的に魔力と呼ばれることもあります。】

んー、おいそれとマジックパワーは０にはできないね。逆にいえば０じゃなくても１ならばステータスが下がるなんてこともないのかな。使い方を考えれば問題はなさそうだ。

【Ａは攻撃力です。通常攻撃や、ＳＫ２の威力等に影響します。】

【Ｃは器用度です。ＳＫ２の技術系等の一部のものや、手先の器用さが問われる行動に影響します。武器の扱いなどがこのステータスにより差が出ることもあります。また、Ｃの高さで威力を計算す

るスキルもあります】

【Dは防御力です。防御力はありとあらゆる全ての耐性に対し、影響を与えます。】

【Wは魔法力です。SK1の魔法と分類されるものの威力に影響します。魔力とは別物です。】

【Sは素早さです。ありとあらゆる、速さが求められる行動に影響します。】

なんだ、やっぱり一般的なゲームのステータスじゃないか。

あと表示されているのでわからないのはSTPってやつなんだけれど。

【STPはステータスポイントです。自分のステータスに好きなように割り振ることができます。ただ割り振った後にポイントを元に戻すことは非常に困難です。STPは1ポイントで選択したステータスが1上昇します。HPとMPは1ポイントで2上昇します。】

【ステータスはこの世界の人間全員伸び方が均一で、1Lv上がるごとにHP、MP、STP、SKPが10上昇、その他が5上昇します。一定のレベルを過ぎるごとに1Lvに加算されるステータスが増えます。】

ステータスという単語について調べた結果も出てきてくれた。とりあえずレベルを上げれば全ステータス伸びるけど、STPっていうのを割り振ればそのステータスに人それぞれの個性が現れるってわけだね。

例えば攻撃と体力と防御だけに割り振って攻撃型、魔力と魔法力に割り振って魔法型とか？

となるとその次に個性を分けるのはスキルだろう。火術とか風術とか書いてあったし『土魔法《つちまほう》のエキスパートの魔法使い』なんてのもいるのかも。早速スキルの説明もどんどん見てみよう。

【スキルは使える技や特技を表します。ＳＫとはスキルの略です。スキルには二種類あり、ＳＫ１は魔法の類でＳＫ２は技術の類だと考えましょう。】

【ＳＫ１についての説明です。ＳＫ１はＭＰを消費し行動や発動をするいわゆる魔法です。ＳＫ１の威力はそのスキルの育成段階やステータスで上下します。】

【ＳＫ１にはランク表記が二つあります。】

【一つはＥ～ＳＳの七段階に分類されるものです。これが主な強さの表記です。基本的にはランクが高いほど強力になります。Ｅが最低でＳＳが最高です。】

【もう一方はステータス一覧には表示されませんが、各スキルを詳しく見た時に確認できる数字です。一～二十一の段階があり、この数値が三つ上ならばスキルのランクの七段階表記の方で一段階上ということになります。】

【Ｅ－１、Ｅ－２……ＳＳ－20、ＳＳ－21と表され、数値が高い方が同じランクでも強力なスキルとなっています。】


ステータスよりもかなり細かくスキルは分類されてるんだね。たしかにいろんなゲームでも奥深い要素になってたりするし。

【ＳＫ２は表記された武器の練度や職人的技術などが上がります。ＳＫ２にもランクはあり、★の数で表されます。最大で５で、多ければ多いほど強力なものになります。】

うん、スキルの種類についてはわかった。じゃあＳＫＰはなんだろうか。なんとなく予想はつくんだ、このスキルを育てるのに必要なものだってことくらいは。でもどう割り振るかだとかを知りたい。

【ＳＫＰはスキルの育成段階を上昇させます。全てのスキルは必ずしも１ポイント割り振るごとに段階が上昇するのではなく、一定のＳＫＰに振ると次の段階に進みます。】

【段階ごとにスキル内でできることが増えて行きます。詳しく調べた時に表記された数値に達するまで全て割り振ればそのスキルの技や魔法が全て使用できます。】

【ＳＫ１はスキルポイントを割り振ることでのみ段階が上がりますが、ＳＫ２は該当する肉体的鍛錬や修練を行うことでポイントを割り振らなくても段階が進みます。】

やっぱりそんな感じだったか。それにしてもＳＫ２、つまり剣の扱いとかは自己鍛錬すればするほどスキルポイントを節約して強化できるっていうのはとても便利かもしれない。でもこういうのって大抵時間をかけて鍛錬するよりスキルでチャチャっと上げちゃった方が早かったりする。レベルがいい感じに上がるまでは利用できるかな。

さて、だいたいわかったしそろそろ動き出そう。何かとりあえず倒せばいいんでしょ？　魔物と呼べる存在がいるかどうかもわからないけれど、動物を捕まえて食べればレベルが上がるかも知れない。地球でいえばイノシシとか、実際経験値がもらえそうなくらいには凶暴だし。

よし……じゃあ早速！

【続いてスキルの増やし方について説明します。よろしいですか？】

「えっ！」

動こうとしたら勝手にウインドウが表示された！　びっくりした。こういうこともあるのかな？

たしかにスキルの増やし方については何も知らない。自発的に教えてくれるらしいし、ちゃんと読もう。

【では説明します。スキルの増やし方は大まかに四種。〈特定の行動をする〉〈アイテムで得る〉〈スキルの派生、進化〉〈スキル合成〉です。】

【〈特定の行動をする〉とは、スキルが増えるような行動をしたりすることです。他者に教えてもらったり、本などでヒントを得て習得するのもこれに含みます。】

【〈アイテムで得る〉とは、アイテムで直接スキルを得ることです。】

【〈スキルの派生、進化〉とは、特定のスキルにＳＫＰを最大まで振ると派生スキルが増えたり、そのスキル自体が進化したりすることです。両方の場合もあります。】

【進化しても割り振ったＳＫＰと得た魔法はなくなりません。進化させる際には対価を払う場合があります。】

【派生は派生元に近い別のものが生まれてくるのでＳＫＰは０からスタートです。進化同様、派生元のスキルは残りますが、派生するには対価を支払う場合があります。】

【〈スキル合成〉とは名前の通りすでに入手しているスキル同士を合成することです。合成する際には必ず対価を払います。】

【素材とするスキル数に制限はなく、スキルを合成する順番で完成するものも違うことがあります。】

【同じ順番で同じ素材スキルを合成すれば該当されるスキルができます。】

【素材にしたＳＫ１スキルは消えてしまいます。ＳＫ２と（Ｘ）のマークがついたＳＫ１は合成しても消えません。また、素材にするＳＫ１はそれぞれＳＫＰが三割以上割り振られなければいけません。】

【ＳＫＰが三割を超えてる場合は完成したスキルにあまりのＳＫＰスキルが割り振られます。】

【ＳＫ２は合成してもスキルもＳＫＰも基本は消えませんが、その該当スキルの上位互換が完成するのであれば消えます。】

かなり長々と説明してくれた。

合成などに関しては聞いておいてよかった。確かにこれは説明を読み忘れたらダメなやつだ。ステータスの割り振りとスキル合成を制することでこのアナズムでどれだけ生き残れるかが決まるんだろう。やっぱりレベル上げのやり甲斐があってとても嬉しく思う。

スキルの説明を閉じると、また勝手にウインドウが現れてメッセージが来た。なんだか今までとは現れ方が違った。

【説明をだいたい読んでくれたのですね。良かった。私はあなたにもう一つ謝らなければならないことがあります。それは特別なスキルや称号を与えることができなかったことです。そうすればより楽に生きていけるのですが……もうしわけありません。しかし、めげずにどうか新しい人生で幸せをつかんでください。もし何か疑問に思うことがあれば、私のことを呼び出してくださいね。それでは。　幻転地蔵より。】

勝手に送ってきた頃からなんとなくお地蔵さんじゃないかとは思ってたけれど、本当にそうだったんだね。文面的にもしかしたら俺を完全に助けられなかったことに対して負い目を感じていたりするのかもしれない。

泣き喚いて冷静になった今だから言えるけど、命だけでも救ってもらったことに感謝しなきゃいけないんだ。なんか特典的な何かも本当ならあったのかな？　でも感謝してるしそこまで要求はしない。むしろ、レベル上げが今から楽しみなくらいだ。最初から悲観的になってちゃやっていけないよ。

せっかく俺に向いてる世界なんだしできることなら前向きに生きて行かなきゃね。

ガサガサガサ、ガサッ。

一人意気込んだところで、草が群生しているところからなにか大きな物音がした。全身がピクリと反応し、咄嗟に警戒してしまう。

意気込んだとはいえ右も左もわからないのは変わらないし、正体不明のものは怖い。もし魔物かモンスター、そうじゃなくても猛獣だったりしたら、画面越しの勇者じゃなくて実際に俺が戦わなくちゃいけないんだから。

草むらから顔を出したのは、一匹のウサギのようななにかだった。目が鋭く、毛は灰色と黒色の中間、前歯は鋭利に尖っていて普通の兎と比べるとかなり長く、そしてでかい。そしてそいつ自体も大人が体育座りをした時の大きさと同じくらいはある。

地球のウサギと比べると異形だし可愛さの欠片もない。魔物と呼ぶに相応しいんじゃないだろうか。

その場から動かず、へんな刺激を与えないように様子を見ていると、兎みたいな奴は驚くべき跳躍力で自分の身体三つ分ほど飛び跳ね始めた。そしてその勢いで俺に向かって体当たりをしてくる。

喧嘩慣れしてない俺には回避することができず、お腹で受けてしまった。

「うぐっ……いったっ……！」

軽く吹っ飛ばされ、尻餅をついた。

痛みのせいで、さっきの泣いた時よりも声が出る。筋肉がモリモリな俺の親友の翔に鳩尾《みぞおち》を思いっきり殴られたくらいの衝撃。あいつは絶対俺にそんなことしないけど、でもやられたらこのくらいは痛いはず。もうちょっと当たる場所が上だったら吐いてたかもしれない。

ウサギは容赦なくまた飛び跳ね始め、次の攻撃の準備をしている。追撃は怖いので警戒を緩めずにゆっくりと立ち上がった。同時にステータスも確認すると、体力が2だけ減っていた。

数値的には大したことはないけれど、今の俺にとって2という体力は五分の一相当。つまりあと四回同じのをくらったら気絶して、さらに一回受ければ死んじゃうということだ。

じゃあ逃げる？　いや、逃げても多分意味がない。新しい敵に見つかって同じことになるのがオチ。もっと強いやつがいる可能性だってある。とすればこいつとここで戦って経験値を少しでも得るというのが一番だろう。……戦うしかないんだ。ゲームの中のキャラクター達はこんなに大変なことをしていたんだね。

ウサギは俺に向かって再び直線的に体当たりをしようとしてきた。今度はなんとか躱《かわ》すことができ、ウサギは俺の後ろに立っていた木に激突した。

「プギィイイィ」

顔面から突撃したのだからさぞ痛いだろう。ウサギはひっくり返って悶《もだ》えている。これは間違いなくチャンスだ。

俺はウサギに向かってかけて行き、そのままお尻をサッカーボールと同じように蹴り飛ばした。するとウサギは悶えるのをやめ、こちらを振り向く。目が赤色に変色していた。

「ブゥ……」

これはわかる、めちゃくちゃ怒っているんだ。対して効きもしない蹴りを入れられたのが悔しかったんだろう。さっきよりもドッシリとした飛び跳ね方をしつつ、その赤い目で俺のことを捉えている。

だが俺も学んだ。急いでそいつから距離を取り、いい感じの太めの木をバックに。

ちょうど位置に着くと、ウサギは三度目の体当たりを仕掛けてきた。やはりそれは直線的であり俺はなんとか回避することができた。またウサギは木に顔面から激突。再び悶え始めた。

もしかしたら、このままいけば倒せるかもしれない。この戦闘でレベルが一つでも上がれば大きい。とりあえず尻を蹴る。

「ブゥゥゥ……」

ヘロヘロと疲れた様子で態勢を立て直し、ウサギは四度目のジャンプを始めた。俺は別の木を後ろに回そうと移動しようとしたけれど、今度は俺がそうする前にウサギは体当たりをしてくる。

「ブイブゥゥゥ……！」

「う、うわぁぁぁっ！」

飛んでくる毛玉の塊。俺は思わず足をだし、滞空中のウサギをそのまま勢いよく蹴り飛ばしてしまった。

「ブッギィィィ……！」

足が痛い。でもウサギはもっと痛そうに地面を二転三転していった。これはあれだ、格闘技でいうカウンターがちょうどよく当たったんだ。動きが止まるとまた悶え始めた。それもかなり苦しそうに。正直痙攣《けいれん》していると言った方が正解かもしれない。

「えーっと……まだ生きてる？」

「………」

言葉をかけてみても反応しない。隙だらけの相手。こうなると心が痛むけど……やらなきゃやられる。仕方ない。

俺はウサギをもう一回だけ蹴り飛ばしてみた。

「プグゥ」

魂でも抜けたかのような声をだし、ウサギは痙攣すらしなくなった。勝った、勝ったんだよね。

みんなから華奢《きゃしゃ》だとか言われる俺が、魔物あるいはモンスターに。

「ふぅ……ふぅ……」

あがった息が戻らない。勝てたけど、自分を殺せる相手と戦うというのは非常に怖い体験だった。

それに生き物を殺したという罪悪感もある。

なんだか疲れたのでその場に座りこむと、体の奥が温かさに包まれた感じがすることに気がついた。運動による体温上昇とは違う。

となるとこれはもしかして、レベルが上がったんじゃないだろうか。

ステータス画面を見てみると、経験値が30入りレベルが2になっていた。それに攻撃力からスキルポイントまで、みんなそれぞれ教えられた分の数値だけ上昇している。これでまたあのウサギと遭遇してもさっきより楽に倒せるのかな。……よし、少しでもレベル上げを楽にするためにステータスポイントとスキルポイントを割り振ってしまおう。

まずはなるべくもう肉弾戦では戦いたくないから、魔法を手に入れたい。ＳＫ１には初期として8つスキルがある。そのうち『火術』を詳しくみてみた。

火術
Ｒａｎｋ：Ｅ－１　ＳＫＰ：０／15
Ｌｖ１：ＳＫＰ－３
Ｌｖ２：ＳＫＰ－６
Ｌｖ３：ＳＫＰ－９
Ｌｖ４：ＳＫＰ－12
ＬｖＭＡＸ：ＳＫＰ－15

ほかの水術、風術、土術の四属性を見てみたけれど最初のは魔法を覚えるのには3ポイントしかスキルポイントがかからないようだった。それに比べて念術と癒術は5、強化術と弱化術は7もポイントがかかる。

ひとまず四属性にそれぞれ3ポイント割り振って最初の魔法を覚え、生きるのに必要であろう癒術にも5ポイント入れた。

こうして俺は『フレイムボール』『ウォーターボール』『ウインドボール』『ランドボール』という手からそれぞれの属性の球を打ち出す攻撃魔法と『ヒール』という回復魔法を覚えることができた。

ふふふふ、魔法だよ魔法。俺が魔法使えちゃうんだよ。叶に言ったら羨ましがるだろうなぁ。

さてと、今度はステータスポイントをどうするべきかだ。よく考えなくっちゃ。20あるステータスポイントを全て攻撃か魔法力に割り振れば敵を倒しやすくなりレベル上げも捗るだろう。でも敵の攻撃とかすごく痛かった。正直なところ、体力と防御にも割り振りたい。素早さでもいい。今日は野宿だろうから手先の器用さも欲しい。

うーん、決められない。ゲームの時は安易に素早さと攻撃だけに割り振るとかもできたんだけど、自分の命が関わるとなると慎重にならざるを得ないよ。

レベルが上がる度にこんなに悩むのかな。

——ガサガサガサガサ。

また草むらが震える音がした。それと同時に今度はイタチのようなものが俺の前に姿をみせる。

さっき倒したウサギと同様に普通のイタチより姿は大きめ。そして前歯が太くて長いので凶器と化している。

こんなに連続して魔物は現れるものなの？　いや、やっぱりゲームでもこのくらいの頻度で魔物が出てきてたし、そう考えたら普通だよ。

もうさっきよりはビビらない。なにせ魔法を覚えたんだから。まだ試し撃ちすらしてないけれど早速使わせてもらおう。属性は何がいいかな。火だと森火事が起こったら困るし、とりあえず風でいいか。

「ウインドボール！」

撃ち方から何から何までがスキルポイントを割り振って段階を経た時点で、すでに勝手に頭の中に入っている。ちなみに呪文の名前は唱えても唱えなくてもいいっぽい。詠唱というのもないみたいだ。

「うわっ、でた！」

手のひらより数センチだけ浮いたところで、風が野球ボールくらいのサイズで固まっている。実際に出ると感激でしかない。これが魔法なんだ！

とりあえずイタチに向かってそれを投げつけた。

しかしイタチはそれを素早く回避し、こちらに向かって走りだした。どうやら感激しすぎてうまくコントロールできなかったみたいだ。

イタチはそのまま俺の足元までくると、ふくらはぎに噛み付いた。噛まれたというよりは刺されるのに近い痛みが左足全体に伝わる。

「いっ……!?」

涙目になるくらい痛い。痛いけど俺は刺される痛みにはほんのちょっとだけ慣れているんだ。それに頭に硬くて重いものが落ちてくるよりはマシ。だからまだ動ける。

俺はイタチを払いのけるように噛まれなかった方の足で蹴った。でもそれもなんなく回避される。

なるほど、素早さがなければ攻撃も何も当たらないか。試しに即座にステータスポイントを素早さに5だけ割り振ってみた。これで少しは対応できるようになればいいんだけど。

反撃してからしばらく距離を取っていたイタチが、再び歯を見せながら向かってきた。さっきのウサギと同じようにタイミングよく当たることを祈って、痛くない方の足を振りあげる。

「グゲッ！」

よし当たった！　素早さが上がったから当たったのか、それともさっきみたいにまた単なるラッキーなのかはわからないけれどとりあえず当てることができた。

イタチは地面を転がっていき、それが止まるとプルプル震えながら立ち上がろうとする。

さっきのウサギより防御力や体力がないのは体格から見て明らかなんだけど、そんな魔物も一撃ではまだ倒せないみたい。火力が足りないのはちょっと悔しいので攻撃を3だけあげた。

「……ランドボール！」

攻撃力をあげた直後だけど魔法を唱えちゃう。近づいてまた噛みつかれたら嫌だし、もっと魔法を使ってみたい。

このランドボールは石ころをそのまま投げてる感覚だ。今回はちゃんとコントロールできたみたいで一直線に飛んだ石が見事に当たる。震えていたイタチの動きは完全に止まり、それ以降動かなくなった。

なんとか勝てたわけだけど、ほぼ勢いでＳＴＰを振ってしまった。しょうがないからこのまま決めてしまおう。

まずはしばらくサバイバル生活になるだろうし道具とか作らなきゃいけない。そう考えると器用さは多めに上げた方がいい。ということで5振った。そして残り7ポイントは、体力に1、防御に1、魔力に2、魔法力に3割り振った。少ないにしてはいい配分だと思うけど、これで多少は次からの戦闘が楽になるのかな？

ステータスが上がったところで傷ついてしまった自分のふくらはぎに『ヒール』をかけてみる。痛みは大して消えなかったものの流血は止めることができ、減ったＨＰもいくらか回復できた。

ああっ……やっぱり魔法はこうでなきゃ！

魔物二匹の死骸《しがい》を見てみると、魂が抜け出すみたいな感じでなにやら薄紫色の玉が死体から出てきていた。たぶん大きさはリンゴくらい。見た目はどっちも同じ。

なるほど、これがアナズムの魔物のドロップアイテムというわけだ。共通のものが出てきたってことはお金か何かかな？　とりあえず今は回収しておこう。

あと、ドロップアイテムとは別にイタチとウサギの死体が消えたりせずその場に残っている。こういうのは現実的だ。

とても悪い気がするけれど、生きるためにこの死体を有効活用するとしよう。まず何か道具などを作るのだとしたら石か動物の骨からがいいよね。とりあえずナイフみたいなのがないと始まらないので、二匹の魔物の骨を削って鋭利なものを作ることに決めた。

まずは俺の肉を貫いたイタチの前歯をどうにかして力ずくで引っこ抜く。やっぱり生き物を殺すためにできたような歯の鋭さだ。

ウサギからも前歯を引っこ抜き、それを使ってイタチの前歯の形をいい感じに整える。昔から手先が器用な方なんだ、やろうと思えばできるはず。時間はかかったけどなんとか持ち手にしたい部分を丸く、刃にしたい部分はより尖らせることができた。

次に食料の確保だ。イタチ肉が食べられるって聞いたことないけど、ウサギ肉が食べられてるのは知ってる。だからウサギの腹を開いてみた。でも身体が大きくて皮膚は固いし、ナイフ自体が不安定な形状なのでかなり時間がかかってしまったよ。

それに……グロい。でも生きるためだから我慢しないと。ちゃんとした解体方法なんて知らないけど、持っている知識の範囲内でなんとかしてウサギ肉を手に入れることに成功した。骨もかなり大きくて何かに使えそうなので手頃な骨は引きずり出した。残った死骸は近くの木の根元に丁寧に置いておく。

……俺は自分の想定より器用で、食料と骨というかなりの成果があったのは良いけれど、手や服が血だらけで物凄く獣臭いのが気になる。

「ウォーターボール」

手のひらを水魔法で洗ってみた。魔法なのにちゃん普通の水として機能するみたいだ。この様子だと飲み水にも使えそう。ただ石鹸などがないので獣臭さは流石に消えなかった。

ついでに穴を掘ってそこに水を張り、採取した骨を洗った。それが終わった頃にはすでに夕暮れ。気がつけば腹の虫が鳴いていた。この世界に来てから何も口にしてないからお腹が減るのも当たり前だよね。とりあえず枝を掻き集め焚《た》き火のようなものを組み、ファイヤーボールで火をつける。

そして細めの木の枝に切り分けたウサギの肉を刺し、焚き火の周りに晒した。しばらく経ってウサギ肉の串焼きは完成する。見た目だけならまあ、まともだ。

一本分だけ食べてみると、血生臭くて酷いものだった。俺の焼き方が悪いんじゃなくて解体の仕方が悪かったんだ。塩や胡椒《こしょう》による味付けがないのも原因かな。

生きていかなきゃならないので焼いた分の串焼きを頑張って完食し終えた頃、身体に違和感を覚えた。レベルが上がった時に近い芯から温かくなるような感覚。俺はステータスを開いてみた。

【SK2、「解体★」を習得しました】

また勝手に文字が浮かび上がってきている。なるほど、頑張ったからスキルがもらえたわけだ。

そのままスキル一覧を確認すると確かに『解体★』と書かれたスキルが増えていた。詳しく見てみよう。

解体★

SKP：0／30
Lv1：SKP－3
Lv2：SKP－15
LvMAX：SKP－30

今、丁度スキルポイントは3だけ残っている。今後の生活に確実に必要になるだろうし、解体の一段階目を習得することにした。なんだか次に何かを解体するときはさっきより上手くできる気がする。でも今日はもう暗く周りが見えないし寝ちゃおうね。

登りやすそうな木を見つけ、そこになんとかよじ登って落ちないように気をつけながら目を閉じた。

こうしてアナズムでの生活の一日目が終わった。

▼△▼△▼

木から落ちそうになって目が覚めた。朝焼けが綺麗だ。太陽は地球となんら変わらないみたい。朝焼けなんてのは顔なじみに等しいし安心する。ゲームのために徹夜して何回も見てきたおかげだ。

木の上に乗っかったままステータスを確認すると、減っていたMPが全回復していた。これがドラグナーストーリ1でもそのほかゲームでもよくある寝れば治る現象なのか。実際体験してみるとなんとも不思議な感覚だ。身体は疲れてるのにステータスは万全状態。便利なんだけどね。

木から降りてウォーターボールで顔を洗って水を飲む。たったのＭＰ４の消費で大きめの缶ジュースと同じくらいの水が得られるのは本当に助かるので、しばらくはこの水術スキルを中心に上げていこうと思う。

さて、今日は森の中を移動しよう。人らしく生きるならまずこの森を抜けなきゃならない。テキトーな大きさの棒を拾って地面に立て、それが倒れた方向にひたすら真っ直ぐ進むことにした。こうすれば迷子になりにくいはず。多分。

さっそく歩き始めると昨日のウサギと同じやつに出会ったので、ウォーターボール二発とナイフを使って無傷で倒した。

袋もポケットもないのでこれ以上荷物を増やしたくなかったけれど、とりあえず解体して肉とドロップアイテムだけは貰っていく。昨日とは明らかに解体スピードと正確さが違ったし、スキルの効果というのはかなり強力みたいだ。新しい肉を手に入れたので古い方は朝ごはんになった。

しばらく進むとまたすぐにウサギを少し先に発見した。経験値が欲しいので倒すことにする。そばに近づいたところでそこで他にもう一匹魔物がいることに気がついた。それは全身が黒い犬。ウサギよりも一回り小さいくらいの大きさなのにウサギに噛みつき捕食しようとしているみたいだった。

幸い俺に気がついてないようだし、見てる限りじゃ犬も大して強くない。漁夫の利を得ようじゃないか。

俺はウォーターボールを犬とウサギそれぞれに一発ずつ放った。犬の方は顔面にあたり、ウサギの方は脇腹に当たった。ウサギは弱っていたのかそれだけで薄紫色の玉が身体から出てくる。犬はこちらに向かって歯をむき出しにし威嚇《いかく》を始めた。そりゃ怒るよね。

とはいえ剥き出されている牙は鋭く、唸《うな》ってる姿は怖いので遠距離から倒すことにする。

犬は吠えながらこちらに駆けてきた。冷静にウォーターボールを放ちうまく犬に命中させる。衝撃で軽く飛んだきりぐったりと地面に倒れて動かないので、MP節約のために俺の方から犬に近づき骨ナイフを突き刺した。それがトドメとなり今までと同じ薄紫色の玉がドロップしてくる。

身体が温かいので確認したらレベルが3に上がっていた。さっそくステータスポイントはMPに3、器用と魔法力に2、その他防御以外に1ずつ割り振り、スキルは全部水術につぎ込んだ。水術は段階レベルが4になった。

しかしこうして魔物にも弱肉強食、食物連鎖はあるわけだ。

魔物が魔物を食べるんだったら、魔物の死骸で別の魔物をおびき寄せることができないだろうか。そして遠くからまとめて一掃するんだ。

さっそく今倒したウサギの血と内臓をそこらへんにばら撒き、残りを蔓《つる》や長めの草で頑張って縛って木の上から吊るした。これは犬ホイホイと名付けよう。……しかし残虐なんだろう。自分が生きるためにここまでやれるとはね。でも、仕方ないって言い聞かせるしかないんだよ。

俺はその場から犬の死骸を連れて離れ、いい感じの木陰で待機した。犬の魔物の臭いをつけて俺は気づかれないようにするためだ。

待ち時間の間に犬の爪で針みたいのを作る。そのうち縫い針などとして使おう。一時間くらいで二つできた。

それから犬ホイホイの様子を見に行くと、ワンワンキャンキャンと鳴き声が聞こえ、四匹の黒い犬が吊るされているウサギ肉に向かって飛び跳ねながら吠えている姿が確認できた。思ったよりも効果があったみたいだ。それに犬以外の凶暴そうな魔物の姿も見えない。

俺はそろりと物音をたてないように魔法の射程距離まで近づき、四匹がうまい具合に固まったところを見計らってウォーターボールを連射した。

レベル4になったウォーターボールはバスケットボール一個分の大きさはある。さらにスキルの説明によれば、飛ばした後の軌道《きどう》も調整できるようになってるらしい。その代わり消費MPも増えてるけど。

魔法が当たった四匹は辺りをキョロキョロ見回しながら立ち上がった。その隙に消費MPがまだ少ないウインドボールを一匹一匹を確実に当てていき、全滅させた。

レベルが上がって4になった。

罠がまた機能してくれるかもしれないのでドロップ品と死骸を回収しつつさっきまで隠れていた木陰に戻り、そこでステータスの管理をすることにした。

ステータスポイントは攻撃と体力に1ずつ、あとは防御以外に2ずつ割り振る。遠距離から攻撃することが多くなってきたから、しばらく防御はないがしろにして良さそうだ。

スキルは水術に2を割り振って合計15、つまり最大まで上げた。どうやら水術が最大になるとMPの許す限り大きさを自由に調整でき、しかも前段階までと同じ大きさなら消費MPが少ない。その上一度に何発も発動できるようになり、さらに掌からでなく空中に直接出現させられる。またオプションとしてMPも5増えた。

あまりの進化に感動してたら、頭にメッセージが表示された。

【『水術』をLv.MAXにしました。進化と派生の両方が可能です。スキルを確認してください。】

指示された通りにスキルを見てみると、昨日の説明通り〈進化・派生する〉という項目が追加されていた。さっそくやってみよう。

どうやら進化だけ、派生だけというのもできるみたいだ。今回はどっちも選んだ。

【『水術・改』を習得しました】
【『氷術《ひょうじゅつ》』を習得しました】
【スキルを確認してください】

たしかにステータス画面から『水術』は消え、新たに二つのスキルが追加されていた。

『水術・改』はDランクと書かれていて(X)という合成しても消えないマークもそのままだ。単純な『水術』の進化系だね。一段階習得するのにも12というかなりのスキルポイントが必要みたい。

また段階レベル0として『水術』の頃の魔法もちゃんと使える。

『氷術』は『水術』などと同じだった。単純に属性魔法が増えたと考えていいよね。やはりこれも(X)のマークがついている。

ここは早速Dランクのスキルの魔法を覚えたいところだけど、どうせ今回じゃ覚えられないので、残りのポイントは『火術』『風術』『土術』、そして『水術・改』に2ポイントずつ振った。こうすればそれぞれ10ポイントでキリがいい段階まで行く。

ふふふ、なかなかいい感じになって来たんじゃないかな。こういう序盤で試行錯誤しながら確実に強くなっていくのがたまらない！　やっぱりレベル上げは最高だよ！

じゃあ次はスキル合成というのも試してみよう。

水術が進化したからその前段階が合成素材にできるので、それと合成ならポイントが必要ないSK2の何かを掛け合わせればいい。

頭の中で『合成』とイメージするとウィンドウが出てきて、何を、いくつ、どの順番で合成するか訊かれた。様子見としてとりあえず『水術』と『剣技』の二つをこの順番で合成してみることにした。すると合成予測表みたいな初めてみるモノが表示される。

――――――

『E（X）水術』＋『剣技★』＝『D：水の短刀召喚術』

コスト：Eランクの魔核×2

――――――

そういえば合成コストがあったんだっけ。Eランクの……まかく？　これはなんなんだろうか。

説明を見てみることにした。

【Eランクの魔物を倒した際に入手できる魔核。薄紫色をしている。】

ああ、ウサギやイタチから出てきていた玉が魔核ね、なるほど、ここに使うものだったか！

Eランクの魔核らしいものは手元に九個ある。つまり今すぐ合成できてしまうんだけれど、俺は慎重になることは大事だと思ってるから、一応その『水の短刀召喚術』っていうスキルを詳しく見てみた。

一段階目には15ポイントで到達し、最大になるまで45ポイントが必要。水でできた短刀を20ＭＰ消費して制限時間いっぱいまで召喚して使用できる。短刀の強さは魔法力の強さによって、扱いは普通の短刀と同じなので剣技のスキル段階と攻撃力で決まる……か。

これは今の俺にとってはかなり有用そうだ。武器としてじゃなくて、解体に使えるまともな刃物になるでしょう。

さっそく合成することを決めると、手に持っていたEランクの魔核二つが光りながら粒子になって消えていった。頭の中には【『水の短刀召喚術』を習得しました】と表示され、ステータス一覧にも追加されている。

合成はかなり面白い。でも法則は一応あるみたいで、『水術』を基本にして思いつく限りの合成を試してみたけど、剣か槍かの違いぐらいしかなかった。そこで合成する順番を変えてみたところ武器に属性のオーラを纏《まと》わせるというスキルになった。体技との掛け合わせだけは順番を変えてもオーラ系だったけどね。

それと『解体』と『水術』の合成は新しいスキルができるのではなく、『解体』のスキルに「水属性の魔物がより解体しやすくなる」という補助効果がつくという一番変わった合成結果が予測表として出てきた。順序を変えても同じ。

その合成はEランクの魔核五つ必要だけど、残りの魔核を七つも持って歩くのは邪魔なので、実行して消費した。

結果的に荷物を減らせてスキルを手に入れたわけだ。上々だね。それにそろそろ犬ホイホイが溜まってる頃合いだろうし。

そういえば俺が戦ってきた存在の正式名称はモンスターじゃなくて魔物で正解みたいだね。ま、別にどっちでもいいか。

犬ホイホイを覗いてみると三匹の黒犬の他に、初めてみる魔物がその中に混じっていた。黒犬のボス的存在だとしか思えないような大くて黒い獣だ。凄い威圧感を放っている。

こういうのがいることは想定してたけど、もう少しレベル上がってから遭遇したかったな。どうしよう、逃げようかな？　勝てるかわかんないしランクも今までとは違うはず。ただ、確実に経験値は美味しいはずだ。

……経験値が欲しい。挑もう。

まず魔法を出現させられる範囲ギリギリまで行き小さめのウォーターボールを魔物の数の二倍だけ放った。段階レベルが最大になっているおかげか、餌を食べたくて飛び跳ねていた三匹の黒犬は二発ずつボールを食らって吹っ飛び、動かなくなる。魔核が出てることから今ので倒せてしまったようだ。

レベルが5に上がったが割り振る暇はない。やはり大型の黒犬は今までのやつとは格が違うようで、俺のことを既に見つけてしまったのか、確かにこちらに向かってくる。

「グルルルルルル」

仲間を倒されて怒っているのか自分にもウォーターボールを当てられて怒っているのかはわからないけれど、とりあえず殺意を向けられながら唸られるのは体の芯から震えそうになる。今更ながら経験値のためだけに挑むなんて無謀な気がしてきた。

「グガォォォォォ！」

あと数メートルのところまでやってくると、地の底まで響くような咆哮《ほうこう》を上げて突進してくる。このまま座り込んでいたら確実に攻撃を受けてしまうので、潜んでいた場所から立ち上がりつつランドボールを撃ってみた。

しかし土の塊は前足ではたき落とされ、突進の勢いを止めることができなかった。そのまま猛獣が大口を開けて突っ込んでくる。

でも冷静に考えれば最初に倒したウサギ同様に直線的な動きであり横に飛ぶことで間一髪その突進の回避に成功した。

……ただその回避した方向が悪かった。木に肩をぶつけてよろけてしまう。俺は周りをよくみていなかったんだ。

「あ……っ」

それを見逃がさないとばかりに大型犬はぐるりと身を翻《ひるがえ》し、脇腹に噛み付いてきた。

「ぐぅあああっ、あああ！」

イタチにかじられた時とは比べ物にならない痛み。痛いというより熱い。直感でわかる、このまま食いちぎられたら死んじゃう。

この状況を打破するには新しい魔法を使ってみるのが一番だろう。レベル5になって得たスキルポイント、これを使えば習得できる。ははは、死んでしまう寸前だというのにやっぱりゲームをしてる感覚だ。俺らしいといえば俺らしいや。

脇腹の痛みはもう気にしない。『水術・改』に10のスキルポイントを割ることにより、合計12ポイントに達して新しい魔法を覚えた。急いで唱える。

「ウォーターエミッション！」

使い方はわかる。この魔法は魔法陣がまず出現するんだ。指定した通りの場所である大型犬の脇腹に青い魔法陣が出現し、数秒後に大量の水がそこから勢いよく噴出された。消防車の散水に近いかもしれない。

大型犬はその水量に圧倒されて吹っ飛ばされる。お陰でなんとかお腹を抉られずにすんだ。

ただ流石に今のでは大型犬を倒せなかったようで、びしょ濡れになりながらも再び立ち上がり、またこちらに向かって突進してきた。

ＭＰ的にあと二発撃てる。向かってくる大型犬の腹部にタイミングよく魔法陣を出現させ、そのままウォーターエミッションを放った。勢いで一瞬だけ敵の体が持ち上がる。

しかしそんなことは気にせず勢いを殺さぬまま一気に距離を詰めてきた大型犬の爪が、俺の太ももを切り裂いた。

「……っ！」

また足をやられてしまった。深い傷だ、もうまともに歩けないだろう。

怯む俺に大型犬は追撃しようと、再び爪を立てる。

魔法を撃つ気力だけはなんとか保って、ウォーターエミッションの三度目を発動させた。ハンマーみたいに水流で押しつぶすつもりで奴の頭上に魔法陣を出現させる。

実際思惑通りに、大型犬の頭を地面に叩きつけてやった。

「グォ………ッ、ガッ！」

「……イッ……！」

しかし追撃のために振るわれた大型犬の爪の方も俺に届いてしまい、もう片方の足を見事を裂かれる。血が吹き出た。

立っていることも難しくなり、俺はその場で膝をつく。

「グル………ルル……ルル……」

なんだ、まだ奴は生きているのか。次攻撃が来たらもう終わりだ。こうなればやけだ、がむしゃらだ。俺は歯のナイフを手に握り込み、力一杯、大型犬の頭めがけて振り下ろした。

たしかな感触がするとともに、意識が遠のく。

レベルアップの暖かさに包まれた。

▼△▼△▼

大型犬に遭遇してから二日間が経っただろうか。幸い、死んでしまうということもなくサバイバル生活を続けられている。回復魔法と睡眠で足と脇腹もなんとかなったし。

あの大型犬がEランクと分類される魔物の十倍近くの経験値をもっていたようで、その時点でレベル5から7に上がった。ドロップした魔核は緑色だった。そしてさっき道中で数匹のEランクの魔物の個体とウサギ三匹の群れを倒してレベル8になっている。

レベル7までだけれど、ステータスポイントもスキルポイントも振ってある。

ステータスは素早さと魔法中心を目指し、30ポイントあったうちのHPに6ポイント、MPに7、器用と素早さに5、全然振ってなかった防御に4、魔法力に3だけ割り振った。

スキルは20ポイントのうち、傷の治療のため癒術に5ポイント与えて2段階目に。残り15ポイントは『水の短刀召喚術』に割り振ってレベル1の段階にした。あとでレベル8で得た分も考えなきゃ。

とりあえず覚えた『水の短刀召喚術』というのが本当に便利だった。見た目はナイフ型の青いビームソード。この短刀で大型犬を解体し、ウサギよりも巨大な骨を手に入れることができた。そしてその入手した骨をよくよく削り、歯なんか目じゃないほどしっかりとした骨ナイフが完成した。

その骨ナイフで昨日はドードー鳥《どり》によく似たウサギサイズの鳥の魔物がいたためそれを狩って解体し、食べてみた。ぶっちゃけウサギの数段美味しかったから見つけ次第狩ることに決めてしまった。

そんなこんなで今日でアナズムに来て四日目なわけだけど、割と俺は慣れて来ていると思う。

もうEランクの魔物もサクサク倒せるし、手荷物は多いけれど生活に必要なものも揃って来ている。相変わらず調味料と袋と着替えがないのは嫌だしお風呂に浸かれないのも不満しかないけれど、ウサギとイタチに殺されかけた初日よりはマシだ。レベルだってあげたくなったら食べない分のお肉を木に垂らして待てばいい。

というわけで、俺はここ数日で一番調子よく森の中を進んでいた。そんな最中、数百メートル先に日の光がよく照っているちょっとした広場が目に入る。

もしいい感じの広さの場所だったら拠点にして再びレベル上げに勤しむのも悪くないかもと考えたら体が勝手に駆け出していた。

だんだんと近づいてくるひらけた場所。しかしそこに到達した時、俺はとんでもないものを見た。

確かに広場は広場であり、ひらけた場所には間違いなかった。しかしそのど真ん中に学校の教室一つ分ほどの大きな穴があった。その穴からは異様さ、不気味さ、そしてなにより不自然さを感じた。

二部　ダンジョンとレベル上げ

この不自然としか言いようがない穴はなんなのだろうか。

考えられることとして、魔物が戦ってできた穴なんだろうけど……とりあえず恐る恐る近づいてそっと中を覗き込んだ。

なんと側面にわざわざ上り下りしやすいような階段状の突起物が生えており、それが奥底まで続いている。その奥底は何やらうっすらと霧がかった光が見えるだけで正体がわからない。

不自然すぎてますますこの穴がなんなのかわからなくなった。入れと言わんばかりの人工的な突起が怪しすぎるし、もしかして人が住んでるのかしらん。だとしたら道案内を頼んで森の中から出してもらえるかも。

もし仮に危険な場所だったとしても、今の俺に巻き込む人なんていないんだ。周りを気にせず全力で逃げればいいだけの話だね。

思い切って穴に生えている一番最初の突起に足をかけた。手すりがないだけで普通の階段だ。足を滑らせたら落下しそうなので慎重に降りて行く。

五分くらいで半分まで到達し、穴の底がはっきりと見えてきた。どうやら石畳でできてるみたい。人が住んでる可能性が高くなってきた。

そうしてさらに五分ほど経った頃に、俺は石畳の上に足をつけることになった。その瞬間、俺の頭の中にいつものウインドウと文字が浮かび上がる。

【ピピーの森『楽しみ』のダンジョンに入りました。】

その文面が俺の琴線《きんせん》に触れた。

ダンジョンか。

そうか、ダンジョンか。

ふふふ、ダンジョンねぇ……！

ああ、心が躍るみたいだ！　たしかにゲームのダンジョンというのは不自然な人工物などが設置してあったりするもの。そう考えたらここが石畳でも別にいい気がしてきた。

やっぱりＲＰＧにはダンジョンが欠かせない。そうだよ、せっかくゲームみたいなこの世界なんだ、こういうのがなくちゃ、こういうの！

ふぅ、冷静さを欠いてたら命の危険に直結するからちょっと落ち着こう。そのついでに色々考えてみるか。

ピピーの森というのは、俺がこうして彷徨《さまよ》っている森の名前だと考えられる。じゃあ『楽しみ』というのはなんだろうか。難易度を表してるのかな、それとも喜怒哀楽を？　後者だとわけわかんないな。

仮にこのダンジョンの難易度が低かったとしてもレベル８でクリアできるとは思えない。こういうストーリーに関係するものじゃなくて脇道に逸れたところにあるようなものはだいたい強い敵ばかりだったりするし。……ゲームならね。

でも見た感じだと自由に後戻りができるみたいだから、無理そうならやっぱり全力で逃げればいい。

このダンジョンはトンネルみたいな形をしており、壁はなんだかコンクリートのようにのっぺりとしている。そして光源がどこにも見当たらないのに明るい。外が森の中だとは到底思えないよ。

ほんの少しだけ進むと生き物の息遣いが聞こえ始めた。同時に黒く蠢《うごめ》く何かが見える。やっぱりダンジョンとして魔物はいるみたいだ。隠れながら様子見したいけど道が一直線のため、そんな場所がない。

いつでも魔法を唱えられるように心構えしつつさらに進むと、黒いものの正体を確認できた。あの大型犬だ。あいつが道を塞ぐように突っ立っている。

この距離なら匂いで反応して俺を襲ってきてもおかしくないのに、何故かその場から動かない。あれか、近くまで行ったら戦闘が発生するタイプか。どっちみち魔法の射程ギリギリだったのでもう少しだけ近づく。

「グルルルルルル」

なるほど、何かしらの範囲内に入ったっぽい。大型犬は生気が感じられない動き方で身構え、俺に向かって棒読み気味に唸り始めた。

一度倒したことのある敵だし近くに障害物もない。何より一昨日と比べてステータスが二倍近く上がっている。とりあえず倒してしまおう。

「ウォーターエミッション！」

前回、頭を押さえつけるように放つのがなかなか有効だったので同じようにして連続三発放つ。前の大型犬なら今のステータスを加味してこの時点で倒せていたはずだけど、この大型犬は立ち上がった。……ダンジョン補正でちょっと強かったりするのかな？

ＭＰを節約するために骨ナイフをもって斬りかかってみる。もうすでに弱っていたのか回避されることなくクビに突き刺させた。倒れて普通の緑色の魔核が出現する。

ステータスを確認すると、得た経験値も前の一・五倍はあってレベルが10に上がっていた。経験値が増えてるってことは、やっぱり強くなってたんだね。ま、俺の方が強くなってるから前よりは楽勝だったけど。

ＭＰをかなり残して倒せたのでそのまま先に進む。すると再び大型犬に出会った。全く同じ要領であっさり倒せてしまう。ちなみに大型犬は解体すらせず魔核だけを拾っているよ。荷物がパンパンでお肉は食べられないからね、仕方ないね。

さらに先へ進むと初めてみる魔物に遭遇した。

それはまるで毛玉の化身。丸い体に灰色のモフモフした毛が生えている。大きさは大型犬と同じくらい。なんだか抱きついて頬ずりしたくなってくる。

立ち止まってどう抱きついてやろうか考えていたところ、モフモフの下部に穴が空いた。いや違う、これはたぶん口だ。

その口っぽい場所から緑色の球体が形成され、ある程度の大きさになると俺に向かってそれを飛ばしてきた。どうやらモフモフは風術の『ウインドボール』を使ってくるみたいだ。しかも大きさ的に段階レベルは4か5はある。

なんとか回避できたので俺は反撃としてウォーターエミッション四発をお見舞いしてやった。ここまで水を撃ち尽くしたらモフモフだった毛は濡れたモップのようにびしょ濡れになり、横に倒れ、大型犬と同じ緑色の魔核をドロップした。

気がつけばレベルが10から13に上がっている。嬉しいけれどMPがなくなったのでもう戦えない。糸や紐として使えるかもしれないので、濡れた元モフモフの毛をいくらかもっていくことにした。

とりあえず探索はここまで。寝てMPを回復するために来た道を戻ることにした。MPは無いけど仮に帰り道に魔物が再び出現していたとしても骨のナイフで一対一なら大型犬くらいどうにか出来そうだ。

でもそんなのは杞憂《きゆう》だった。魔物は再出現しておらず、なぜか牙のようなものだけがその場に残っているのみだった。牙の状態は凄くいい。たぶん大型犬を放っておいたからこうなったんだろう。解体しなかったら特徴的部位を残して消える……外の魔物はこんなことにならなかったし恐らくダンジョンの仕様だ。

そのまま俺はダンジョンの外に出た。出入りはやっぱり自由なようだ。警戒しながらゆっくり進んだからすでに辺りは暗くなり始めており、これ以上外での活動もできなさそう。どっちみち今から寝ちゃうからいいけど。

美味しくないウサギ肉を夕飯として食べ、その後すぐに木の上で眠った。木の上でももうだいぶ熟睡できるようになってきてる。

▼△▼△▼

次の日。アナズムに来て五日目かな。

しっかりとHPとMPが満タンになっており、身体の調子も悪くない。だからダンジョンに再突入して探索を進める。

さっそく中に入って昨日よりもさくさくと進んで行くと、一番最初の地点にモフモフが立っていた。日をまたいだからか出入りしたからかわからないけれど、何かを条件にして魔物が再度決まった場所に現れるみたい。

そう……つまりは何回でも魔物は現れるということ。

俺はレベル上げが好きだ。魔物をたくさん倒してレベルを上げまくるのが好きだ。レベル上げという行為は今この世界を生きて行く中で一番好きだ。

何回も現れる、それはつまり倒し放題の素材の入手し放題。この事実がもう飛び跳ねちゃいたいくらい嬉しい！　ひゃっほい！

今俺の顔を誰かが見たらニヤニヤしすぎて気持ち悪いと思うことだろう。特に美花には見せられない。でもここには魔物以外誰もいない。思わず声が……いや、もう抑えきれない。嬉しすぎるから叫んじゃおう。

「楽しいレベル上げの時間だあああああ!!」

ひゃっほう！

そのままの勢いで俺に向かって魔法を撃とうとしていたモフモフをウォーターエミッション三発で倒す。いや、気がついたら倒してたって言った方がいいかも。

……ふぅ、叫んだ上に一匹倒したら少しだけ落ち着いた。

いくら倒し放題だと言っても色々と考えなきゃいけないことはある。一回で倒せる魔物の数と、その魔物の復活サイクルとかね。アイテムも溢れるだろうしそっちもどうにかしなきゃいけない。特に魔核はちゃんと回収したいし。

今わかっていることは、ステータスが上がってるおかげでモフモフや大型犬はウォーターエミッション約三発で倒せるということ。一匹あたりの消費MPは30。今の最大MPは158だから、寝ないで五匹連続相手できる。不測の事態に備えて四匹で打ち止めにすべきかな。

それとMPは一時間寝たら半分近く回復することも確認済み。普通に過ごしていても一時間で一割で、食事などでも回復する割合は増減するみたい。

ダンジョンの魔物の復活時間を調べるんだったらこの通常時の回復時間を参考にすればいい。

とりあえず、今回のノルマを達成してしまおう。倒したモフモフは特徴的部位が気になるのでわざと解体せずに次に進む。

前回二匹目の大型犬がいた場所にまたモフモフがいたので倒し、モフモフがいた場所には大型犬がいたので蹴散らした。ここから先は未開だ。

その地点からゆっくり進んでいくと一本道だったダンジョンに変化が現れた。正面と左に道が分かれているんだ。これはどっちかに宝箱があるんじゃないかな、ダンジョンだし!

としたら正規ルートじゃない方を進めばいいわけだけど……長年のＲＰＧ専門のゲームオタクの勘からして、正面が宝箱ルートで左が正規ルートな気がする。

俺の勘を信じて正面に進むと割とすぐに行き止まりに着き、そこには金縁青いの宝箱があった。

勘は当たってたようだ。それを守るように今の俺の身長より低いくらいの二足歩行のドラゴンが立っていた。うん、間違いなくドラゴンだ。

宝箱は嬉しいし、できることなら興奮して叫びたいけれど、それよりちっちゃいドラゴンがなんか可愛い。他の奴らよりちっさいから尚更。俺はドラゴンというファンタジックな存在とそのつぶらな瞳に心を奪われてしまった。

そんな俺に向かって子ドラゴンは足をバタバタさせながら突撃してきた。攻撃するつもりらしい。よく見たら牙も爪も鋭いし……可愛いけど痛いのは嫌だから対応するしかない。

子ドラゴンの突撃をかわすと自分から壁にぶつかったが、そんな事気にせずすぐに身を翻し、口を開けてそこからファイヤーボールを放ってきた。こいつも魔法を使うのか。

しかし今更ファイヤーボールくらいなんてことないので、ウォーターエミッションを当ててかき消しつつダメージを与え、間髪入れずに同じものを二発撃つ。緑の魔核が出てきたので倒せたようだ。

……そういえばゲームだけじゃなく、漫画や小説でもよくドラゴン肉は美味いと言われている気がする。そして目の前には倒れたドラゴン。そういえばちょうど鶏肉が見つからないし、ウサギ肉にも飽きてきたんだよねぇ。

試しにその場でドラゴンを解体した。爪や牙や皮は放っておきお肉だけを取って腕に抱える。霜《しも》の降り方が高級肉のそれだ。

このまま欲張って宝箱の中身も開けてしまうことにする。

片手で普通に開けられたその宝箱の中身は一枚のディスクのようなものだった。ただそれしか入っていない。

観察するために顔を近づけてみるとウィンドウとメッセージが表示された。

【SK1『E：シャボン』を習得しますか?】

スキルの習得? ああ、これが教えてもらったスキルカードとかいうやつか。習得して損はないだろうけれど宝箱の中身としてはしょぼい。

とりあえず頭の中でそのスキルを習得することを承認した。するとスキルカードは使用した魔核のように粒子となって消え去った。

【SK1『E：シャボン』を習得しました。】

さて、宝箱の中身を入手して魔物の討伐ノルマも達成した。戦利品もある。地上に戻ってもいいけど今回の周回のお陰でレベルが6つも上がりMPが55も増えたから、あと一匹くらい倒してもいいかも。

俺は一旦手荷物を宝箱の近くに置いて、左側のルートの様子を次の周回のため確認することにした。曲がってからある程度の距離を歩くと、再び子ドラゴンと遭遇したのでサクッと魔法で倒した。

左側ルートに正面ルートとの違いがなかったので荷物を回収して地上に戻ることにした。その帰り道でモフモフがいた場所を通ると、青に染められた一本の牛タンのようなものが落ちていた。これがあのモフモフの特徴的部位なの？　こんなのあの身体のどこにあったんだろ。とりあえず拾っておいた。

外に出ると、ダンジョンに潜ってからそんな時間が経ってないから朝のままだった。とりあえず荷物を全て木陰におく。生ものは葉っぱに包んでね。

さて、次はアイテムの整理をしようか。いや、先にダンジョンの魔物の復活タイミングを調べよう。ダンジョンから出て間髪入れずにもう一回入ると魔物が出現する可能性だってある。

さっそくダンジョンに再突入してみた。そして一番最初の魔物がいるところに辿り着くと何事もなかったように大型犬が佇んでいるのが確認できた。

あははっ！　つまりダンジョンの魔物は時間を気にせず出入りするだけで復活するんだ！　すごく嬉しいよ、俺が強くなれば強くなるほど倒し放題じゃないか！

遭遇した大型犬は残っていたＭＰを使って倒してしまった。あ、そうだ。アイテムを整理するための容れ物ってこいつの皮で作ればいいんじゃないかな。その考えを実行するため皮を水の短剣で剥ぎとってからまた地上に戻った。

じゃあこれからＭＰの回復を待つついでにアイテムの整理をしてしまおう。そのための袋を作るんだ。

とりあえず硬そうな地面の上で初めての割には綺麗に剥がせた巨大な犬皮を広げる。とりあえず水で洗い流しつつ骨ナイフで残っている肉を皮が破れないように削っていった。時間はかかったけど綺麗になった。次はミョウバンを使ってなめしとかいう作業を行わなきゃいけなかったはずだ。

昔テレビで見た。

でもそんなもの手元にないのでとりあえず木に吊るして乾かしておくことにした。吊るし終えたところで、脳内にメッセージが流れてくる。

【SK2『革加工★』を習得しました。】

へー、そんなスキルもあるのか。とりあえず便利そうなのが出てきてくれて助かった。いつのまにかレベルが20になっててSKPが豊富に残っているようだし、ポイントを割り振ってもいいでしょう。

『革加工』の段階と最大スキルポイント数は『解体』と同じだった。さっそく一段階目にしてみる。

気がついたら俺は皮のために衝動的に動いていた。

まず吊るしていた革を急いで降ろし、余っていた獣の牙を使って皮をできる限り引き伸ばした状態で平らな場所に打ち付けた。こうしないといけないらしい。正しい知識が入ってきたのはいいけど、スキルを入手しても材料がないのでなめしはできず、現状はここまでしかできないみたいだ。

こうして皮の加工をするだけで数時間経ったけどMPは回復しきってなかったので、次にレベル8から20まで手をつけてなかったステータスの整理をすることに決めた。

まずはステータスポイントから。ステータス画面では今までどこにどれだけSTPを割り振ったか見ることもできる。それを参考にして割り振った数が全部20になるように分配してみた。

そうすると残りSTPは60。このうち魔法ばかり使ってる現状を考え、MPと魔法力に15ずつ、HPと器用と素早さに10ずつ割り振った。これでHPとMPを除いた一番高いステータスは魔法力の１３５。最初のステータスの二十七倍と考えるとずいぶん強くなった。

次にスキル。ポイントは残り１１５ある。このまま『水術・改』に全振りしてもいいけれど、ここは初期にあった火術、土術、風術を最大まで割り振ってしまおうと思う。合成の幅を広げるためだ。

合計で30ポイント使ってそれぞれを『改』まで上げた。ボーナスとしてＭＰが15上がり、さらに『土術』の派生から『石術《せきじゅつ》』を覚えた。合成で減らないＥランクのスキルだ。

ついでにそこそこナイフを使うことが増えてきたのでＳＫ２の『剣術』を一段階だけ上げてみた。使えそうだったら今後も上げていこう。

あと、ダンジョンで手に入れた『シャボン』というスキル。せっかく手に入れた上に15ポイントしか使わないらしいので最大まで割り振ってみた。進化も派生もない。ＭＰは5だけ増えた。

肝心の効果は魔法力の一割の数だけＭＰ１で泡をだせるだけ。……ま、まあこんなこともあるさ。

あとスキル合成もやる。俺はもし存在するんだったら欲しいスキルがある。それは雷に関する魔法。

ドラグナーストーリーの他に俺が本気で打ち込んだゲームにスタートクエストというシリーズがあって、その主人公の覚える魔法が決まって雷系の魔法なんだ。だから俺の中では『勇者＝雷』という概念ができてしまっている。こんな世界に飛ばされたんだから、自分の好きな属性の魔法を是非とも手に入れたいところ。

正直なところ元にあった四属性のどれかの派生として出てくるんじゃないかと期待したけれどそれはさっき破れた。

となると雷に関係しそうなものを合成してみるしかない。とりあえず雷に関係する『風』と

『水』のスキルを合成してみた。『雷術《らいじゅつ》』がいきなり完成した。なんか呆気ないけど素直に嬉しい。

合成に必要な魔核はEランクのもの一個。他の属性のスキルと同じで合成しても減らないタイプだ。ただ数値的段階が他より上で必要なポイントも多い。

でもそんなのは関係ないよ。俺はさっさとスキル合成を済ませ最大の25ポイントを割り振った。ボーナスでもらえたMPは10で『雷術・改』へと進化した。さらにポイントを支払ってその二段階目まで上げ、サンダーエミッションのレベル2を習得。今度からこれが俺のメインだ。

よし、スキルの整理はここまでにしよう。

MPは概ね回復しきってるけど、ダンジョンに潜るにはお腹が空きすぎた。多分お昼時だし、お昼ご飯を食べよう。食べるものは決まってる。

包んでいた葉っぱからドラゴンの肉を取り出した。串焼きにするのはなんだかもったいない。石焼にしよう。近くあった大きくて平らな石を綺麗にしてからファイヤーボールで加熱し、石がアツアツになったところでドラゴン肉の切り身を一切れ乗せる。

ジュウ……なんて喫《そそ》る音を立ててくれてるよ。

そこらへんの枝を削って箸代わりに使い、様子を見ながら両面がいい焼き色になったところで食べることにした。男らしくガブリとかぶりつく。

「うっまーーーー！」

脂は溢れているのにさっぱりとしている。味は鶏肉に近くモモ肉のようなプリプリさ、しかし食感は牛ヒレに近いかもしれない。とりあえず地球じゃこんな肉ないだろう。ああ、とっても美味しい。

今後の主食はこれだな。とりあえずウサギの肉とはおさらばだね。

さて、美味しいお肉を食べて満足したからかMPが満タンになった。満足、満腹、満タン。素敵だね。

そんなMPは300ある。『改』の魔法二、三発で一匹倒せるとして、道中MPが回復したりレベルが上がって増えることも考えたら二十匹はノンストップで倒せるだろう。

早速ダンジョンに再突入した。

前回中断した地点に到達した時点で五匹の討伐。それから先は未開だけれど強くなった自信から警戒することなく先に進む。そして大型犬の魔物と二匹同時に遭遇した。

これは難易度が上がったということだろうか。でも二発で倒せる相手が二匹になったところでなんの問題もない。難無く突破した。その次はモフモフ二匹だったけれどやはり普通に倒した。

またさらにその次が大型犬、モフモフ、小ドラゴンが三匹同時に現れるというものだった。むしろ一回の魔法を同時に二匹に当てたりできて楽だった。そしてその次は小ドラゴン三匹。

この小ドラゴン三匹を倒して先に進んで行くと、ついに行き止まりが見えた。どうやらここがダンジョンの終着点みたいだ。

とても大きな門があって、それを守るように一匹だけ魔物が立っている。

たぶん、あの門の先がダンジョンのボスだろう。どうみても出口には見えない。門の前のやつはただの門番だと考えられる。

ボスは今は倒すつもりはない。そういうのはひたすらレベルを上げてから挑むんだ。でも門番は違う。もし出入りするたびにこいつも復活するのだとしたら経験値が美味しい。

その門番は灰色の毛をもった、大型犬とモフモフを合わせたような魔物。ちょっと抱きついてみたいけど、多分今までの奴らよりも強い。そんな気がする。もし今までの大型犬やドラゴンがDランクだったとしたらコイツはCランクだと思う。

「グルルルルルル」

認識の範囲内に入ってしまったようで、灰色の毛から牙をむき出して俺を威嚇し門を守るように佇んでいる。すぐにウォーターエミッションを放ったが身を翻して回避された。

毛長犬《けながいぬ》は回避した姿勢のまま口を開け、魔法陣を出現させた。おそらく風属性のエミッションだ。圧縮された空気が光線状になり襲いかかってくる。

俺も回避しようとしたけど失敗し、肩にかすってしまった。それなりに深く切られたようで血が溢れ出てくる。

数日ぶりのまともなダメージ。でも回復できるのがわかってるからこの程度じゃ怯んだりしない。相手に隙ができていたので、すかさずもう一発ウォーターエミッションを放ってやった。今度はちゃんと被弾し毛長犬は痛そうに身をよじる。

しかしすぐに持ち直し、俺に向かって突撃してきた。想定より素早い。そのまま俺の腹に牙を立てて噛み付こうとしてくる。回避は無理そうなので太ももを犠牲にし、その間にもう一度ウォーターエミッションを放った。

「うっ……」

あ、ダメだ。太ももくらいならと思ったけど、痛いものはやっぱり痛かった。

毛長犬は俺の太ももから牙を離し、後ろ足二本で立ち上がりながら爪を振り下ろしてきた。慌てずに顎下めがけてウォーターエミッション三発目を放つ。

水が噴出し押された方向に、バランスを崩した毛長犬は倒れる。

俺は一歩だけ後ろに下がり、今度はサンダーエミッションLv2を撃った。Lv1のものよりMPが4も多いけど威力も高い。それに今はウォーターエミッションで毛長犬の毛にはたっぷりと水を含ませたから、そのダメージは跳ね上がるはずだ。

「ウグロォォォオン！」

案の定、毛長犬は苦しそうに身悶えた。容赦なんてしない。この道中で十五匹も魔物を倒したのでレベルが上がってMPも増えたからまだ魔法は撃てるんだ。続けざまに連続三発同じものをお見舞いする。毛長犬からは焦げた臭いがし始めた。

俺だったら水を浴びさせられた上でこんなに雷撃を受けたら立てる気がしない。でも毛長犬はヨロヨロと立ち上がり、さらに風魔法のエミッションを放ってきた。

また回避が遅れ、今度は脇腹に受けてしまった。ただ相手の照準が合っていないので擦り傷で済んだ。

俺は痛みを耐えて骨ナイフを取り出し、毛長犬の眉間に突き刺した。身体から青色の魔核が出現する。

どうやら倒せたのはいいけどたくさん怪我をしちゃった。傷ついたのは利き手足じゃないから戦えたけど痛くて痛くて仕方がない。とりあえずヒールを唱えて傷口は塞いだ。

身体のぽかぽかとした感覚が止まないのでステータスを確認したところ、レベルが33に上がっていた。

Dランクだと思われる魔物十五匹にCランクだと思われる魔物一匹、合計でおおよそ11400の経験値を得ていた。この数値がダンジョン一周分というわけだ。特に毛長犬なんて野生の大型犬の経験値より九倍はある。これは美味しい。

ステータスの数値を見ずに閉じようとしたら、メッセージが現れた。

【30Lvを超えているので、今後はレベルが1つ上がるたびにHP、MP、STP、SKPが20、それ以外が10上昇します】

つまり30レベルからはそれまでの2レベル分のステータスがもらえるわけか。さらに周回が捗るな。

毛長犬の顎下の毛が銀色に光っていて綺麗だったので持っていくことにした。あとは必要な解体をしておいた物を回収して外に出る。あたりはすでに夕暮れ。

ステータスの割り振りは後回しにし、夕飯としてドラゴン肉のステーキを二枚食べた。調理している最中に『料理★』というスキルを手に入れたので二段階まで上げてみる。次から食事がもっと美味しくなるんだろうか。

ふふ、俺の新しい人生はなかなかいい感じじゃないかな。

大切な人がいないから寂しいし、ゲームやれないし、お風呂に入れないのは嫌だけど。

▼△▼△▼

ダンジョンを発見してから一週間くらいは経ったんじゃないかな。レベルが上がれば上がるほどに周回が加速し、回数も増えてゆく。

ま、レベル上げに対する俺の貪欲さは今に始まったことじゃないからね、仕方ないね。美花に何回呆れられてきたか。

おかげで俺のレベルは117。総経験値数は136万3000。

50レベルを超えてから増えるステータスが初期の三倍、75レベルで四倍、100レベルで五倍になった。さらに50レベル到達記念でステータスポイントとスキルポイントを1000ずつ、100レベル到達記念で500ずつもらった。

レベル99で打ち止めではなかった上にまだまだ先がありそうだ。

それにしてもゲームなら一週間で同じダンジョンを数千周、数万周はするはずなんだけど、生身の肉体で自分でずっと周り続けるから百二十周程度しかできていないのがちょっぴり悔しい。何か欲しいものがあったら自分で解体しなきゃいけないのも原因かな。

そういえばステータスの整理を全くしていないや。とくにステータスポイントはレベル20から1ポイントも変化なし。あ、でも必要だったからスキルの管理はそれなりにしたよ。

SK1は『氷術』を『氷術・改』に進化させた上で一段階目に。『水の短剣召喚術』をスキルポイントを割り振って『水剣《すいけん》召喚術（Cランク）』に進化させこれも一段階目にした。

ＳＫ2は『剣技』を『剣の道』という星二つのスキルに進化させて二段階目まで上げた他、『解体』『革加工』『料理』、そして毛皮の袋を初めて作った時に習得した『裁縫』の四つを最終段階まで上げきった。

特に水の剣を召喚でき、剣の技術も身につけたのは周回効率に大きな影響を与えた。いちいち魔法を唱えずともＭＰ30で呼び出した水の剣で斬っていけばいいんだ。おかげで昨日なんて四十三周した。

他にもアイテムの管理についても進んでいる。自分がここまで器用だとは思わなかったし、アナズムで見つけた新たな才能といえるかもしれない。

例えば犬皮とモフモフの糸で作った袋や、より鋭利な骨ナイフ、骨縫い針などもあるけど、一番すごいのはモフモフの青い生肉やドラゴン肉を冷凍保存するための設備だと思う。大型犬の皮から作った布を深く掘った地面に敷き、そこにアイスエミッションで凍らせたナマモノをアイスボールと一緒にいれるんだ。それが完成してから魔物の解体は必ず行い、有用な部位は取っておくようになった。

ただ倉庫がないので二千個以上ある魔核や爪や皮などの保管先に困ってる。今はそこらへんに山積みしてるんだ。ダンジョン周辺は魔物が現れないようで崩される心配はないから。

あと風呂に入りたいという欲求も叶っていない。その代わり役に立たないと思っていた『シャボン』のスキルで出てくる泡が石鹸に成分が近いとわかってから身体と服を洗っている。

まあ、生活は確かに安定しつつある。でも俺は昨夜、もうダンジョンのボスに挑むと決めた。

そろそろ寂しくて限界なんだ。健康的でなく、清潔感も欠ける生活にも耐えられない。まさかこの俺がダンジョンをたった百二十周しかせずに弱音を吐くとは思わなかったけど、ゲームとは違うんだ。レベル100も超えてるし妥協していいはず。

もし俺のそばに美花がいてくれたら、何千周もいけたんだろうな。

とりあえずダンジョンボスに挑むと決めたのならちゃんとしたステータスの管理が必要だと思う。ためてた分を割り振らなきゃ。

ステータスポイントは3700あり、そのほかのステータスはHPとMP以外だいたい1650。ひとまず割り振りしやすいように全ステータスを100割り振られた状態に統一する。それだけで500ポイントの消費。あとはMP、攻撃、器用、魔法力の五つに500ポイントずつ分け、残り700ポイント全てを素早さにあてた。防御とHPには使わない。

百二十周してる間にHPも防御も攻撃を回避すれば意味はないと悟り、逆に一番重要なのが素早さだと気がついたんだ。何か作業するときや移動速度はもちろんのこと、攻撃速度や魔法の発動速度にも素早さが影響する。回避性能だって上がるんだ、最優先で当然。

スキルポイントはどうしようかな。これも3500超えている。おそらく全ては使えないだろう。

ひとまず『剣の道』を最大まで割り振ってみる。進化すると『剣の豪《ごう》』という星三つのスキルになるようで、コストはCランクの魔核六個。毛長犬から出てくる青い魔核六個を試しに用意してみたらちゃんと粒子になってどこかに消えてくれた。やっぱりあいつはCランクで良かったんだね。

ちなみに大型犬やモフモフ、ドラゴンが出す魔核は『水の剣』『剣の道』を作るときに消費して

Dランクだとわかっている。

『剣の豪』を最大にするにはスキルポイントが200必要だった。剣技シリーズはこれで打ち止めみたいで、進化と派生の項目は出てこなかった。なんとなくまだ何かあるとは思うんだけど。

次は『水剣召喚術』を最大にした。目前まで割り振ってたようで、たったの15で到達してしまった。このスキルはもう進化しないみたい。『剣の豪』あたりと合成すれば強くなるんだろうけど、今のままで性能は十分なのでこれで打ち止めにする。

次は魔法だよ。『雷術・改』を最大まで上げて進化させると『雷術・真《しん》』というCランクのスキルになった。覚えられる魔法はサンダーキャノンというエミッションの高威力広範囲バージョンらしい。最大まで150ポイントしかかからなかったのですぐに割り振ってやった。

『雷術・極《ごく》』というAランクのスキルに進化した。しかもこれも300ポイントで最大になるみたいだった。割り振ってやっても、もう進化はしなかった。

覚えた魔法はサンダーマーチレスという。どうやら発動したあとはMPを消費しただけ自由に形作れるらしい。今まで通りビーム状にしてもいいし、巨大なボールにしてもいい、槍状や斬撃状なんてのもいけちゃうみたいだ。使う人次第の魔法ってことだね。

ほかの属性も同じようにしようかと考えたけれど、ボスを倒すだけなら雷と水の剣だけで十分だと思って今はそのままにしておくことにした。

そういえば『料理』のスキルが進化するかどうか選択できる状態でほっておいたんだっけ。進化に必要なCランクの魔核四個を使ってやると『真・料理』という星三つ放のスキルになった。15

０ポイントで最大まで上がる。このスキルはほとんど趣味みたいなものだね。
さて『料理』という寄り道はしてしまったものの、ステータスとスキルはボスと戦うには十分になんじゃないだろうか。一度全体を見てみよう。

――――――

〈ステータス〉 Ｎａｍｅ：アリム　Ｌｅｖｅｌ：１１７　ＥＸＰ：１３６３０００
ＨＰ：３５００　ＭＰ：４４４０　Ａ：２２０５　Ｃ：２１８５　Ｄ：１７５０
Ｗ：２１５０　Ｓ：２３５０　ＳＴＰ：０
〈スキル〉
―ＳＫ１―
［Ａ（Ｘ）：雷術・極］Ｌｖ ＭＡＸ　［Ｃ：水剣召喚術］Ｌｖ ＭＡＸ
［Ｄ（Ｘ）：火術・改］Ｌｖ０　［Ｄ（Ｘ）：水術・改］Ｌｖ１
［Ｄ（Ｘ）：風術・改］Ｌｖ０　［Ｄ（Ｘ）：土術・改］Ｌｖ０
［Ｄ（Ｘ）：氷術・改］Ｌｖ１　［Ｅ：シャボン］Ｌｖ ＭＡＸ
［Ｅ（Ｘ）：石術］Ｌｖ－　［Ｅ（Ｘ）：念術］Ｌｖ－
［Ｅ（Ｘ）：癒術］Ｌｖ２　［Ｅ（Ｘ）：強化術］Ｌｖ－
［Ｅ（Ｘ）：弱化術］Ｌｖ－
―ＳＫ２―

［剣の豪★★★］ＬｖＭＡＸ　［体技★］Ｌｖ－　［槍技★］Ｌｖ－　［弓技★］Ｌｖ－
［真・料理★★★］ＬｖＭＡＸ　［解体★］ＬｖＭＡＸ　［裁縫★］ＬｖＭＡＸ
［革加工★］ＬｖＭＡＸ　ＳＫＰ：２３００
称号：－　印：－
――――

うん、ちゃんとスキルによるボーナスもそれぞれ入ってるね。この世界に来た時と比べると四百倍の強さになっている。今だったらデコピンでウサギを弾き飛ばせてしまいそうだ。

それじゃあそろそろダンジョンに入ろう。これで最後だ。

【ビピーの村の『楽しみ』のダンジョンに入りました。】

俺は道中の魔物を蹴り飛ばしながらどんどんと進んで行く。もはや剣すら召喚しなくていい。物理で殴れば倒せる。この世界に来て二日目に大型犬に殺されかけたのが嘘みたいだ。まあ、レベルがあるんだしそれが当たり前なんだけどね。ふふん。

門番も倒しちゃってからボス部屋に続くであろう門の前に立ってみる。初めてまともに見るけれどやっぱりすごい大きさだ。見つめていたら徐々に開いてきた。何か特殊な開け方とかがあったわけじゃなかったんだね。俺が一人通れるくらいの大きさになったところで突入した。

中は暗くうっすらとしか周りが見えない。警戒しつつ水の剣を召喚。準備が整ったら一歩一歩進んで行く。感触からして地面は草が生えているようだ。

しばらく歩くと緑色のホタルのような靄《もや》がポツポツと現れ、それが辺りを照らし始めた。ここは広場になっており、その周りを木々が囲んでいるようだ。まるでこのダンジョンの入り口周辺みたい。三倍は大きいけど。

広場の中央を見ると三匹の犬型の魔物が立っていた。あいつらがボスだろう。

三匹のうち左側にいる犬が全身銀色で、右側にいる犬が金色、そして真ん中の犬は白を基調に毛並みが虹色に輝いており、さらにオーロラのようなものを首から胴体にかけて纏っている。近くにいたら目がチカチカしそうなくらい奇抜だ。大きさは黒い大型犬と同じくらい。

おそらく真ん中の虹色のやつが一番強いと思われる。なんというか強い圧を感じるんだ。体がビリビリするような……。

そんな虹色の犬は澄ました様子で他の二匹より一歩下がった。逆に左右の二匹は一歩前に出る。

「アォン……」

虹色の犬は語りかけるようにそう吠えた。すると金と銀のどちらもが爪を立て牙をむき出しにし、今にも飛びかかって来そうな構えをとり始める。命令か何かだったのかな。

「「アォォォォン！」」

二匹が同時に遠吠えをした。

次の瞬間、銀色の犬が水色のオーラを纏いながらこちらに向かって駆けてきた。これは多分、俺が合成で入手しなかったオーラ系の魔法だろう。

銀の犬は目の前までくると体当たりをかましてきた。しかし俺はタイミングよくそいつの頭を素早く掴んで地面に押し付けやる。素早さ依存だけどなかなかうまくいったよ。そのまま水の剣を片手でふるい三回ほど斬りつけてやると、身体からオレンジ色の魔核が出てきた。

今度は金色の犬に動きがあった。銀の犬みたいに突撃はして来ず、いつのまにか赤色の魔法五つを全て俺に向けている。

そこから放たれたのは炎の砲撃。たぶんファイヤーキャノンかな。俺もその場でより上位であるサンダーマーチレスを唱えた。

自由に形を作れる魔法とはいえぶっつけ本番で応用が効いた形状なんかにできるはずもなく、普通にエミッションやキャノンのようなレーザー状にしてしまう。

魔法の特徴を殺したシンプルな撃ち方だけれど、流石にAランクの魔法は強力で、五つの炎の砲撃全てを掻き消してしまった。さらに相殺されなかった分のお釣りが金の犬に当たってハデに吹っ飛ばす。

それだけじゃ倒せなかったようなので、衝撃で横たわってる間にサンダーマーチレスの黄色い魔法陣を金の犬の真上に出現させた。せっかくなので槍をイメージしてみる。

魔法陣からイメージ通りの槍のような落雷が降り注ぎ、金の犬を刺し殺した。赤い魔核が出てくる。あの金色の皮とか絶対綺麗だからね、あとで回収しなきゃ。

さて、残ってるのは悠々と構えている虹色に輝く犬だけだ。略して虹犬《にじいぬ》。銀と金は楽勝だったけど、こいつはどうだろうか。

虹犬は銀の犬と金の犬をしばらく見つめた後、最後に俺の方を向いた。

そして迷いなくまっすぐ、強い威圧感を放ちながら俺の方に歩いてきた。一歩進むたびに虹色の光がより輝きを増してゆく。

「アォオオオオオン！」

虹犬が広場の真ん中で止まり遠吠えをすると、草が揺れ、木が揺れ、空気を震わせた。間近で太鼓でも叩かれたかのように腹に響く。

やつは再び俺の方を見た。よく見れば瞳も虹色に輝いている。

床が赤い。

気がつけば俺の足元に魔法陣が広がっていた。その魔法陣はエミッションでもキャノンでもない。おそらくマーチレスだった。

俺は素早くその場から離れた。ギリギリ範囲内からでたところで魔法が発動し、噴火のような火柱が天まで昇ってゆく。

そういえばダンジョンは地下にあるのに、このボスステージは空がある。まるで夜のように暗く、星が輝いている空だ。そんな空を炎柱が照らしている。

回避できて安心したのもつかの間、ファイヤーマーチレスが途中で湾曲しこちらに向かって降下してきた。

なるほどこういうふうにも操れるのか。

逃げても追ってくる気がしたため、俺はサンダーマーチレスを光線のように放って打ち消した。

そこで、魔力を感じたというべきなんだろうか、違和感を覚えて虹犬の方に振り向くと、なんと球状の巨大な土塊が俺に向かって飛んできていた。

魔法陣が見えなかったから多分ボールだろう。それも、マーチレスを放つのと同じくらいにＭＰと魔力を使った代物だ。

咄嗟に同じ魔法を同じ大きさになるよう調節して放ち、ぶつけて破壊した。ランドボールなら俺も使える。しかしその衝撃で土や砂が舞い、視界を遮ってきた。

土埃が立ち上る中、黄色い魔法陣が展開されたのが光って見えた。一つや二つではない、十や二十はある。それら全てがサンダーエミッションだということは周回で何百回も使った俺にはすぐにわかった。

回避不可能なほどに一斉に放たれる雷のレーザー。ただ全部が俺に当たるように向けられているわけでなく、回避する隙間がないだけ。

俺は自分を守れるように軌道を考え、なるべく大きなサンダーマーチレスを放った。思惑通りサンダーエミッションを潰していってくれる。ついでに虹犬に被弾した。

雷魔法を撃ち合ったことで土埃はすっかり晴れている。虹犬に俺の魔法が当たるところと、虹犬が痛そうに顔を歪めるのがはっきり見えた。攻撃が効くってことは倒せるということ。

……というか、俺はどうやらダンジョンのボスの実力を見誤りすぎてたみたい。こんなに強いとは思わなかったよ。

門番が初見で倒せちゃう程度だったし、側近二匹も大したことなかったからこいつも弱いと思ったんだけど。

倒せるかどうかのギリギリを味わうなんて低レベル縛りプレイをしている時以外では俺らしくないし、レベルの概念がある事象において、この俺が敵相手に頑張るというのも不本意。レベルを上げて進んで行き、ボスが立ちはだかったなら力の差でたたきつぶす……ゲームでいつもしてきたことをやろうと思ったのに117レベルじゃ無理だったんだ。もし突入前にステータスを振っておかなければ今頃死んでたかも。

「アオーーーーーー!」

再び響く遠吠え。

攻撃を食らって悔しいのかな。俺も圧倒できなくて悔しい。

吠え終わった虹犬は右前足の爪を全て緑色に光らせた。そしてその爪を俺に近づくことなくその場で振るう。衝撃波、いや、風のヤイバが五本俺に向かって飛んできた。

水の剣を振るい『剣の豪』による剣さばきで全て弾く。同時に何かを感じたので上をみると、今度は青い魔法陣がこの広場全体に広がっていた。水魔法のマーチレスだ。弾いている隙に唱えたんだろうね、デカすぎて流石にこれは回避できない。

そのウォーターマーチレスはすぐに発動した。でもそれは攻撃と呼べるものではなく豪雨に近かった。ダメージもないしちょっと慌てて損したよ。……でもこんなことするなら何か意図があるはずだ。

森全体がずぶ濡れになった頃にウォーターマーチレスが消滅し、虹犬が今度は水色の魔法陣を出現させた。氷魔法のマーチレスだろう。

発動されたのはシンプルで直線的なレーザー。さっき俺が放ったサンダーマーチレスと同じだけど、それよりもさらに広範囲。

俺はその場から逃げようとした。でもさっきの豪雨により地面も凍りやすくなっていてうまく歩けない。これが狙いだったみたいだ。

仕方ないので素早さと器用さを合わせて魔法に当たらないよう氷の上を滑る。むしろ早く移動でき、虹犬の間近まで辿り着くことができた。

俺はそのまま首元を狙って剣を振り下ろす。しかし逸らされ胴体で受けられた。鮮血が飛んでくる。そして虹犬はアイスマーチレスを中断して俺の方を振り向き、噛みついてきた。

その噛みつきを前みたいに脚で受けようとしたけれど、牙が紫色に毒々しく光っていたので今回はやめた。もし捨て身で受けていたら毒を注入されてアウトなんてことになったかも。

当てるつもりだったのか虹犬は悔しそうな表情を浮かべつつ、再び牙を紫色にしながら飛びついてきた。その牙を剣で受けると、今度は風のヤイバを纏った爪を振るう。しかしそれもなんとか防いだ。そしたらまた紫色の牙で噛もうとしてくる。

それから牙と爪の繰り返しが始まった。まさに猛攻。攻めてくる虹犬の攻撃を防ぎつつ後退することしかできない。

このまま後退していけば木々が生えている場所に入る。いつぞやの木にぶつかって攻撃を回避しそこねた時みたいになるのは避けたい。またお腹を噛まれるのは嫌だからね。この状況を打開するには俺から攻めなければならない。せめて片手を空けて何かしらしなきゃ。骨ナイフを使ってみるか。

俺は水の剣を両手持ちから左手のみに持ち替え、怪しい紫色の牙以外は多少ダメージを受けることを覚悟し避け方を変えた。こうして自由にした右手を腰に回し、ズボンに挟んでおいた骨ナイフを握る。

そして大振り気味の爪振り下ろし攻撃が来た瞬間、少し自分の体勢を下げ、虹犬の顎下めがけて攻撃力いっぱいに骨ナイフを突き上げた。

「グルゥゥ！」

刺した時に骨ナイフの先端が欠けた感覚がしたのでもう使い物にならないと思う。ただ最後にしっかり仕事をしてくれた。

俺はそのまま一歩下がり虹犬の顎を骨ナイフごと蹴る。より深く傷口から口内へと刺さった。

よし、ここからは俺の番だ！

視界を潰すためにランドボールを撃たれたのは効いた。だったら俺も同じように視覚を潰してあげればいい。ついでに犬相手にするわけだからニオイも消したい。

それにうってつけなのがダンジョンの宝箱から手に入れた『シャボン』だ。

今の魔法力2150と大量のMPをふんだんに使ってしまおう。

俺はありったけのシャボンを、怯んでいる虹犬を中心に発動させた。広場の三分の一を覆う範囲を指定している。

本当なら俺も視界が悪くなるんだけど、ちゃんと虹犬の姿は確認できるんだ。なぜならあいつは虹色に光っているからね！

そして俺は上空から戸惑う虹犬に向かってサンダーマーチレスを放った。一発じゃ足りない、十発は撃った。

やがてシャボンは全て消え、血だらけで横たわる虹犬の姿を確認した。

「倒したの？」

声をかけても反応はない。でも魔核は出てないから倒しきれてないんだろう。俺は再び剣を構えて虹犬に近づいた。

「グルルルルァ」

俺がかなり近づいたところで虹犬は飛び上がった。まだ動けるみたいだ。警戒はしていたのに懐に潜られる。地面が抉れていることから、どうやら後ろ足で風のヤイバを放って加速したんだ、想定外だよ。

そして俺は風のヤイバをまとった前脚で肩から斜めに切り裂かれた。

「いっ……！」

さらに虹犬は勢いを殺さず空中で一回転し、後ろ両脚で俺の頭を思い切り蹴り飛ばす。

「んぅ……うあっ……！」

アクティブすぎる。

イタイ、死ぬほど痛い。胴体からも頭からも血が流れていくのがわかる。衝撃で体勢を崩し、冷え固まっている地面に放り出される。水分が傷口にしみる。

そんな倒れた俺を虹犬は見下ろし口を開いた。口内から現れるのはファイヤーマーチレスの魔法陣。この至近距離で俺に撃つつもりだ。

傷は酷いけど実はＨＰ自体は四分の一くらいしか減っていない。でもこの距離で高威力のマーチレスを食らえば流石に大ダメージは免れない。そもそもすごく痛いだろう。

一か八かで、俺は虹犬の口に手を向けた。

「サンダーボール！」

ファイヤーマーチレスが発動するより先に、魔法陣が必要ないボールが飛んで行く。うまく口の中に入った。

「グルォ⁉」

虹犬は目を見開き、耳を立て、思いっきり身体を仰け反った。ファイヤーマーチレスはそれに合わせて斜め上に向かって発動される。

ふふふ、作戦通りだね。

助かったけど、勝つならここで隙を与えちゃダメだ。

「サンダーボール！」

これが一番発動が早くていい。四肢を狙って八発同時に発射した。はっきり痛がっているのがわかる。ボールでダメージが通るほど虹犬も疲労が蓄積しているのかも。

だったら……。

「ファイヤーボール！　ウォーターボール、ウインドボール、ランドボール！」

手当たり次第に次々と何十個と同時にボールを放つことにした。相手を休めないし、俺も休まない。

「アイスボール、サンダーボール、ファイヤーボール!!　ボール、ボール、ボール、ボールボールボールボールボールボール!!」

球型の魔法が自分でも驚くほど飛んで行く。間近にいるのに虹犬の姿が見えないほどだ。

でも俺は休まず唱え続ける。とにかくひたすら唱え続ける。

「ボールボール、ボールボー――」

しかしこうも連続して唱えているならMPも底をつく。血の流しすぎとは別に身体が気だるくなったのでボールを唱えながらステータスを見てみると残りMPは3しかなかった。俺は慌てて唱えるのをやめた。

しばらくしてボールの群れが生んだ衝撃により見えていなかった虹犬の姿が煙の中から現れる。皮膚には魔法耐性があったのだろうか、外傷は剣と切り傷、顎の骨のナイフのみ残っている。あとは一切傷が付いていない万全の状態だ。しかし虹犬は横たわり背部から金色に輝く魔核を出していた。

「あ……はぁ……」

倒したんだ。やっと倒したんだ。

疲れすぎて喜びの言葉も上がらない。

ああ、きつかった。やっぱり敵を倒すのには圧倒的な差をつけてからの方がいいよ。こんな無駄に痛い思いせずに済むんだ。

身体が温かい。虹犬を倒してレベルが上がったみたいだ。MPをいくらか得ている。すぐに傷口にヒールの魔法を唱えて止血した。ゲームでも現実でも回復魔法はありがたい。

辺りを見渡してみると酷い有様だった。草が剥げていたり、木が倒れていたり、凍っていたり。

そんな中、虹犬が元いた場所よりさらにその先に、淡く輝く青い光と赤い本体に金色の装飾と縁がついた宝箱が現れていた。いつの間に、どうやって現れたのかはわからない。

青い光をよく見てみるとこのダンジョンの入り口が映っていた。たぶんこれが脱出するためのワープホールってやつなんだろう。

まあ、帰る手段は置いといて、今一番興味があるのは赤い宝箱。

ダンジョン内で見つけたあの青い宝箱なんかよりすごいのは確実だ。このワクワク感がたまらない！　思わずボスの死骸や魔核を放って駆けていた。

蓋に手をかけ、開ける。

肝心の中身は予想通りすごいものだった。

まず現れたのは金色の犬をモチーフにしたようなポーチ。銀色の糸で刺繍《ししゅう》がしてあり、動物の皮でできている肩提げ紐も付いている。成金趣味な気がしなくもないけどデザインは可愛くていい。かっこいいのより可愛いのは俺の好みに合っているよ。昔から可愛い服ばかり着せられてきたし。

……ダンジョンの宝箱からポーチが出てくる理由とか、そんな野暮なことは考えない。ゲームだったら古代遺跡のツボから食用のパンが出てきたりするんだし、この程度なんてことないさ。

ポーチを手に取るとその下にはスキルカードと思しきディスクが二枚と、定期券のような厚さのカードが一枚あった。とりあえずスキルは後で覚えるとしよう。

あとは魔核がお歳暮でもらう果物のように一個一個丁寧に敷き詰められていて合計で十二個。全部虹犬を倒した時に出てきたものと同じだ。いくらあっても困るものではないから助かる。

金銀財宝とかは入ってないみたいだけど、ポーチがそれに該当しそうだし文句はない。

さて、中身の確認が終わったし外に出るとしよう。まず宝箱に入っていたものとボス三匹から出てきた魔核をポーチに入れて脇に抱える。そしてボス三匹の本体は尻尾を掴んで引きずることにした。

華奢な俺がこれだけ荷物を持てるのは器用さと攻撃力のおかげだ。

さて、どうすればワープホールは反応するのだろうか。触ってみようにも両手がふさがっている。とりあえず足を突っ込んでみた。そうすると頭の中にメッセージが表示される。

【ピピーの森の『楽しみ』のダンジョンをクリアしました。】

【称号、『「楽しみ」のダンジョン攻略者』『神速成長《しんそく》』『モンスタージェノサイダー』『Sランク討伐者』『超人』を入手しました。】

【印、『虹の王の森』を入手しました。】

【ダンジョンクリア報酬としてSTPとSKPをそれぞれ500ずつ入手しました。】

【ダンジョンを脱出します。よろしいですか？　全員脱出するとダンジョンは消滅します。】

お、一気に出てきたね。

持ち帰るべきものはすべてこの手に握っているので、俺はメッセージに対してハイと答えた。その途端、身体が淡い光に包まれる。

気がつくと俺は地面に横たわっていた。手にはしっかりと戦利品達が握られている。

俺がいるこの場所は本来ならダンジョンの穴の中心だろう。今はただの大きなクレーターになっている。本当に消えてしまったんだね。なんだかとってももったいない気持ち。

とりあえず犬三匹の死骸をその場に置いておき、もう一度宝箱を開けてスキルカードと定期券のようなものを取り出した。この二つを見なければ宝の確認が終わったとは言えない。

まずはスキルカードの一枚を額にかざしてみた。シャボンの時と同じようにメッセージが流れてくる。


【『男女変換★★★』を習得しますか？】


だ、だんじょへんかん……？

とりあえず効果を見てみると、どうやら性別を自由自在に変えられるようになるという物だった。

なんだ、俺への当てつけかな、そうだよね？

俺がみんなに昔から……。

ともかくこれはないな。一応とっておくけれど使う機会なんてないだろう。俺にとっては嫌味なカードのことなんて忘れて、もう一方も額にかざしてみよう。


【『鑑定王★★★★』を習得しますか？】


う、わ、なんかすごそうなのが来た。一応効果を調べてみる。

なんでも全ての物質の名称、状態、出来映え、価値、主な材料、アイテムとしての種類、詳しい説明を観ることができる鑑定スキルの最終形態とのことだ。

もちろん即座に習得した。

スキルとして詳しく見てみると最大まで必要なスキルポイントは300だった。無論すぐに割り振った。

段階の一つにレベル0があるのが気になる。鑑定スキルの最終形態ってことは確かに進化前があるんだろうけれど。

試しに確認すると「『鑑定名人』『石鑑定』『解体物鑑定』『武器鑑定』『道具鑑定』『植物鑑定』のLvMAXの基本効果を受け継ぐ」と説明された。

これら全部を合成したのがこのスキルなんだろう。まともに作ろうとしたら大変そうだ。逆に言えば俺がすでに持っている『解体』『裁縫』などもこういうスキルの一部になるのかもしれない。

とにかくいいものを手に入れた。

鑑定王ってことは、この定期券のように硬いカードも何なのかがわかるってことだろう。「鑑定する」と意識すればいいらしい。

メッセージとは別の感じで頭の中に文字が浮かび上がってくる。

＋＋＋＋＋

「『無限収納』のマジックカード」
状態：良　出来：至高　価値：国宝

種類：マジックカード
材料：紙／魔力
〈説明〉
このカードはアイテムに貼り付けることによって効果を付与することができる。一度使用したら消滅する。
このカードが貼り付けられたアイテムは以下の効果が得られる。
・物が無限に入るようになる。
・入れたものの時間が止まる。
・大きさや量に関係なく物を吸い込むように入れられる。
・取り出したいものを思えば大きさに関係なく取り出せる。一度に出せる個数に限りはない。
・アイテムの性能を微量に上げる。
＋＋＋＋＋

なるほど、マジックカードっていうんだね。これを使えば好きなアイテムを好きなようにカスタマイズできるわけだ。

その上でこの効果は相当やばいよね。もしかしたら今回これが一番のお宝かもしれない。しかも都合よく宝箱中からポーチが出て来てるし。いや、セットだった可能性の方が高いか。

なんにせよこれであふれているアイテムの問題はなくなる。

ポーチがどんなものかも見てから、このマジックカードを付与してあげるとしよう。

+++++
「金王犬《きんおうけん》のマジックポーチ」
状態：最良　出来：至高　価値：宝
種類：鞄／入れ物
材料：金王犬の革／金王犬の毛／銀臣犬《ぎんしんけん》の毛
チャイルドラゴンの革／金／マジックカード
〈説明〉
金王犬の革で作られたポーチ。
・汚れることはない。また壊れにくくなる。
・状態は必ず最良に保たれ、出来も至高になる。
+++++

金王犬……とは、名前からしてあの金色の犬のことだろう。確かに毛並みがすごく綺麗だったもんね。すごく偉そうな名前だけど。それに縫い糸と刺繍糸は金犬と銀犬の毛を紡いで作ったものか。チャイルドラゴンが何者かはわからないけれど、この肩紐に使われている革をさしていることはわかる。

俺はさっそく『無限収納』のマジックカードをポーチに貼り付けてみた。魔核を使った時のように粒子になって消える。

もう一度ポーチを鑑定してみると、価値が国宝級になり説明文に『無限収納』についての説明が増えていた。

試しに『男女変換』のスキルカードを中に入れてみた。そして別のこと考えながらポーチの中を漁ってみると、どこにもそれがなかった。本当にこれは便利だ。

よし、一休みする前にアイテムの整理をしちゃおうね。

口を開かせながら山盛りになっている戦利品の数々をしまいたいと考えたら、全部マジックポーチに吸い込まれていった。埃や石などの余計なものは一切吸っていない。

後はモフモフから手に入れた青い肉とドラゴンの肉を冷凍保存庫から吸い込んでいく。やがて全部しっかりと吸い尽くし、その場には穴しか残らなかった。

中に入れてる間は時間が止まるっていうし、腐る心配もいらない。だいぶスッキリしたしアイテムに関しては思い残すことはもうないだろうね。

あー、終わった終わった。ＭＰを回復するために一眠りしてから、また村がないか探すために歩き続けるとしよう。

今までアイテムを置いていた木陰に入って木に腰かけて目を瞑った。自分が思っていたより疲れていたのかな、すぐに眠りにつくことができた。

三部　ピピー村と冒険者

「皆様方、助かりました。ありがとうございました」

ある老人が若者四人にむかって頭を下げた。

「いえ、礼には及びませんよ」

「そうだ、村長さん。俺達は仕事をこなしただけだって」

「これが冒険者の仕事ですからね！」

「また私達がお力になれるようなことがあればお呼びください」

礼を言われて嬉しそうにしつつ、冒険者と名乗る四人全員が謙遜《けんそん》する。

その様子を見て村長と呼ばれた老人は「ほほぅ」と関心の声を漏らした。

「お若いというのに立派なことで。なんとも頼りになりますな」

「ありがとうございます。僕達はまだまだ未熟者ですがそう言って頂けると嬉しいです」

この四人組のリーダーのような存在である金髪の青年は老人に御礼を言った。

長年、村の長を務めている老人にとって、ここまで礼儀が正しい冒険者に出会うのは初めてであり、非常に好感を持っている。

「なんとも関心しました。ところでどなたもお怪我はありませんか」

心配ないと分かりながらも村長はそう訊いた。

「大丈夫だ村長。うちの回復役は優秀なんだ」

「あ……えへへ。恐縮です」

村長の問いに四人組の中でも一番屈強な青年が、髪の長い少女の頭に手を置きながらそう言った。

少女は少し頬を赤らめる。

実際、老人の目から見ても四人の中で目立った傷を負った者はいないようだった。仕事をこなした後だというのに疲れた様子もない。

今はまだ冒険者としての地位は低いがこれから成長し強くなっていくだろう、と、長年生きてきて得た勘にそう告げられた老人は、同時にある場所のことを思い出す。

礼儀があり信用でき、若くて将来性のある彼らになら任せても大丈夫だと判断し、その思い出した秘密の場所を教えることにした。

「それは良かった。皆様のような冒険者ならばアレを攻略することができるかもしれませんな」

「村長さん、アレって……？　私達は四人でやっとCランクの冒険者だからそれ以上のランクのこととなると……」

髪の毛を肩のあたりまで伸ばしている少女が、不安そうな表情を浮かべる。

その様子を見て村長は新しい依頼だと勘違いされないためにも、もったいぶらずに『アレ』の正体を教えることにした。

「アレ、とは実はダンジョンのことでしてな」

「ダンジョン……！」

「そ、それは一体どういう名前のダンジョンなんですか⁉」

大人しかったリーダーの青年が食い気味に反応する。他の三人も表情がまるで変わっていた。

老人は心の中でその表情の変貌振りを楽しみながら、青年の問いに答えた。

「名はピピーの森の『楽しみ』のダンジョンという名前だったはずですじゃ。うちの村のきこりが偶然見つけましてな」

「それはどこに？」

「この村の裏口からずっとまっすぐ進んだところです。我々村の者からしてみればただの邪魔な大穴ですが、あなた方にとってはそうではないでしょう？」

「なるほど。少し時間をください」

リーダーの青年がそう言うと四人は一斉に顔を見合わせる。どうやら相談をしはじめたようだった。

まだ耳が悪くない村長には話していることが全部聞こえた。

「ねぇ、行けるだけ行ってみない？　こんな機会なかなかないわよ」

「そうだね。国が管理しているダンジョンじゃない、天然のものだ。まだ宝箱とかが残ってるかもしれない」

「俺らには無理だとわかったら逃げればいいしな。だが、せめて最初の一匹は倒したいものだ」

「では決まりですね。ポーション、いつでも出せるように準備しましょう」

話が決まり老人の方を振り向いた。答えを既に知っている彼はニコニコしながら頼られるのを待っている。

「村長さん、お言葉に甘え案内をお願いできますか？」

「そう来なくては」

老人と若者四人はダンジョン攻略に向けて必要な準備を手早く整え、村の裏口からそのダンジョンがある場所まで歩いていく。

やがてその手前まで辿り着くと、老人は立ち止まって四人に話しかけた。

「もう目の前ですが、くれぐれも無理はなさりませんように」

「大丈夫です。僕達は安全第一で活動していますから」

「そうでしたな。それでは参りましょう」

通常、ダンジョンがある場所は周囲もひらける。五人が足を踏み込んだ先はたしかに広場になっていた。

しかしそこにあるのは何かが落ちてきた後のような窪《くぼ》みだけで、ダンジョンは見当たらなかった。

「なんと……！　たしかにここの筈なのですが」

「いや、ここで合っていた筈だ。親から聞いたことがある、ダンジョンがクリアされた後はああいう風になると」

「そういえば僕も聞いたことあるよ」

「ってことは誰かが見つけてクリアしちゃったんだぁ……」

「残念です」

落ち込む様子を見て申し訳なさを感じた老人は、四人にむかって頭を下げた。

「期待させておいて、無駄足にしてしまって申し訳ない……」

「気にしないでくださいよ。ダンジョンは所有されているものでなければ早い者勝ちです。仕方のないことなんですよ」

「ああ、それに俺らはダンジョンに入ったことがないから興味を持っただけで、そもそもDランクの冒険者がクリアなんてできる筈ないしな」

謝る老人に対し、四人は口々に気にしないように言う。老人は尚更彼らに感心した。

「そろそろ戻りましょう」

「ならばこの埋め合わせにうちの村の名産、カバという野菜の料理を食べていってくだされ。黒兵《こくへい》犬《けん》を退治してもらわなかったら荒らされておった代物じゃ。是非」

「ではお言葉に甘えて……。おや、どうしました？」

筋骨隆々な青年がずっと窪みの方を見ていることに、髪の長い少女が気がついた。

「いや、そこに何かいる気がしてな」

「そこ？　そことはどこですか？」

「あの木の後ろだ。今一瞬人の肩が見えたような気がしたんだ」

指さした先はダンジョンによる広場の範囲内と範囲外の境目にある普通の木だった。

「肩が？　見間違いじゃないの？」

「いや、そうだと思うんだが……」

「なに、見てみればわかる話だよ」

リーダーである青年がその木まで様子を見るために近づき裏を覗き込んだ。彼は言葉が出る前に、驚きのあまり固まった。

「ど、どうしたのルイン⁉」

「はっ……！　お、女の子が……」

「女の子？」

老人と残り三人の若者はリーダーの少年と同じように木に向かい、裏を覗いた。そこには彼のいう通り、少女が木に寄りかかっていた。ただし全身血まみれで。

「ほ、本当に女の子だ……って血まみれじゃない！」

「息はある……ミュリ、早く回復魔法を唱えるんだ！」

「あわわわ、ハイヒール！　ハイヒール！」

髪の長い少女が、その血まみれの少女に必死に回復魔法を連続してかけ始める。心底驚いたがなんとかして気持ちを落ち着かせたリーダーの青年は、老人に問う。

「この子は村の子ですよね？」

「い、いや……村人全員の顔は把握しておるのじゃが、その子は見知らぬ顔ですな」

「それじゃあ一体……」

「とりあえず村に連れて行きましょう。安静にしてやらねば」

老人のその言葉に全員が頷いた。

「その通りだな。ミュリ、回復が終わったら俺が背負っていく！」

「も、もう傷は塞がりました！」

「よし！　いこう！」

屈強な青年が血まみれの少女を背負って、五人は村へと急いで戻った。

▼△▼△▼

う……あんまり夢を見ないはずの俺が、幼稚園児の時に美花と結婚の約束をした時の夢を見てしまった。その約束のことは叶わなかったしいいとして、あいつは今頃、地球でどうしているんだろうか。お葬式に参加して、泣いてくれるくらいしてたら嬉しいな。そのあとは俺のことを気にしないでいてほしいよ。きっと美花にとって重荷になるから。

それにしても背中が柔らかくて全身が暖かい。布団にでも包まれてるみたいだ。いや、それが普通なんだろうけど、寝るときに俺は木にもたれかかって寝ていたはずなんだよね。

そんな明らかな違和感を覚えたので俺は目を開けた。周りがぼやけていてよくわからないけど、森の中じゃないことは確かだった。上に天井がある。またしっかりと横たわった姿勢になっており、柔らかいどこかに寝かされている感覚も間違いではないようだ。

………どこ、ここ？

頭で考えてもわからない。目のぼやけが晴れてきたので、キョロキョロと動かしてみた。窓があって、タンスがあって……やはりどこかの家の中だ。

人の気配がしたので自分の真隣をみると、水色という奇抜な色の髪なのに純粋で清楚そうな雰囲気の女の人が俺のことをみて驚いていた。あ、目があった。

「……あ！　よかった、目が覚めたのですね！」

とても優しそうな声でそう言われた。

えーっと、まだ頭の処理が追いつかないけれど、アナズムの住人かな、この女の人は。つまり初めての現地の人との接触だ。

髪の色や目の色まで、まるでゲームや漫画の住人のような色合いなんだね。顔立ちも整ってるし。

見知らぬ屋内に、看病してくれてる女の人、目覚めたという言葉から考えるに、あの場所から保護されてここに寝かされているんだね。

うーん、あんな森のど真ん中からどういう状況で俺は発見されたんだろ。

「みんな！　女の子が目を覚ましましたよ！」

女の人がそう言って扉の向こうを呼んだ。それにしても女の子って……。俺はこの世界でもそういう運命なのか。

この部屋にぞろぞろと人が入ってきた。

俺を看病していてくれていたっぽい女の人と歳が同じくらいに見える男女三人。それと杖をついたおじいさん。

それぞれが俺のことをとても心配してくれていることは表情から見て取れる。どうやらとても優しい人たちに保護してもらえたみたいだ。

「ああ、本当に良かったよ」

「どう、どこか痛くない？」

金髪で爽やかなイケメンと、桃色の髪で可愛い感じの女の人がそう訊いてきた。

傷は治してあるし、たっぷりと寝たから調子が悪そうなところもない。万全だと答えてもいいだろう。

「……はい、どこも痛くありません」

久しぶりにちゃんとした人の言葉を発したけど、俺の声の高さも相変わらずだ。今更男だと言っても確固たる証拠を見せない限り信じてもらえないだろう。

それよりもこの世界の言葉が普通に聞けてふつうに話せていることにすごく感激した。お地蔵様は特別なことをしてあげられないと謝っていたけれど、これは十分すぎる気がする。

「よかった、ミュリの回復魔法が効いたのね」

「血だらけだったからな……」

俺の親友である翔は筋肉モリモリだった。その翔にこの男の人は雰囲気が似ている。ところで血だらけだったとはどういうことだろう。傷口は塞いでいたはずだ。

……あ、塞いだのはいいけど顔を拭いたり服に染み込んだ血を落とすのを忘れてた。なるほど、それは血だらけだと思われて回復魔法かけられても仕方がない。

「一体あそこでなにがあったんだい？　あと、この村の住民じゃないらしいけど、どこからきたの？」

「え、あ……」

あそこでなにがあったかは答えられるが、来た場所を訊かれるのは困る。だってまず帰れないもの。

これはどうやら頭から出血してその衝撃で、記憶喪失になったってことにした方が都合が良さそうだ。

「……っ。お、思い出せません……」

「どっちも？」

「はい。思い出せません……」

これで通用するのだろうか。俺以外の五人は困ったように顔を見合わせる。

「名前はなんていうの？　ステータスを見ればわかるよね」

「はい、アリムといいます」

「苗字もわかる？」

「えっ」

「苗字さえわかればご家族が見つかるかも」

苗字だと？　そんなのステータスに表示されてなかったぞ。……不信感を与えたくないから今考えて答えなきゃ。

アリムという名前は、俺の本名を別の読み方にしたものだ。ならば苗字もそんな風にすればいい。

日本じゃ『成上《じょうじょう》』って苗字だから訓読みにしてやってナリウエ……ナリウェイ。

アリム・ナリウェイ……これで行こう。ステータスには書いてないから忘れないようにしなきゃ。

「あ……ナリウェイと書いてます」

「アリム・ナリウェイ……聞いたことがない。やはりこの村の者ではないようじゃ」

「僕も城下町に住んでますが聞いたことないですね」

「ルイン、村はともかく城下町みたいな人が多いところじゃ苗字なんてそんなもんじゃないか？」

「ま、確かにね」

なるほど、この世界にはちゃんと城下町とかもあるのか。住むならそこがいいな。お城の側とか。

「見つけたわよー……って、その子起きたのね」

扉からまた一人、服を何着か持ったおばあさんが入ってきた。穏やかそうな顔をしている。俺の顔を見るなりニッコリと笑った。

「よかったわ、血だらけで背負われてやってきた時はどうなることかと思ったもの」

「おお、服見つかったか」

「ええ、下着は新品が見つからなかったから買ってきたわ」

おじいさんとのやりとりを見ると、この人は奥さんみたいだ。それにおそらくはこの家も二人のもの。

「かなり前のものだけど大丈夫かしら？」

「村長、その服は？」

「ああ、わしらの娘が若い頃に着ておった服です」

おじいさんは村長さんだったのか。確かにそんな感じはする。

服といえば、俺が今着ているものは何日間もずっと着まわして汚ないやつだ。それも大怪我していると勘違いされるくらい血まみれ。こんなんで人様のおうちのベッドで寝ていたなんて申し訳ない。

「すいません、汚い服でベッドに……」

「そんなこと気にしなくていいんじゃよ。どれ、服はそこの机の上に置こう」

「ええ」

おばあさんはこちらまでやってきて、俺を看てくれていた女の人の横にある机に服を積んだ。

……見るからにスカートがあるし、ブラジャーのようなものもちらりと。

「あ、これってあなたのよね。お名前は……」

「アリムというそうじゃ」

「そう。アリムちゃんのでしょ？」

おばあさんが取り出したのは、俺の金のマジックポーチ。そういえば手元になかった。預かっておいてくれたんだね。あ、でも俺は記憶喪失の設定。上手いこと言わなきゃ。

「それが倒れていた場所にあったなら、自分のだと思います」

「そもそも見つけた時に普通に肩にかけておったな」

「それを早く言ってくださいな。はい、アリムちゃん。中身は何も入ってなかったけど……」

自分以外の人は中に何が入ってるかわからないから、この金のマジックポーチからアイテムを取り出せないんだね。それならよかった。大量に青いお肉だとか犬の毛皮だとかを持っていることを知られたら変に思われるし。

「おっと、そういえばワシらは誰も名を名乗っておらんかったな」

おじいさんがそう言った。名乗ってくれるなら、助けてくれた恩人たちだ、名前をしっかり覚えておこう。

「ワシはジーゼフ。このピピーの村の村長をやっておる。普通に村長とでも呼んでくれ」

「私はその妻のガーベラよ。おばあさんとか、おばさんとか、ガーベラと名前で呼ぶのもいいわ」

村の名前もピピーの村なんだ。まだこの部屋しか知らないけど、優しい村長のジーゼフさんとガーベラさんがこの村を切り盛りしてるならいい村なのかも。

今度は若者四人が自己紹介を始めた。

「僕はルインだよ、アリムちゃん」

「ルインさんですか、よろしくお願いします」

金髪イケメンがルインさんね。どこかの王子様なんじゃないかって見た目してる。白馬とかがにあっていそう。

「じゃ次俺だな。俺はオルゴだ」

「オルゴがアリムちゃんをここまで背負ってきたんだよ」

「そうなんですか、ありがとうございます！」

「気にするな」

一番体格が良くて身長も高く、俺の親友に雰囲気が似てるこの人がオルゴさんね。ルインさんが勇者や王子様だとしたらこの人は戦士って雰囲気だ。

「私はリロよ、よろしくねアリムちゃん！」

「はい、リロさん。よろしくお願いします」

ピンクの髪の女の人がリロさん。なんかめっちゃ出るとこ出てるな……。それはともかく元気が良さそう人だ。なんとなーく魔法使いそうなイメージ。

「私はミュリです」

「看病、ありがとうございますミュリさん」

「いえいえ、私はこのくらいしかできませんので！」

そして水色髪のおしとやかそうなのがミュリさんね。俺に回復魔法をたくさんかけてくれたとかいう。意味はなかったとしても、気持ちがありがたいからしっかりと感謝しなきゃね！ 見た目からしてゲームでいえば僧侶だな。

「僕たち四人は冒険者という職業をしているんだ。『セインフォース』っていうチーム名で一緒にね」

「普段は城下町にいるんだけど、村長さんから依頼を受けてこの村に数日だけ滞在しているの」

へー、つまり偶然この人たちがきていて、偶然見つけられたって感じか。そうなったから良かったけど、本当ならまだ森の中でスヤスヤ寝ていた可能性の方が高かったわけだ。

「村長。僕たち明後日に帰ることになってますが、それまでこの子の面倒を見ますよ」

「それがいい。皆さん、気になって仕方がないと顔に出ておりますからな」

お世話になるなぁ。なんだか悪いよ、本当に。

「そうじゃ、起きたんだしまずは飯を喰わせねばな」

「あなた、着替えもあるし先にお風呂の方が良いのじゃありませんか？」

「おっと、確かにそっちが先の方がよいな」

お風呂！　たしかに先にお風呂入りたい！

人里にいるわけだから、魔法で作った泡と水魔法の冷たい水で身体を洗うだなんてことしなくていいんだもんね！

「でももしかしたらまだ傷口があるかもしれません……」

「それなら私達も一緒に入って様子を見ればいいんじゃないかな？」

……えっ。

「そうですね、それがいいかもしれません」

「ちょうど私たちも依頼こなしたばかりでお風呂入りたかったし！」

「ウチの風呂はそんなに人が入りませんからな、それならば宿の浴場を使ってくだされ」

あ、なんかどんどん話が進んでる。自分は男だとカミングアウトする前に、ミュリさんは俺の手を握ってきた。

「さ、着替え持って一緒に行きましょう！」

「背中流してあげるねー」

俺はベッドの上から降ろされる。

たしかに早くお風呂に入りたいけど、女の人と一緒になんて入れないって！　美花とだって最後に一緒に入ったの十一年前なのに。

しかし善意百パーセントの申し出を断ることができず、俺はセインフォースとかいうチームの皆さんが泊まっている宿まで連行された。

村長さんの家から宿屋に向かうまでの一分間、村の住人からジロジロと物珍しそうな目で見られる。

村人を見てわかったことは、ミュリさんとリロさんや俺の髪の色が特別奇抜な色なんじゃなくて、このアナズムという世界の住人みんなが髪の毛がカラフルってこと。

それと村は木々に囲まれてのどかでいい感じのところだ。あとで探検してみるのもいいかも。俺がまずい状況になってなかったらの話だけど。

宿に入るなりリロさんもミュリさんも俺の手を離さずに浴場へと直行した。

中に入るとかなり狭いが脱衣所がちゃんとあった。しかしカゴがなかったり、他人の荷物とごっちゃになりそうだったりして、日本の銭湯に比べるとかなり不便そうだ。

「血が張り付いて自分で脱げないとか、ない？」

「な、ないです！」

「それならいいんだけど」

リロさんは俺のことを気にかけてくれたあと、自分の服に手をかけた。やべ、目をそらさなきゃ。

女の子として認識されてることでここまでピンチになったのは久しぶりだ。どうしよう、もうこんな状況だし逃げようとしたら騒ぎになるだろうし。

「あれ、アリムちゃん。やはり脱げませんか？」

「い、いえ、そんなこたぁないです！」

俺はもう目をつぶって他のことに気をそらしたいんだ、あんまり話しかけないでほしい。今目を少しでも開けたら絶対にまずい。いっそのこと本当に女の子になってしまえば……。

……あ、そうだその手があった。

幸いポーチはそのまま持ってきている。

俺は絶対にリロさんとミュリさんの方を振り向かないように努めながらこっそりとポーチから『男女変換』を取り出した。急いで額に当てる。

【『男女変換★★★』を習得しますか？】

はい、と即答するとスキルカードは消え去った。

すぐに最大の150スキルポイントを割り振り、早速使ってみる。説明も何も詳しくは読んでないけれど、時間ないしモタモタしていられない。

……………。

「あれ？　今何か光らなかった？」

「そうですか？　あれ、アリムちゃん、やはり服脱げませんか？」

ミュリさんが顔を覗きながらそう言った。

俺は自分の服に手をかけ、泥と血まみれの服を脱ぎ捨ててからミュリさんの方を向いて返事をする。

「すみません、ちょっとぼーっとしちゃって。もう本当に大丈夫です」

俺が男のままだったらミュリさんの言葉通り気分が悪いという理由で逃げ出すのもありだった。

ただ、なんだかよくわかんないけど、もうその必要がないことはわかる。本当に変わってしまったみたい。

ただ頭の中の基本的な思考は変わらないんだね。一人称も「俺」のままだし。

でも女の子の一人称が「俺」っていうのは如何なものかと俺は思うんだよ。かと言って「私」って絶対言いにくいし……どうしたものかなぁ。

「あ、そういえばアリムちゃん、体を洗う道具がないね。私二枚あるからあげる！　使ったことない予備だから安心して」

「じゃあ石鹸は私のを使いましょう、どうぞ」

「ありがとうございます」

リロさんから垢《あか》すり布を、ミュリさんからは固形石鹸をちぎって分けてもらった。

試しに石鹸を鑑定してみると、どうやらどこを洗うにも使えるようにできてるみたいだった。身体も顔も髪の毛もこれ一個で十分らしい。

「アリムちゃん脱ぎ終わった？　ああ、よかった。傷とか身体に残ってないね。お風呂入れるね」

リロさんが俺の身体をみてそう言った。

治した傷口は確認してなかったけれど、ちゃんと傷跡が残らなかったのなら良かったよ。

「じゃあはいろー！」

「はい！」

俺ら女子三人は脱衣所から浴場に移った。

浴場も豪華とはいえないし、決して広くはなかったが個人宅のお風呂場よりはマシな大きさはある。三人で入っても足は伸ばせるだろう。

「身体を洗ってから入ろうね」

身体を洗うコーナーは鏡三枚と桶三つ、かけ湯の様なものが置いてあり、シャワーはない。そのかけ湯のようなものがシャワー代わりだろう。

俺は鏡の前に立つ。

そういえば今の自分の姿をちゃんと確認するのは初めてだ。

本当に髪の毛が赤い。自分で言うのもなんだけどルビーのように綺麗な色合いをしている。それに目が黄色だ。俺の目が黄色になっている。ちょっと驚いたけれど赤色とマッチしていて案外悪くない。

……でも、顔の構造自体は何にも変わっていない。女の子になったはずなのに男の時のままだ。いや、むしろ女顔がそのままというべきか。

確かに俺が中学一年生の時の顔立ちではある。いや、そもそも俺は成長してもあんまり顔が変わんなかったから、地球の生前の顔そのままかな。

ずっとこの顔で色々言われてきた。それだけじゃなく、声も女の子みたいで身体も華奢で……男であることを証明するには下半身を出すしかなかったんだ。そんなことしたことないけど。

だからもらったラブレターは男からの方が多かった。どれだけ言っても俺が男だって信じてくれる人は少なかったし、街中でナンパだって何回されたかわかんない。

美花には罰ゲームと称してよく女装をさせられた。わざわざ誕生日プレゼントとして買ってきた

りもする。お母さんもそれに便乗してたまに買ってきた。とはいえ、実際自分に似合うものばっかりだったから普通に着ていた。気がつけばそれが俺の趣向になっていた。

学校の授業などで着替えなきゃいけない時は、男子更衣室でもない、勿論女子更衣室でもない別の場所で着替えさせられた。

俺は別にこの顔が嫌いなわけじゃない。むしろ好きだ。可愛いと言われるのに慣れすぎて普通に嬉しく思う。でも、せっかく異世界で別人として生きるのだから、今度こそちゃんと男としてみられるようになって欲しかった。

……なのに髪と目の色以外はそのまま。むしろ肌が白くなっている分、余計に女の子らしい。

ミュリさんに女の子と言われた時はそこそこがっかりした。まあ、本当に女の子になったわけだから、もうそれもどうでもいい。

顔だけじゃなくて今この鏡に映っている身体のバランスも、男だった時と胸が出ているかいないないか、アレがあるかないかしか変わらない。

うん、勢いではあったものの、半生を思い返してみると性別を変えてよかったのかも……。

「アリムちゃん、どうしました？　鏡をじっとみて」

「あ、まさか自分の姿も忘れてたとか……」

「えー……えっと、そんな感じです」

リロさんとミュリさんが近づいてきて俺と肩を並べた。

「すごく可愛いんだから」

「あ、ありがとうございます」

「いいですねー、すべすべの肌も」

「髪も目も綺麗……」

「そもそも顔が……」

容姿についてめちゃくちゃ褒めちぎられる。慣れてるはずなのになんかこそばゆい。

そのあとは二人に背中を流したりしてもらいながら、体を徹底的に洗い、汚れと泡を落とした。

それが済めば一緒に湯船に浸かる。

出会って数時間なのにすごく仲良くなれてるかも。妹的な意味で可愛がられてるだけだと思うけど。

「ふはぁぁ……」

「お、いい顔」

「久しぶりにお風呂に入ったような反応ですね」

実際そうなんだよ。もともとお風呂は大好きなんだ。

ああ、やっと入れたの、すごく嬉しい。

「ところでアリムちゃんってお幾つなんですか？」

「ミュリ、アリムちゃんは自分の姿も忘れてたのよ？」

「で、でも一応ききたくて」

なんでミュリさんが唐突に俺の年齢を訊きだしたんだろう。

んー、年齢は覚えていたってことにしておこう。教えても別に問題はないでしょう。

「年齢はなんとなく……不確かですが覚えてますよ。たしか十二歳だったと思います」

「年齢は覚えてたんだね、よかった！」

「十二歳ですか……」

そう告げるとリロさんは大した反応はなかったが、ミュリさんは自分の胸に手を当て、そのあとすぐに俺の方を見るという謎の行動を始めた。目線が俺の身体に向いている。しばらく凝視したあと、次にリロさんの方を見た。

「はぁ……」

「……？　ミュリ、ため息つくほどお風呂気持ちいい？」

「……ええ」

「あ、ちなみに私たち四人は十八なんだよ、アリムちゃん」

「そう、そのはずなんですよね……」

あ、これ、俺の胸と自分の胸が大きさがあんまり変わらないのを気にしてるんだ。俺の年齢を知りたかったのはそのためか。十二歳と十八歳じゃその後の成長速度が全然違うもんね。

で、同い年のリロさんの、とんでもなく大きすぎるのと比べてさらに絶望も増していると。なんというか……下手に言葉をかけないほうが良さそう。目が死んでるし。

こんな感じで雑談しながら二十分ほど経ったころ、のぼせてきたので湯船から出た。それに続いて二人も一緒に出てきてくれる。

脱衣所に戻り、服の中に混じっていたバスタオルのようなもので身体を拭いてからガーベラさんからもらった下着と服に着替える。試しにサスペンダー付きのショートパンツと長めの靴下を履いてみた。

「可愛い！　似合ってる！」

「えへへ、そうですか？　ありがとうございます！」

サイズがぴったり合って良かった。……というより、この服が自ら合わせてくれたような気がした。

また試しに鑑定してみると、『サイズ合わせ』というエンチャントが付いていた。しかもこの一枚だけでなく、ほかの服にも、ミュリさんとリロさんが着ている服にも。

どうやらこの世界の服は基本的にサイズが合わせられるようにできているらしい。便利すぎる。

全員着替え終えたら宿から村長の宅へ戻った。なんだかいい匂いがする。ガーベラさんが窓から顔をのぞかせた。

「戻ってきたね。お風呂入れるくらいに回復していて良かったわ！　それに服も似合ってるわ！それでね、あと十分したら呼びに行こうと思ってたんだけど、アリムちゃん、お昼ご飯食べるでしょ？　冒険者さんたちも一緒に」

「いいんですか？」

「もちろん！」

ご飯までご馳走《ちそう》になってしまうなんて！　久しぶりにお肉以外のものが食べられそうだ。ドラゴン肉はいくら食べても飽きないいくらい美味しいけど、流石に野菜が恋しかった。

村長宅のリビングに入ると、すでにルインさんとオルゴさん、ジーゼフさんがそこにいた。ガーベラさんが作ってくれる昼食を待っているのだろう。

「お、三人とも戻ってきたね。いま奥さんが昼食をご馳走してくれるって」

「ご本人から聞きました。村長さん、ご馳走になります」

「いいんですじゃ。アリムだけじゃなく皆様も腹が減ったじゃろうし、村の自慢の野菜を食べていって欲しいんじゃ」

言われた通りの十分が経ち、広い机の上に料理が大皿でたくさん並べられた。

『真・料理』のスキルのおかげで初めてみる料理ばかりなのにつくり方や味付けが一目でわかるのはちょっと便利。この世界の料理については全く知らないからね。

「それでは、いただきます」

「いただきます！　ガーベラさん」

「たんとお食べ」

鳥の魔物の野菜包み焼きや、カバという野菜の漬物、カバのスープ、サラダ、かき揚げのような物、野菜が練りこまれたパンなど、どれも非常に美味なものばかり。

とくに村長が自慢しているだけあって、カバという名前の野菜はカブの味と食感に人参の甘みを加え、大根のようなみずみずしさをもつ白いナスのような根菜で格別に美味しい。

「おいしーですっ！」

「凄い勢いで食べる。小さい身体によくそれだけ入るな……」

「森の中であんなボロボロな状態で倒れていたんだ、きっと、数日間なにも食べてなかったんだろう」

カバのように地球にはない野菜もいくつかあるけれど、人参やレタス、大根など共通するものもきちんとあるようだ。名称も同じ。

異世界って聞いてたしドラゴン肉とかあるから、食生活に大きな違いがあると思ってたけど、そうでもないみたいで心底安心している自分がいる。

「ふぅ……ごちそうさまでした！」

「ふふふ、たくさん食べたね。お粗末様」

何年も食卓を支えてきたんだろう、ガーベラさんの腕も良かった。家庭料理特有の優しい味で。満足満足。

「アリムちゃん、この後はどうするんだい？」

ルインさんにそう訊かれた。

もう一回寝てしまってもいいけれど、調子が悪いわけではない。どうせならこの村を見て回ったりしたいな。

「村の見学してみたいです」

「あんなに血を流していたのに歩き回って大丈夫なのかね？」

「私たちいっしょにお風呂に入りましたが、傷はもうどこにもありませんでした。問題ないと思います！」

ジーゼフさんの心配にミュリさんが答えてくれる。

「なるほど。あれだけ食欲もあったし、体調の方はすっかり大丈夫なのかもしれんのぉ」

「記憶をなくしてるのにかなり元気だし、元はお転婆だったのかもしれないわね」

「きっとそうじゃな。ほっほっほ」

えー、お転婆なんかじゃないんだけどなぁ。

でもどちらかといえば、ゲームをやりまくってたおかげで生活リズムは悪かったけど、その割にはずっと元気ではあったから否定はあまりできないよ。

「ミュリの魔法力があがっていたから、アリムはここまで回復したのかもな。すごいぜ」

「え、そうですかね？　えへへ」

オルゴさんが褒めるとミュリさんは頬を染めて照れた。

……ん、まさか。まさかね？

他人の恋愛事情は置いておこう。俺はとりあえず金のポーチを肩にかけ直して外に出た。村長やルインさんたちが付いて行こうかと言ってくれたけど、遠慮しておいた。人のペースを考えずに歩きたかったからね。

ビピーの村は、なんというかファンタジー世界の普通の村の典型って感じだ。

木やレンガでできた一般の家や農作業できるような土地がある。ゲームなら割られる運命にある樽や木箱を外に置いている家も。そしてお店は宿屋を含めて三軒ほど。

村自体は柵と木に囲まれて、他のところへ行くための道は村の入り口からまっすぐ伸びているひとつだけ。

老人が少し多めだけど、子供もちゃんといる。

いいなぁ……ほんとうに。変わったところはないのにとてもワクワクするよ。

贅沢を言えばのどかで特徴がないように見えて、実は歴史的に価値があったり、伝説の魔物が潜んでいたりすれば尚いいんだけど、流石にそんな感じはなさそうだ。

村の入り口の近くに居る人に話しかけたら、「ここはピピーの村です」って機械みたいに言ってくれたりしないかな？

「あの子が……」

「そう、冒険者さん達に担ぎ込まれた……」

雰囲気が好きすぎて村をぐるっと一周するまで気が付かれなかったけど、俺ってばめちゃくちゃ注目されてる。

「ね、貴女、村長が言ってたアリムっていう女の子でしょ？　もうケガは大丈夫なの？」

村人の一人、おばさんが話しかけてきた。ＲＰＧだったら俺から話しかけるものだけど、現実だしそうはいかないか。

「大丈夫です！　回復魔法たくさんかけてもらいましたから！」

「そう、よかったわね。何もない村だけどゆっくりしていってね」

「はい！」

頭を撫でられてビスケットみたいなお菓子ももらった。俺の名前を知っている理由はミュリさん、リロさんといっしょにお風呂に入ってる間、ジーゼフさんがみんなに喋ったかららしい。

今のおばさんを皮切りに、次々と村人が話しかけてくるようになった。

「とーっても可愛いね！」

「ありがとう！」

「この子の言う通りよ、叫びたくなるくらい可愛いわ！　きゃーっ、可愛い！」

「あ、ありがとうございます……」

こうして初対面なのに容姿を褒めてくれる人が多く、その上、怪我と記憶の心配もしてくれる。ついでにお菓子とかもくれる。村の雰囲気だけじゃなくて村人自身も温かいみたいだ。

……可愛いとは言われ慣れてるけど、ちょっと恥ずかしい。

村歩きはこんな感じで村人とたくさん接触した。おかげでこの村の事情もいくらかわかった。

例えば、冒険者であるルインさん達に依頼してなければ黒兵犬っていう名前の魔物が暴れて、今頃を育てた作物がダメになったり怪我人が出ていた事や、村の生活用品が雑貨屋さんだけでは足りないので城下町から週一で商人がやってくる事など。

特に、冒険者って職業に興味を持った。

ファンタジーみたいなこの世界だ。冒険者っていうのがゲームや漫画の通り、何でも屋さんみたいなことをする人達だったら、せっかくだし俺もなってみたい。あとでルインさん達に詳しく聞いてみよう。

「うし、こんなもんだべか」

声がした方を振り向くと農作業をしている人がいた。背負ってるカゴいっぱいに土のついた見たことのない野菜が入っている。クリーム色のナスみたいな根菜だ。

別世界の野菜の収穫とは、なかなか貴重なものが見れたぞ。

いや、これからこっちが当たり前になるんだろうけど。

「ん？　なんだべ嬢ちゃん」

「いや、なにを収穫してるのかな、と」

「ああ、この村の名産のカバだべ。……見るの初めてか」

「はい！」

「採ってみっか？」

「いいんですか？」

「一つくらいならいいとも。服汚れねぇように気をつけて来な」

誘われるほど収穫してみたそうな顔をしていただろうか。

でも実際やってみたかったのは確かだ。地球と野菜の収穫の仕方に違いがあったりするかもしれない。思わず受けてしまった。

「この葉を持って、優しく引っこ抜くんだべ。やってみせるからな」

おじさんは大根を抜くようにカバを土の中から収穫した。形のおかげか案外つるんと行くものなんだね。俺もやってみよう。

「こう持って」

「そうそう」

「こうですか。おお、とれた！」

「その通りだべ、うまく抜けたな！」

スポンとぬけて気持ちいいけど、これ、地球で大根やカブ抜きするのと何か違うところがあるだろうか？　いや、ないな。

唐突に頭の中にメッセージが浮かび上がる。

【『収穫★』を習得しました。】

うそ、こんなのでスキルが手に入るの？

明らかに他のスキルより習得するのが早い。誰かから教えてもらったら覚えやすいのかもしれないな。

「いい感じだべ」

「ありがとうございました」

「それはやる。生で食べてもうまいぞ。……記憶戻るといいな」

この人もジーゼフさんから話は聞いてたんだね。だからやらせてくれたのかもしれない。

村を一通り見終わったので、そろそろジーゼフさんの家に戻ることにしよう。もらったお菓子とか食べなきゃ。

「ハッ、ヤッ！」

「オラ、テヤァ！」

庭からルインさんとオルゴさんの叫んでいるような声が聞こえてくる。覗いてみると、二人が互いに木刀のようなもので打ち合っていた。

「ラアアアッ！」

「フッ、ハッ……ん、オルゴ待った」

「なんだ」

「アリムちゃんが見てる」

ルインさんが気がつきこちらを振り返った。オルゴさんも。

おお、二人とも汗が滴っていてイケメン度が増してる。今の俺は女の子だから、かっこいいとかそういう感情が湧き上がらなくもない。

「おかえりアリムちゃん。村はどうだった？」

「みなさん優しかったです！」

「そうだね、ここの村の人たちはみんないい人だ」

「ところで体調はどうなんだ。動き回ってもなんともなかったか」

「はい、おかげさまで！」

この人たち四人も十分すぎるほど優しいけどね。

そうだ、どうせこのあと暇だしいろいろと訊いてみよう。

「何をしていたんですか？」

「剣の練習だよ。僕たち冒険者は戦うのも主な仕事だからね」

「日々の鍛錬が実を結ぶんだ」

なるほどね、いいことだ。

でもさっきの打ち合いを見る限りじゃ、おそらく剣の腕は俺より下。んー、もしかしたら四人より俺の方が強いのかもしれない。

ま、鍛錬をめんどくさがっていきなりスキルでなんとかしちゃうのよりはしっかり鍛錬する方が偉いけどね。

そうだ、この機会だし冒険者とは何か聞いちゃおう。

「あの、四人は冒険者なんですよね？」

「うん、その通りだよ」

「どんな職業なんですか？　よかったら教えてください！」

二人は互いに顔を見合わせる。アイコンタクトで相談しているようだ。すぐにルインさんが答えてくれた。

「いいよ、教えてあげよう」

「ありがとございます！」

近くに切り株をそのまま椅子にしたものがあったので俺たち三人はそれぞれ腰掛けた。

「まず冒険者とはなにか、から話そうか」

「そうだな」

ルインさんとオルゴさんは冒険者について説明し始めてくれた。

まず、冒険者というのを何でも屋って呼ぶ人もいるらしい。これは予想通りだった。

冒険者はアナズム中の城下町や大きな街にある冒険者組合、通称ギルドに登録した人のことを指すのだそうだ。

冒険者になるには資格はいらず、一定の年齢さえ超えていれば誰でもなれるらしい。だから荒くれ者や身分の低い人から、身分を隠した貴族まで様々なんだとか。

基本的な仕事はギルドに持ち寄られた依頼を受け、それをこなすこと。魔物の討伐や特定のアイテムの採取、数日間の護衛など内容は様々で、成功すれば報酬がもらえるんだって。

冒険者なら何でもかんでも仕事を受けられるわけじゃなくて、それに合わせたランクがあるらしい。一部例外を除いてFからSSSまで。

だから例えばCランクの魔物が現れたりDランクの魔物が群れになって現れたらCランク以上の冒険者が出動するし、荷物運びなどの簡単な仕事なら低いランクに回ってくるのだとか。

「僕らセインフォースは一人ずつならDランクだけど、パーティとしてならCランクなんだ」

「俺たちが今回受けた仕事は、村を荒らす可能性のある黒兵犬っていうDランクの魔物を三匹討伐することだ。Cランクの依頼だった」

黒兵犬という名前でDランク、おそらくは俺が毛皮に使ったやつだろう。冒険者、今の俺なら全然問題なくやれそうだ。どうやってこの世界で生計を立てていくか決まった。

「ところでアリムちゃん、これから君はどうするんだい？　僕たちは明後日には城下町に帰らなきゃいけないのはさっき聞いたよね」

「あ、はい。お……わ……ボクも城下町に行ってみようと思います」

今まで一人称の使用を避けて話してたけど墓穴を掘ってしまった。

まさか咄嗟に出てきたのが『ボク』だなんて。俺でも私でもなく、女の子として俺が許容できる一人称。ゲームや漫画のキャラでこの一人称の子ってよく見かけるし、自分の中で違和感がなかったのかも。今から俺の外面の一人称は『ボク』に決定だ。二人の反応はどうだろう。

「どうやって暮らしていくんだ？」

オルゴさんは特に気にせず話をつづけた。

あ、一人称については特に突っ込まれることはないんだ。それなら良かった。じゃあ俺も何もなかったように質問に答えよう。

「冒険者になろうかな、と。お話を聞いて思いました」

「でもミュリ達の話ならアリムちゃんは十二歳だよね？　適正ランク以下だよ」

「十五歳以上からだからな。もっとも子供用のXランクってのがあるし、試験を受けて強さを認められれば普通の冒険者として扱ってもらえるが……」

なるほど、それなら試験を狙ってみたほうがいいかもね。試験で強さを認めさせるにしてもDランクの魔物を一撃で倒せる力もあればそれで十分だろう。

でも記憶をなくしてる設定の俺が自信満々に試験を受けるなんて言えないし、ここは別の職業を目指すことにしておこう。

「じゃあレストランかどこかで雇ってもらえないかお願いしてみます」

「冒険者になれない年齢でちゃんとした仕事を見つけるのは難しいぞ？」

「でもアリムちゃんは可愛いし、雇いたがるところは多いかもね」

「たしかにそうかもな」

「えへへ、ありがとうございます」

さらっとそんなこと言われたら照れちゃうじゃないか。

ルインさんは剣を置き、何かを考えているように真面目な表情で俺の顔をじーっと見てきた。

「なんにせよ、記憶探しも必要だろうし、できる限り協力はするけど、最終的にこの先どうするかは君が決めることだ。もし本当に仕事が見つからなかったら城に来るといいよ、きっと紹介してもらえると思う」

「……そうだな」

たしかにお城ならメイドさんとかも居るしお仕事見つかりそうだね。どっちみち俺の中では冒険者になることで確定してるから訪ねることなんてないだろうけど。

「とりあえず、僕達は明後日に城下町へ帰る。その時についてくるかどうか決めておいて」

「わかりました！」

「そろそろ練習再開するかルイン」

「だね」

ルインさんとオルゴさんは再び剣を打ち合い始めた。

俺はこれ以上することないし……さて、どうしようか。暇になったらだいたいゲームやってたんだけど、今はそんなものないからな。

とりあえずステータスの管理でもするか。ダンジョンのボスを倒してレベル上がってるし。寝かされていた部屋へと戻ってきた俺はさっそくステータスを開いた。

レベルは159。あの三匹の犬を倒しただけで経験値がおよそ100万も増えている。

たしかにボスはめちゃくちゃランクが高かったみたいだし、一つランクが上がるごとに前のランクの五から十倍の経験値になるし、ダンジョン自体も魔物の経験値が一・五倍くらいになってたかもしれない。だからってたった三匹でこれはすごい。

ステータスも130レベルから30ずつ、150レベルから35ずつ上がるようになっており、レベル117の時と比べて全体のステータスが1240も上がっている。

ステータスポイントとスキルポイントはダンジョンをクリアした時にもらったものを含めて2980。HPと防御に240ずつ割り振り、2500を残りのステータスで500ずつ入れることにした。

もうスキルポイントに関しては大体方針が決まってるので十分くらいで決められる。

次にスキルを整理しようと思ったが、これは時間がかかるため、先に手に入れた「称号」と「印」について調べてみることにした。

称号は今、『「楽しみ」のダンジョン攻略者』『神速成長』『モンスタージェノサイダー』『Sランク討伐者』『超人』の五つ。

どうやらある一定の条件をクリアしたらもらえるようになってるみたいだ。特殊効果などはなくただの観賞用みたい。もしかしたら効果のある称号とかもあるかもしれないけど、この中にはとりあえずない。

次に印。『虹の王の森』というのがある。

これを見てみると、なんと「合成・進化・派生によるコスト消費量が半分になる」というとんでもない効果があった。いや、すごすぎる。もしダンジョンをクリアするごとに別の名前の印がもらえるなら、これはかなり当たりの部類ということになるかもしれない。

よし、せっかくコストが半分になるっていうのなら、やっぱりスキルの整理をしてしまおう。パーっとね。

まずはさっき手に入れた『収穫』という名前のスキルに、最大までに必要な30ポイントを使ってみる。これはどうやら自分で育てた作物に限らず、植物に関する取得方法をマスターできるようになるらしい。

ここで気になるのが『鑑定王』のレベル0の時に表示された合成素材となったスキル達。「物を鑑定する」という同じような特徴をもつスキルが合わさっていた。

となると「物を取得する」「物を作る」という特徴を持つスキルでも同じようなのがあるんじゃないだろうかと俺は考えている。

だからまず『解体』と『収穫』の合成を検討してみた。

狙い通り、『採取★★』というスキルが出来上がるという結果が出てきた。こんなうまくいくとなんだか嬉しくなる。

コストはDランクの魔核二個とEランクの魔核五個。特別なスキルなのか、コスト以外の合成条件として合成素材のレベルが最大であるというのがあったが関係ない。どちらもクリアしているのですぐに合成した。

『採取』は50のスキルポイントでレベルが最終段階まで進むようだったので、これまたすぐに割り振ってしまう。

『採取名人★★★』というスキルにCランクの魔核二個とDランクの魔核五個で進化できるようになった。また、かなりの量の派生スキルも発生した。その数は五つ。

『解体』と『収穫』に加え『伐採』『採掘』『釣り』。全部ランク星一つ。コストはDランクの魔核二個。

そのうち二つは持っているので他の三つを派生して取得した。やはり一律で30ポイント必要だった。

どうだろうか、『鑑定王』のレベル0の通りならばこの五つ全てを合成すると『採取名人』が『採取王』になるかも知れない。と、いうわけで早速合成を試してみるとやっぱり『採取王』が完成すると結果予測が出た。

合成するための特殊条件はこれも全てレベルが最大なこと。それは問題なかったのだがコストがやばかった。Aランクの魔核、Bランクの魔核、Cランクの魔核がそれぞれ五個ずつ。BランクもAランクも五個も持っていない。

悔しいけど諦めるしかないか。いや、諦めたくはない。

より上の魔核を代用できないだろうか。あの虹犬と宝箱から出てきた金ピカの魔核は提示された三つのどの魔核よりも格上な気がするんだ。

そう考えてあの虹犬からでてきた魔核を鑑定すると、Sランクの魔核だと判明した。ふふふ、さすが俺。あとはこれを代わりに使えるかどうかだ。

試しにSランクの魔核一個を合成コストに頭の中で指定し、『採取王』の合成を実行してみた。

【『採取王★★★★』を習得しました。】

……ちゃんと合成終了後のメッセージが出てきた。

それにさっきまでなかったはずの魔核がベッドの上に散らばっている。どうやら魔核はお釣りの概念があるらしい。Aが四個、Bも四個、Cが五個なのをみると魔核は同じものが十個で次の段階一個ということになる。……お金というのもあながち間違いじゃないのかも。

とりあえず高ランクの魔核一個あれば合成し放題だ。スキルを無事習得できたことも嬉しい。法則が一つわかったところで、合成をもっとやっていこう。

次は『裁縫』と『革加工』。これは物作りスキルということが関連している。『真・料理』を選んでも良かったけど、『真』とついていることで法則が違うような気がしてやめておいた。

この二つの合成により『創作★★』というスキルを習得する。

こうなればもう手順は一緒だ。

『創作』を最大レベルにして進化させ、『創作名人★★★』にし、派生として『装飾』『石材加工』『木材加工』を入手。全てに合計240のスキルポイントをつぎ込み、先ほどのお釣りに加え、もともと持っていたAランクとBランクの魔核を加えてコストをクリアした。

そうして『創作王★★★★』が出来上がった。

『採取王』『創作王』どちらも『鑑定王』と同じように、その分野の最終形態とのことだ。スキルポイントは300必要なんだけど、なぜか最初からレベル最大分まで割り振られている。

どうやら合成条件であるそれぞれのスキルをレベル最大にすることと、本来の合成条件である、SK2の上位互換が合成で作られるときにその互換スキルにスキルポイントが引き継がれるというのは別だったみたい。ラッキー。

さて、これで三つの王と名前のつくスキルが揃ったわけだけど……全部合成したらどうなるのかすごく気になる！

全部アイテムに関することなんだ、合成してみて何もないなんてことはないだろう。

ノリと軽い気持ちで試そうとしてみたところで、いままで見たことないメッセージが表示された。

【この合成は特殊です】

【強力なスキルのため、条件を提示します】


――――

『鑑定王★★★★』＋『採取王★★★★★』＋『創作王★★★★★』＝『?・?・?・?・?・?・★★★★★』
コスト：Sランクの魔核×六
合成条件：全てのスキルがLv MAX
【この合成には以下の素材が不足しております】
・『真』と名のつくアイテムに関するスキル最低四つ。

――――

なんだかやばそうだというのが一目でわかる。

そもそもコストが半分になってるはずなのにＳランクの魔核を六個も使うんだ。元はおそらく、さらに上のランクの魔核一個とＳランクの魔核二個なんだろう。本当に相当強力なスキルのようだ。

それと『真・料理』はアイテムに関連することなのに他と法則が違うと思ったら、ここで合成素材となるのか。あと三つ何か集めなきゃいけないけど案外すぐにできちゃうかもね。なんだかワクワクしてきたぞ！

よぅし、じゃあこのままの勢いで、本来ならなくならないというＳＫ２を全部合成してごちゃごちゃにしてみよう。

まだなんか先がありそうな気がしてならない『剣の豪』を一番最初に置き、全ＳＫ２を高い順に並べて合成してみることにした。半分ヤケだ。合成の可能性がありすぎるのが悪いんだよ！

結果として『剣《けん》極《きょく》奥《おう》義《ぎ》★★★★』というスキルが出来上がると教えられる。

本当にこんな適当なごちゃ混ぜで何かできるんだ。本当にすごいな。……星四つのスキルが三つもあったおかげか星四つスキルが完成するみたいだし。名前からして強そうだし。

必要な魔核はＳランク一個とＡランク五個。Ｓランクの魔核二つ払って完成させた。最大までスキルポイントは４００必要だった。

ふふふふふ、スキルがだいぶ賑わってしまったぞ。やっぱりステータスはゲームみたいで楽しいなぁ。

もうこれ以上はスキルポイントと魔核を使うのは自重しておこう。なにせ星五つのスキルが目と鼻の先で待ってくれているのだから。


「アリムちゃん、起きてるかしら」

楽しさに浸っていたら、唐突にドアの向こうからガーベラさんの声がした。何か用事でもあるのだろうか。

「はい、起きてますよ！　なんでしょうか」

「午後六時くらいになったらお夕飯だから、その時間になったら起こすわね、って言いにきたの」

「すみません、ありがとうございます、またご馳走になります……！」

「いいのよ、いろいろ大変なんだから遠慮しないで」

本当にありがたい……。何から何まで。

俺は明後日ルインさん達が城下町に行くときについて行くつもりでいるけれど、その間までにジーゼフさんとガーベラさんに何か恩返しをしたいな。

▼△▼△▼

「アリムちゃんすっごーい！」

「どうやってるのそれ？」

俺は今、子供達に囲まれている。

ガーベラさんに朝ごはんを食べさせてもらったあと、やることなさすぎて暇だったからそこらへんの木の端材で竹とんぼ作ってやったんだ。正確には竹じゃないけどね。

「魔法で浮かしてるわけじゃないんでしょ？」

「うん、見ててね……ほら！」

「おお、飛んでったぁ！」

しかし器用さが高いからか、『創作王』があったからかわかんないけど、さっくりとおもちゃが作れてしまった。もしかしたらもっとすごいものも簡単に作れたりするかもしれない。

「きゃー！　アリムちゃんかわいいっー！」

「全くだべ」

「あ、ありがとうございます……」

大人達は俺の姿を一目見るとだいたいみんなそう言ってきた。わざわざ声をかけてくるあたり、客人が珍しいのか暇なのかもしれない。

「アリムちゃんはもう人気者ですね」

「あ、ミュリさん！　おはようございます！」

「おはようございます」

お散歩でもしにきたんだろうか。昨日はなにやらエンチャントがされていそうな衣服を着ていたけれど、今日は私服っぽい。出発するのが明日だから、今日はオフにするつもりなんだね。

「遠目から見ていたのですが、すごいですね、それ」

「え、ええ。なんか思いついたので作ってみました！」

「なるほど、アリムちゃんは物作りの才能があるのですか。すっかり子供達に人気ですね」

おっと、どこでそんなものを知ったんだとか、いつの間に作ったんだとかって訊かれなかったぞ。案外天然なのかもしれないな。

しかしこれ以上このおもちゃについて踏み込まれても困る。話題を変えちゃおうね。

「えへへ、そうですかねっ？　ところでミュリさんは回復魔法を主に習得されているようですが、なぜ回復を主に？」

「え、あ、それはですね？　昔、まだアリムちゃんより小さい頃、オルゴが私を庇って怪我したことがあったんです。それで傷が残っちゃって。私はなにもできなくて……そこで、私は誰かが怪我をしたら自分で治せるようになろうと思い回復魔法にスキルポイントをあててるんです。ちなみにオルゴさんの傷は手甲の下ですがまだ右手に残ってます」

ミュリさんは不自然な質問に、少し顔を赤らめながら丁寧に答えてくれた。

俺も昔、美花をかばってオルゴさんみたいなことしたことあるな。美花も俺のことこんな風に思って思ってくれてたりしないだろうか。いや、それじゃダメなんだ、俺死んでるんだし。

む、美花のこと思い出したらちょっと悲しくなってきた。腹いせにミュリさんを少しからかおう。

「そうなんですかー。それならミュリさん、オルゴさんのこと好きだったり……もちろん恋愛の意味で」

「え、あ、しゅ、しゅ、しゅき!?　そ、そそそ、そっちの意味でですか？　えっと……あっと……うぅ」

この反応は図星か。すんごく顔が赤くなってるぞ。

いいねぇ、こういうのも。悪くない。

「お顔、赤いですよ」

「そ、そ、それはアリムちゃんが変なこと言うから……！」

「ごめんなさい、からかいました」

「あ、あんまりからかわないでくださいよ……」

ミュリさんは純粋で可愛いらしいなぁ。リロさんもだけどね。ミュリさんとオルゴさんがくっついたなら、ルインさんとリロさんかなぁ。

この人たちは十八歳。元の俺の年齢と二つしか違わなかったはずだ。身内で恋があっても不思議じゃないよ。

俺も死ぬまでは………ん？

なんか唐突に村の外から違和感が走った。なんというか、本来ここにいてはいけないような、そんな感じのものが来ているような気がする。魔力的なものを感じるというか。

「え、あ……ああ……」

ミュリさんが驚いた表情で固まっている。向いているのは俺と同じ方向。間違いない、やっぱりなんか近づいてきているんだ！

「ミュリさん、一体これは……」

「あ、アリムちゃん、すぐに子供達と村人の皆さんに避難するように呼びかけてください！」

「わ、わかりました！　ほら、みんな！」

今の声が聞こえていたからか、それともミュリさんがどうみても真剣そのものだったからか、子供達は俺のいうことをすんなり聞いてくれた。近くにいた大人達も「なんかやばいらしい」と周りの人に声をかけながら一緒についてくる。

「グルルルルルルルルルルル」

「ひっ、な、なに!?」

「こわいよぅ！」

魔物の唸り声が聞こえた。どこかで聞いた覚えがある。

村人達の耳にもしっかりと聞こえたようで、怯えていない人はいない。避難させてる最中じゃなかったらパニックになっていたかも。

「グルルルァ……！」

村を囲んでいる柵がミシミシと音を立てている。

その向こう側が緑色に光ったその瞬間、風で作られたレーザーが直線上に発射され、強い風とともに木片がこちらまで飛んできた。

柵の向こうから現れたのはモフモフした毛をつけた灰色の犬。俺がダンジョンに潜って何十匹と倒してきたあの毛長犬だ。

やはりあそことは違って野生のものは生気が感じられる。ダンジョンにいたやつのほうが多分強かっただろうけど、凄みはこちらの方が上だ。人をビビらせるには十分な威圧感を放っている。

「どうした⁉」

「なんの音⁉」

俺が行こうかと思ったけどその必要はないみたい。

宿屋からセインフォースのメンバー残り三人が出てきた。出る幕はなさそうかな。

「おいおい、異常な音がしたから来てみれば……」

「灰騎犬《はいきけん》がなんでこんなところに⁉」

「ミュリ、大丈夫?」

「ええ、誰も怪我はしていません。村の皆さんはあの通り、アリムちゃんが村の奥に誘導してくれました」

「よかった。それにこれが明日じゃなかったことも幸運だ」

「……だな」

「それじゃあ皆、無茶はしないで!」

ルインさんとオルゴさんは剣を引き抜き、リロさんは杖を構える。ミュリさんもどこかにしまっていたのか杖を取り出した。

なるほど、この世界にはゲームみたいに杖もちゃんと武器として存在してるんだね。今のうちに村人達をもっと村の奥に避難させよう。

「……きます!」

ミュリさんがそう叫ぶと同時に毛長犬、もとい、灰騎犬がウインドエミッションの魔法を再び発現させた。すぐに四人に向かって暴風を圧縮したレーザーが飛んでいく。

「ウインドエミッション！」

リロさんが魔法を唱えた。杖の先からウインドエミッションに対応する魔法陣が出現し、自分たちに向けられた同じ魔法を相殺するよう風が飛ぶ。

「いまよ！」

「補助魔法かけます！」

「おう！」

リロさんの合図に三人が反応した。

ミュリさんがルインさんとオルゴさんに向かって補助魔法らしきものを唱えると、そのまま二人は灰騎犬に向かって突撃していく。

「くらえ」

オルゴさんの一太刀が灰騎犬に当たった。

「ぐっ……」

しかし灰騎犬は冷静にオルゴさんの足に噛み付いて反撃した。

反応を見るに灰騎犬からの攻撃のほうがダメージが多かったようだ。

「ハイヒール！」

「すまん、助かった」

「いえいえ」

灰騎犬から飛び退いたオルゴさんは即座にミュリさんの回復魔法によって傷を塞がれた。これで動きに支障が出ることはなさそうだ。ふむふむ、いい感じに連携が取れてる。

そして今度はルインさんが灰騎犬に斬りかかった。しかし灰騎犬はそれを身をよじって回避する。

「外したか！」

「任せて！　ファイヤーエミッション！」

炎の柱が灰騎犬に向かっていった。回避したばかりで態勢が不安定であり、リロさんの魔法はモロに当たる。

「やった！」

ただ、灰騎犬はまだ倒れない。飛び上がって体勢を立て直す。

口をあんぐりとあけ、そこからウインドボールを三つほど放った。

「そのくらい、なめないでよね！」

リロさんは同じウインドボールを三つ唱え、うまい具合にぶつけて相殺したみたいだった。

得意気な顔をするリロさんだったけれど、さっきの魔法とは別にどこからか魔力を感じる。リロさんの足元が光っていた。

「リロ、危ない！」

「え？……あっ」

おそらくウインドボールは誘導で、本命はこっちなんだろう。

リロさんの真下から風の柱が突き上げ、思い切り打ち上げられた。民家の屋根くらいまで。

「キャアアア！」

「リロ！」

おそらく相当なダメージだろう。今のでＨＰがだいぶ削られてしまったかもしれない。エミッションの系の魔法はビームのようだけれど、直接当てたらダメージが跳ね上がる。

ともかくこのまま落下したら死んでしまう可能性もある。そろそろ俺が……。

「……リロ」

「ル、ルイ……ン」

間一髪でリロさんはルインさんに受け止められる。あら、お姫様抱っこだ。いや、お姫様抱っこを気にしてる場合じゃない。

ルインさんから鬼気迫るものを感じる。そりゃ誰だって怒るかもしれないけれど、あの優しそうな顔が怒りで震えていた。

「ミュリ、頼む」

「は、はい！」

ルインさんはリロさんを近くの家の壁にもたれ掛けさせ、その後からミュリさんが回復魔法を唱え始めた。

オルゴさんはその間の時間稼ぎをしているようで、灰騎犬に向かって何度も斬りかかっていた。

しかし押し負けていて爪や牙による傷跡が目立つようになってきている。

「よくもリロを……！　くらえ、ライトエミッション！」

ルインさんが怒鳴るように魔法を唱えた。ライト……光？　俺のスキル欄にはない属性だ。オルゴさんに当たらない範囲から白い魔法陣が灰騎犬の背中に出現し、文字通り光線を浴びせた。

しかしこれでも倒すには至らないようだ。

「オルゴ！」

「ああ」

何もしゃべっていないのに、やっぱり今ので意思疎通ができたようだ。オルゴさんは灰騎犬に向かって剣を振るう。攻撃というよりは牽制だろうか。灰騎犬はそれを大きく後ろに跳んでかわす。

その間にルインさんは剣を思い切り握り込み、オルゴさんに加勢した。

それからの二人の連携は凄まじいものだった。

オルゴさんが攻撃し、ルインさんが敵の攻撃を弾く。剣は確実に灰騎犬の皮膚を裂きダメージを蓄積させていた。

「ぐぅ……」

「オルゴ、大丈夫か？」

「このくらい何ともない」

オルゴさんの手が一瞬止まる。既にダメージがたまっていてきついんだ。

「グルル……」

「くっ、ライトエミッション！」

オルゴさんに噛み付こうとした灰騎犬をルインさんは光線で退かせる。バク宙でそれを躱した灰騎犬。その着地と同時に魔法を唱えたかのような感覚をやつから感じた。

しかしどこにも魔法陣は見当たらない。

……いや、あった、リロさんとミュリさんがいる場所に、ちょうど二人を狙うように魔法陣が出現していた。あれはまずい、当たれば今度はミュリさんが戦闘不能、リロさんは……！

「リロっ！　ミュリ！」

「なっ……や、やめろっ……」

二人はやっと気がついたようだ。しかし距離的にミュリさんとリロさんをかばおうにも間に合わない。灰騎犬はこの状況がわかっているのか、嬉しそうに尻尾を振って魔法を唱えきろうとしている。

……そうはさせない。

俺は近くにあった手頃な石をつかみ、思いっきり犬に向かって投げつけた。その方が魔法を唱えるより早いと思ったから。

そして自分でも驚くスピード……まるで弾丸のような速さで飛んでいき、灰騎犬の横っ腹に石と同じサイズの風穴を開けた。無論、魔法はキャンセルだ。

「アリム……ちゃん？」

「何だ今のは⁉」

俺の近くで避難していたジーゼフさんとガーベラさんを始め、戦っている本人たちも驚きの表情を俺に向けていた。あー、変な意味で目立っちゃったなぁ。でもやったことに後悔なんて一ミリもない。

それより隙を作ったんだから早く倒してもらわなきゃ。

「ルインさん、オルゴさん!!」

「……オルゴ、やろう」

「わかった」

二人は剣を構え直す。

そして魔力というのだろうか、MPの説明の時に見た排出されるMPの流れを二人から感じ取ることができた。さっき覚えた違和感もこの魔力を感知したんだね。魔法力とは別のものだ。

つまりこれから二人は何かするんだろう。

「よくもリロを!……ソード・ライトオーラァァアッ!」

「アリムが作ったチャンスは無駄にしない! ソード・ランドオーラッ!」

まさに魔力が二人の剣を包み込む。たぶんこれも俺が合成をしなかったオーラ系の魔法だ。そのまま投石によって弱っている灰騎犬に突撃していった。

オルゴさんの剣は橙《だいだい》色の光に包まれている。その剣は灰騎犬にむかって上段から振り下ろされた。回避はされてしまったけど地面に亀裂が入る。なんか先ほどまでとは違う、かなりの力強さを感じる破壊力だ。

ルインさんの剣は白色の光に包まれている。剣速が今までと比較にならないくらいに早くなっており、灰騎犬の攻撃を弾きながら自分の攻撃も与えていた。

二人の連携はパワーアップしてさらに展開される。主にオルゴさんの剣をルインさんが届かせるようにしている感じだ。

斬撃の嵐は続き、橙と白の光が踊る。やがてその光は止まり、オルゴさんとルインさんが手を止めたのがわかった。

二人の目の前には切り傷だらけになって魔核を出しながら横たわっている灰騎犬。

「やった、うおおおお！　やった！」

「きゃーーー！　すごーーーい！」

「Cランクの魔物を倒しちまった！」

村人たちにも見えたんだろう、みんは歓喜の声をあげる。

最初からやっぱり俺が対峙すればよかったかなとは思うけど、それは野暮ってものだ。必死になって戦ってくれた四人を立てないと。

オルゴさんとルインさんは、リロさんとミュリさんの元に駆けていく。

「ミュリは大丈夫そうだね、リロはどう?」

「は……はい、大丈夫です……回復魔法……たくさんかけましたから……」

「魔力切れか。ゆっくり休めミュリ」

「は、はい、オルゴ……」

気絶してしまっているリロさんをルインさんが背負い、魔力切れでバテているミュリさんをオル

ゴさんが背負う。ミュリさんはちょっと嬉しそう。

何はともあれ結果的には大ごとにならずに済んで良かった。

やがて、この村のお医者さん代わりをしているらしい人の家で四人は寝かされることになった。

▼△▼△▼

ゴリゴリゴリゴリ……っと。

俺は今、ガーベラさんのお手伝いとして薬草をすりつぶしているんだよ。これをお湯で漉《こ》してポーションというこの世界のお薬が完成するらしい。これを自作して四人に飲ませるんだ。

【『調薬★』を習得しました。】

お、やった。さっそくスキルポイントを最大の50まで割り振ってみると『真・調薬★★★』というものに進化するみたいだった。

こっそりと魔核を消費して進化させてしまう。まさかこれで星五つスキルを作るのに必要なスキルが一つ揃うとは。

さすがは調薬というだけあって、俺の薬作りスピードが跳ね上がった。ガーベラさんから用意してもらった薬草を次から次へとすり鉢でゴリゴリ。

ちなみに薬草は雑草と同じレベルでそこらへんに生えてくるらしい。なんて嬉しい雑草なんだ。

あらかたすりつぶし終わったので、今度はお湯を使って漉したり濁したりを調節する。

気がつけば完成したポーションが二十本の瓶いっぱいに詰められていた。これを飲ませればいいんだね。

「アリムちゃん、どれくらい作れた？」

「このくらいです！」

「全部薬草使っちゃったの？　すごく早いわね……ん？」

ポーションの一つを様子を見に来たガーベラさんが手に取った。まじまじとそれを見て、三十秒たったころにやっと再び口を開く。

「こ、これポーションじゃないわ……」

「ええっ⁉」

夢中になって作りすぎてやりかた間違えちゃったか。薬草を無駄にしてしまったかもしれない。申し訳ないし、もったいない。

「ご、ごめんなさい……」

「これ……」

「ん？」

「グレートポーションよ……」

名前的にポーションの上位互換だろうか。たしかにスキルもあるし器用さも高いからいいものができてもおかしくはない。

だとしたらいいんだ、ルインさんたちをしっかり回復させてあげられる。

「より良いポーションってことですよね？　それなら良かったです！」

「そんな程度のものじゃないわ……」

「え？　でもポーションなんですよね？　とりあえず効果があるなら飲ませなきゃ」

「そ、そう、そうね……」

反応がどうも気になる。

ガーベラさんがルインさんたちが寝ている部屋に行くのを見届けてから、俺はこのグレートポーションとやらを鑑定してみた。

価値は宝級《たからきゅう》、効果は飲んだら即座にＨＰを全快させ身体の欠損以下の傷なら完治するというものだった。

エンチャントする前の金のポーチもそうだったように、宝級ってのがどれくらいの価値を持つかはわからないけれど、上の方であることはわかる。効果が効果だし。

病室からルインさんやオルゴさんの断る声が聞こえてきた。反応が気になるので、部屋のドアの前で聞き耳を立ててみる。

「受け取れませんよ奥さん！　グレートポーションなんて貴重なもの」

「村に備えてあるものじゃ？　もっと緊急自体に使うべきでしょう」

「しかし……なんと言ったらいいいか。これはアリムちゃんが用意したものなんです」

「え、アリムちゃんが？」

「とりあえずあの子を呼んでみましょうか」

ガーベラさんが部屋の戸を開けた。こう、ちょうど通りかかったって感じを装う。

「あっ。アリムちゃん、今ちょうどあのポーションのことで呼ぼうと思ってたところなの」

「ええ、わかりました」

ガーベラさんと一緒に部屋に入ると、ルインさんとオルゴさんが寝ながら身体だけを起こし俺のことを見つめていた。ミュリさんとリロさんはまだ眠っているようだ。ただ息遣いは聞こえるから問題はなさそう。

「どうしました？」

「アリムちゃんはどこから用意したかわからないけれど、これが何かわかってるかい？」

「ポーションっていうお薬ですよね？」

「そう。でもこれはその中でもかなり高価なグレートポーションだ。値段にしてだいたいいくらかわかる？」

「いえ、全然」

「三十万ベルだ」

三十万ベルと言われてもピンとこない。三十万円だったら高級なお薬と言われて理解できるんだけどな。この世界のお金がどんな感じかまだ知らないし。

「ルイン、アリムはお金自体がわかっていないみたいだぞ」

「基本的なところもごっそりと消えてるね。……教えようか」

「ありがとうございます」

ルインさんは細かくお金について話してくれた。

この世界のお金の単位はベル。

一ベルは大体日本円で十円くらいだと思われる。ルインさんはリンゴ一個が十ベルだと例えてくれた。

貨幣は銅貨、大銅貨《だいどうか》、銀貨《ぎんか》、大銀貨《だいぎんか》、金貨、大金貨《だいきんか》の六種類で、銅貨一枚が一ベル、大銅貨が十ベルと、くらいが一つ上がっていくと桁も一つ上がる。一番上の大金貨は一枚十万ベルだ。つまり百万円。

そしてグレートポーションは三十万ベルの大金貨三枚分。日本円にして三百万円。そりゃあ断れるわけだ。効果から見ても高価なのは頷けるしね。

しかしこれはおそらく作ろうと思えば何本でも作れる。どうにかして飲んでもらうことはできないだろうか。

「つまり、貴重だから受け取れないんだよ。その金色のバッグが実はマジックバッグで、グレートポーションが中に入っていたってことだとは思うけど」

「いえ、違いますよ？」

「違う？　でも用意したのはアリムなんだろ？　どういうことだ」

「あの、この子……自分でそれを作って……」

二人が信じられないと言いたげな表情でガーベラさんを見た。

反応はわかる。そりゃ俺だって二人の立場なら十二歳の女の子が高級な薬を自分で作り出したなんて言われても信じられる自信はないよ。

こうなったら、遠慮せずに飲んでもらうために目の前で実演してみせてそれを渡す方が早いんじゃないだろうか。

「自分で作った⁉　そんなこと……」

「ガーベラさん。ボク、もう一回二人の目の前でお薬作りますね」

「え、ええ、多分それが一番ね」

俺は別室で使っていた調薬キットを持ってきた。ガーベラさんは薬草を取ってきてくれた。

準備ができたら、さっきと全く同じ手順と方法でポーションを作る。程なくして完成したものを瓶に詰めルインさんに渡す。

「まさか本当に……」

「俺は今、自分の目が信じられないぞ」

「僕もだよ。でも見た目は完全にグレートポーションそのものだ。なんにせよ、せっかくアリムちゃんが目の前で作ってくれたんだ。飲まなきゃね」

ルインさんが瓶に口をつけ、そこから薬を飲んでいった。

オルゴさんほどではないが、ルインさんにもつけられていた灰騎犬による傷が全て塞がれてゆく。

「嘘だろ……」

「嘘じゃないよ、本物だ……」

「次はオルゴさんの分作りますね」

「あ、ああ……」

同じものを作ってオルゴさんに手渡すとちゃんと飲んでくれた。オルゴさんの場合、たくさんダメージを受けて生傷だらけだったからその効果が顕著に現れた。

「……アリム、お前は何者なんだ。ポーションだけの話じゃない。リロを助けてくれたあの時だって、灰騎犬に風穴を開けるほどの攻撃を……」

「ほんと、記憶をなくす以前はなんだったんだろうね」

ただの女の子みたいな見た目のゲーマー高校生だよ。

にしても、レベルの高さも隠し通すつもりだったんだけどなぁ……記憶喪失のフリって難しすぎる気がする。

なんにせよポーションを渡しやすい状況になったんだ。ミュリさんとリロさんの二人にも飲んでもらわなきゃ。

「あの、とりあえずミュリさんとリロさんの分、これ」

「うん、ありがたく使わせてもらうよ」

「ボクを介抱してくれた御礼だと思ってくれれば！」

そう、これはちゃんと御礼になる。せっかく三百万円する価値のあるものを作れるんだから……ジーゼフさんとガーベラさんに渡せば介抱してもらった御礼にもなりそう。

「そして残りのうち十本をガーベラさんに」

「えっ！」

「あって困るものではないのでしょう？　ボクは明日、ルインさんたちについていって城下町に行こうと思ってるんです。それまでに何かお世話になった御礼がしたかったんですよ。心の底から感謝してるので」

「でも……」

「ボクがこれをすぐに作れちゃうことは目の前で見てくれたはずです。……い、いりませんか？」

「じ、じゃあ……」

ガーベラさんは恐る恐るグレートポーション達に手を伸ばし受け取ってくれた。こんな凄い薬が役に立たないなんてことは絶対ないはずだ。

にしても試しに上目遣いしつつしおらしく訴えてみたけど、なかなか効果があるなこれは。男だった時のプライドが揺らぐけど、俺は可愛いらしいので使わない手はない。

「どれ、皆さんどうなっておるかね？」

「あら、あなた……」

ジーゼフさんがやってきた。

村長としてやるべきことをやると言ってしばらくお仕事をしてたけど、それが一段落したのかもしれない。

「おおっ!?　もうお二人とも元気じゃないですかね！　さすがは灰騎犬を倒すほどの冒険者、回復も早いんじゃの」

「いえ、違うんです。色々ありまして……」

「……あなた、本当に今色々あって……ちょっとお話が」

「なんじゃ？」

　ガーベラさんはジーゼフさんにこの時間までに何があったかを事細かに話した。当たり前だけど心底驚いてるようだ。俺の方を何度も何度も振り返ってきた。

　話が終わる頃には落ち着いたようだった。逆にさすが村長だと言うべき冷静さを感じさせられる。

「なるほど、にわかには信じ難いが、実際オルゴさんの傷が残らず消えていることから事実なんじゃろう。ワシもアリムちゃんが石を投げつけているところは見たし、それを考えたらたしかにありえなくはない話じゃ。それと本人が礼をしたかったのだと言うんじゃからポーションを受け取ったことも良いと思うぞ。ただ……」

　ジーゼフさんは俺の方まで近づいてきて、頭を撫で始めた。カサカサしている手がちょっとくすぐったい。

「齢十二の女の子がそんなこと気にしなくていいんじゃよ。ワシらは助けたくて助けただけなんじゃから。それとこの話はここだけの秘密にしましょう。少なくとも村内では喋ってはいかんです。大騒ぎになって城下町に行きづらくなるじゃろうから」

「わかりました」

「たしかにそれがいい」

　俺、中身は十六歳の男なんです！　十二歳の女の子なんかじゃないんだ！　だから義理は気にしなくちゃいけないんだけど……でも気にしなくていいと言ってくれたのはすごく安心する。

　それに何気に城下町に行くことを否定しないのも嬉しい。この人たちが一番最初に出会ったアナズムの世界の住民で本当によかった。

「そうじゃ、この村の英雄である皆さんに言わなければならんことがあるんですじゃ」

「そんな英雄だなんて……」

「いや、もうそれ以外ないと思っております。身を呈し村を守ってくれたんですから。アリムちゃんもその一人じゃ。じゃから今夜はミュリさんとリロさんが目覚め次第、宴でも開こうと思っとるんじゃがどうじゃろうか」

宴かぁ、楽しそうだな。

ジーゼフさんが言うことには準備はすでに進めているらしい。

とりあえずミュリさんとリロさんが起きたらパーティってことだね、パーティ！

▼△▼△▼

朝を迎えた。馬車は昨夜の時点で既に村に商品を届けにきた商人さんとともに着いており、あとは二十分後に出発するだけ。

思い返しても昨日の宴は楽しかった。いや、待てよ。雰囲気は楽しかったけどよく考えたら俺、みんなから撫でられたり頬をつつかれたりしてまともにご飯たべられなかったぞ。

……まあいいか、楽しかったのはほんとだし。

「忘れ物はない？」

「取りに帰ってくるのは骨が折れるから気をつけるんじゃ」

「大丈夫です、ありません。しかし本当に服もらってもいいんですか？」

「ええ、どうせ誰も使わないから。つい最近までしまってたのも忘れてたくらいなのよ」

「孫は全員男じゃったしな」

ジーゼフさんとガーベラさんから今日含めて三日間で着ていた服をもらった。正直、この世界に来てから最初に着てた服は、上下黄ばんだ白色の服でかなりダサかったからありがたい。

ただまだ靴は元から履いてたもののままだから城下町についたら新しく買わないと。

「……城下町が生きづらかったらこの村に戻ってきてもいいのよ。いつでも歓迎するわ」

「ありがとうございます。この三日間のことを何とお礼を言ったらいいか」

「はっはっは、若いんだからあんまり気にせんでええわい」


そう言ってくれるとなんだか安心する。

本当に、優しい人達に救ってもらって良かった。

「アリムちゃん、そろそろ馬車に乗り込んで」

「はーい！　それでは」

「ええ、いっておいで」

「達者でな」

ジーゼフさんの家から出る。そして村の人たちに声をかけられつつ村の馬車停留所まで向かい、そこにあった馬車に乗り込んだ。

なんだか中が見た目の数倍は広い気がする。実家の俺の部屋くらいの広さはあるぞ。

「お、アリムちゃんきた！」

「よろしければこちらまで来てください」

ミュリさんは空いてる隣の席……ではなく、自分の膝をポンポンと叩いている。そこに座れということだろうか。

「お膝ですか……？」

「はい！　ちょっとやりたいことがあるので」

「は、はぁ……」

何されるかわかんないけどとりあえず膝に乗っかってみた。するとリロさんがチョコレートなどのお菓子が一個ずつ入ってる缶箱のようなものを取り出し、その蓋を開けた。

中には髪飾りがたくさん。

「アリムちゃんちょっと動かないでくださいね」

「これなんて可愛いんじゃないかな？」

「いいですねっ！」

その髪飾りを箱から一つ取り、俺の頭につけてみてはもう一つとってつけ替える。どうやら着せ替え人形の代わりにされてるみたいだ。

「可愛い！　あ、これも可愛い！」

「ほんとに何でも似合いますね」

膝の上に乗せて手を回して抱きしめるように拘束される。別に俺で遊ぶのは構わないんだけどさ、ミュリさんみたいな細い人が人一人乗せてて重くないのかな。

「あの、ミュリさん？　ボク重くないです？」

「ふふふ、軽いくらいですよ」

軽いのは本当らしいけとどちらかというと俺を逃したくない方が強いみたい。男の人二人は微笑ましいものを見ている顔で俺らのやりとりを観察している。ルインさんが口を開いた。

「ごめんねアリムちゃん、リロとミュリ、いつもそんな感じなんだ。僕の妹に対してもね」

「そ、そうなんですか……」

「うん、やっぱりこれがいいよ！」

「わぁ……！　素晴らしいです！」

どうやら俺に一番似合うらしい髪飾りが決まったようだ。ミュリさんとリロさんは満足気な顔をしている。手鏡を見せられたので覗くと、赤い髪に金色の髪飾りが良く映えていた。ポーチと色が近い。

「これいくらでしたっけ？」

「百七十ベルですよ」

「じゃあこれください！」

「はい」

男性陣側にもう一人乗ってることに気がつかなかった。

恰幅《かっぷく》の良いおじさまって感じの人だ。この人が村に品物を届けている商人さんだね。

リロさんは彼にお金を払ってニコニコしている。

「はい、プレゼントね」

「いいんですか？」

「私とミュリを助けてくれたお礼！」

「そういうことならありがたく」

買ってもらっちゃった。えへへ。

「さ、ミュリ！　次は私の番ね！」

「いいですよっ」

俺はミュリさんの膝から降ろされ、リロさんのもとへ。しかしリロさんはちゃんと俺が膝に乗っかるまでに、ぎゅーっと抱きしめてきた。

「ほんっとに可愛い！　もぅ！　むぎゅーっ！」

「んにゃ⁉」

顔の半分が胸に埋め込まれる。すっごい柔らかい……お風呂で見たときもとんでもないボリュームだったもんね。とりあえず俺が女の子でよかった。男だったらちょっとこれはまずい。

「あ、私そんなに抱きついてないのに！　仕方ないです、ほっぺ触りますね」

ただでさえリロさんに揉みくちゃにされてるのに、ミュリさんがほっぺをプニプニしてきた。すべすべなだけでなく吸い込まれるような感触なのだそうだ。赤ちゃん肌ということだろうか。

それにしてもそろそろ息苦しくなってきた。胸で窒息なんて冗談じゃない。

「二人とも、そろそろアリムちゃん辛そうな顔してるんだけど……」

「え？　あ、ほんとだ！　ごめん！」

「い、いえ……」

ルインさんのおかげで助かった。可愛がってもらえるのは別にいいんだけど。俺が二人から解放されて席に座りなおすと、なにかを思い出したようなそぶりを見せたオルゴさんが心配そうな顔で俺に話しかけてきた。

「そうだアリム。城下町で暮らしていくのに生活資金はどうするんだ？　なんなら貸そうか」

「あ、お金……」

オルゴさんのいう通りだ。お金の説明は昨日受けたけど、お金自体は持ってないんだった。なんとかなる気はするんだけどな。

「そういうことなら私におまかせください」

商人さんがそう言って話に乗ってきた。なんだろう、金融業もやってたりするんだろうか。

「もし不要なものがあれば買い取りましょう。少しでも足しになるはずです」

「いいんですか？」

「ええ」

なんだ、お金の貸し借りではなかったか。買い取りの話はこの人の表情を見るに親切心で言ってるみたいだ。

……今手元にグレートポーションが八本あるんだけど、これ、買い取ってくれたりしないかな？

「アリムのそのカバンの中って何か入っていたか？」

「はい、昨日のが」

「アリムちゃん、まさか……」

ここは控えめに二本で行こう。

俺は金のポーチの中からグレートポーションニ本を取り出して商人さんに手渡した。取り出した瞬間から目の色が変わっている。

「これはこれはグレートポーション！　本物だ。まさかこんなものを持っているとは」

「流石にダメですよね……？　高価なものだと聞きましたし」

「いえ、構いません。私たち商人にとっては偶然道端で出会った冒険者から魔物の遺骸を買い取ることだって普通のことなのです。払える分の持ち合わせはありますよ。二本でいいのですか？」

えっ、いいのか。というかそんなことまで想定してるなんて、なんて商売に熱心なんだ。是非お願いしよう。

「それでは、その二本の買取をお願いします」

「よろしいでしょう。まさかお嬢さんからグレートポーションを売っていただけるとは想定外でしたが。少々お待ちください」

商人さんは俺からグレートポーション二本を受け取って自分のカバンにしまうと、中からコインケースみたいなのを取り出した。そこから大きなサイズの金貨を五枚、それより小さい金貨を九枚、大きな銀貨を七枚、銀貨を三十枚取り出して巾着袋に入れて渡してきた。

使いやすいように細かくしてくれたのは嬉しいけど、めっちゃずっしりとして重い。急いでポーチの中にしまった。

「これで二年はなにもせずに暮らせるでしょうな」

「うわぁ……すごい、アリムちゃんお金持ち……」

「働かなくていいんじゃないのかな、もう」

「あはは、そうかもです……」

ゲームがないのに働かないというのは暇過ぎて死んでしまうのでやっぱり冒険者になるけれど、多少飲み食いで豪遊したりいい服を買ったりしても大丈夫そうだ。

「馬車の準備が完了しました。みなさん、そろそろ出発しますよ」

馬車の外から御者さんの声が聞こえる。ついにこの村ともお別れか。

「みんな見送りに来てる！」

リロさんが窓を開けてそう言った。村の人達がぞろぞろと馬車の周りに立っており、こちらに向かって手を振っている人もいる。

「ありがとうございましたー！」

「きゃーーっ！　アリムちゃん可愛い！」

「また、依頼でも観光でもいいから来てほしいべ！」

「達者でいるんじゃぞ……！」

「元気でね！」

俺も窓から身を乗り出して手を振った。こんな大層に見送られるとちょっと恥ずかしい気すらしてくるけど……終始心暖かい村だったな。森の中で何日間もひとりぼっちだったことを忘れられるくらいに。

「それじゃあ出発しまーす」

馬車が動き出した。

だんだんと人と村が遠くなってゆく。

四部　メフィラド城下町

「じゃあ、僕たちとはここでお別れだ」

「はい、本当に何から何までお世話になりました！」

およそ一日かけてピピー村からメフィラド王国城下町へ。

つまりこの国の名前はメフィラド王国で、政治は王制だ。

到着してからルインさん達にやってもらったことといえば、身分不明な俺を街へ入れてもらえるように門番さんに交渉したり、主な施設を紹介してくれたり、街の地図をくれたり、役所で俺の記録を探してくれたり。本当にありがたい。

当たり前だけど役所にも俺の記録はなかった。逆にあったら怖い。ルインさんはそのことについてひたすら謝ってきたし、俺はひたすら気にしないでと言った。

そして今はその役所の前でお別れの挨拶をしている。

「お世話になったのは私たちの方よ」

「そうだ。魔物のことといい、ポーションといい」

「こちらこそありがとうございました」

このままだとお互いに御礼の言い合いになりそうだ。

早めに切り上げたほうがいいかも。

「それじゃあ……この街にいればまた会えますよね！　また何処かでお会いしましょう」

「うーん、それはちょっと難しいかもしれないな。こっちにも色々事情があってね。もし何か用件があったらメッセージを送って来てよ」

「メッセージ？」

「ああ、それもか。ちょっと待ってて」

ルインさんに言われた通り待ってると、なぜか頭の中に文字が現れ始めた。いつものウインドウみたいだ。でもなんか違う。

【アリムちゃん、メッセージ受け取れてる？】

「うわっ⁉」

ルインさんが書いたような文章があらわれ、頭の中で彼に似た声が響く。つまりメッセージとは電話か。

「送りたい人を思い浮かべながらメッセージを送るんだよ。どれだけ離れていても、一定の時間話したことのある相手なら頭の中で会話できるからね」

どれ、やってみよう。ルインさんの顔を思い浮かべ……言いたいことを言ってみる。

【これでいいですか？】

【そうそう、バッチリだよ！】

なんて便利なんだろう。つまりこの世界じゃ絶対に電話や携帯電話なんて未来永劫作られないじゃないか。こんなエスパーみたいなことができるんだ。それに会話の内容は周りの人には聞こえないっぽいから電話より優れてるかも。

「じゃあ、何かあったらこれでね」

「わかりました！」

「……それじゃあね」

セインフォースの四人は城がある方角へ、俺の方を名残惜しそうに振り向きながら行ってしまった。

さてと、ギルドで冒険者登録するか。

ルインさん達がオススメの宿を役所までの道中に教えてくれた。その宿から一番近いギルドに行ってみようと思う。ここから十分くらい離れた場所にあると聞いているし。

移動中に思わず辺りをキョロキョロと見てしまう。

この街はとても風情があっていい。なんというか、フランスやイタリアにでも旅行に来たかのような気分だ。それも現代のじゃなくてルネッサンス時代とかそこら辺の。

それにゴミなどは一切散乱してなくて、清潔感もある。いやぁ、ほんとにいいところだ。

「ひひっ……」

「ん？……んんっ!?」

唐突に手が壁から伸びてきて腹と口を押さえられ、闇に引きずり込まれた。いや違う、これは路地裏だ。街を見るのに夢中で全然気がつかなかった。

俺は口を押さえられたまま壁に押し付けられる。

「はっははは、いいバッグもんってんな。金あるんだろ、寄越せよ！」

「んーっ！　んーっ！」

俺の目の前にはボロボロの服を着て目が血走ってる男の人が二人いて、ナイフで俺の頬を叩いてくる。

これから頑張るぞ……なんて思ってたらいきなりこうなるのか。どこもこういう人間はいるもんなんだなぁ。この世界に来て優しい人にしか触れてこなかったから、一気に現実に戻された気分だ。

「おら、そのカバンに手ェ突っ込んで、銀貨の一枚でも出せや」

「この国のやつはみんな警戒しねーから、ほんとやりやっすいわー。特にガキ！」

なるほど、特別この国の治安が悪いんじゃなくて、むしろ良いからこその平和ボケ狙いってことか。

「……ん？　こいつ、めっちゃ美人じゃね？」

「いや、手で顔が隠れてるからわかんねーよ」

「おらっ。こうすりゃいいんだろ」

「…………」

口の代わりに喉を抑えられた。気持ち悪い目でまじまじと顔を見られる。

「ほらほらほら、上玉じゃん！」

「ヤベェ……まだガキだけどここまでだとそそるわ」

そういうこと言われると、俺と美花が受けてきた被害を思い出す。可愛いからっていいことばかりじゃない……やっぱりそれも変わらないんだね。地球では親友の翔が助けてくれたけど、今は自分でなんとかするしかない。

「なんだ、今更手を動かしてぇ！　悪いが俺らの標的は金からお前自身に……」

俺は頬に当てられているナイフをつかんでそのまま握りつぶした。刃を握ったのに手のひらには傷一つつかなかったみたいだ。なんて脆い。

「……は？」

「おいおいおい、何やってんだよ」

さて、このまま潰すか。どことは言わないけど。

今ので拘束は解かれた。ナイフを握りつぶした方の手を前に突き出しながらチンピラ二人に近づいてみる。

「な、ななな、なんだよその目は……」

声が震えているし、思いっきりあとずさりもしている。

さぁて、どちらから潰そうか。そう考えていたら路地裏の入り口に人影が。

「そこで何をしているんだ！」

「あっ……」

「ず、ずらかるぞ！」

第三者の加入でチンピラ二人は逃げていった。ふぅ、俺が優勢だったとはいえホッとしたよ。

声をかけてくれた人は路地裏にはいり、俺の前まで来てくれる。

「君、大丈夫かい？」

その人は見た目はかなりの好青年だった。優しそうで真面目そう。しかも黒髪で親近感が持てる。とりあえずいい人なのは確かだ。

「怪我はない？」

あ、助けてもらったんだからお礼言わなきゃ。なんかイケメンによく助けられるな。

「大丈夫です、ありがとうございますっ」

「そうか、良かった。ああいう輩は根絶やしになったはずなんだけど、まだいたのか。とりあえずここから出よう」

「はい！」

再び明るい道へ出た。

路地裏の方を振り返ると、思ったより汚くはない。薄暗かっただけで汚かったのは人間だけだったみたい。

この男の人がああいう輩が根絶やしになったって言ってたけど、その通りなら珍しい体験をしたのかも。

「いやー、災難だったね。どこか行く最中だったの？」

「ええ、このギルドに行く最中だったんですけど」

地図をお兄さんに見せると、何回か頷いた。どうやら知っている場所みたいだ。

「道はあってるね。このまままっすぐ進めばすぐにつけるはずだ。ちょうど俺もそのギルドに用事があるんだよ」

「そうなんですか」

送ってもらうことになったけど、本当に近くてお兄さんとおしゃべりする暇もなくギルドにたどり着いた。

「じゃあね、俺はあの依頼品受取所の方に用があるから」

「はい、助けてくださってありがとうございました」

「いいんだよ。これからは気をつけてね」

さて、中へ入ろう。

ここは一つの建物だけど、お兄さんが向かっていった依頼品受取所と俺がはいりたい冒険者用の入り口は別だ。俺は冒険者用の扉を開けた。

プーンとにおうアルコール。そういえばルインさんの話なら冒険者用の酒場も兼ねてるんだっけここ。でも別に嫌な気はしない。

ここで冒険者になってしまおう。

「ちょっとちょっと、えらいべっぴんなお嬢ちゃん。品物の受け取りはこっちじゃないぜ」

昼間なのに顔を赤くして酒を飲んでるおじさんに話しかけられた。ちょうどいい、ギルドの勝手がわからないから聞いちゃおう。

ちゃんと答えてくれるか不安だけど。

「いえ、ボクはこっちに用があって……冒険者になるための窓口はどこですか？」

「え、嬢ちゃんが冒険者になるの？　Xランク志望か、とりあえずそこだぜ」

「ありがとうございます」

「まあ、がんばりなよ嬢ちゃん」

おじさんに教えられた窓口の前に立つ。ちょっと高いから背伸びしなきゃいけない。窓口の向こう側にいた男の人が俺のことに気がついて、こっちまで来てくれた。

「へい、嬢ちゃん。ギルドになんか用かい？　ここは冒険者として登録するための受付だ」

こういう受付の人って綺麗なお姉さんだったりするもんじゃないの？　まあ、別にいいか。冒険者になるのにそういうの関係ないよね。

「えっと、ボク冒険者になりたくて」

「まあ冒険者は原則犯罪者とかじゃなきゃ誰でもなれるがな。嬢ちゃんの年齢はいくつだ？」

「十二歳です」

「十二かぁ……。十五歳以下だからXランクからのスタートってことになるが、それでいいか？」

前々から話は聞いてたしそれで問題はない。ただXランクがどういう仕事をするかなどは詳しく聞きたいな。おさらいも兼ねて冒険者のこと全体について聞いてしまおう。

「構いませんけれど、実はボク、あんまり冒険者に詳しくなくて……あの、お兄さん、教えてくれませんか？」

目を潤ませて首を傾げてみる。その昔、俺の容姿でこれをやれば悩殺される人が続出するだろうと母さんに教えられたんだ。あと三人称もぶりっ子にすれば尚良しとのこと。

「ぬおっ……！　な、なんで冒険者になりたいかは聞かないが、金が欲しいだけなら嬢ちゃんくらい可愛い子だったらいくらでも仕事はあるだろうに。しかし頼られたんなら仕方ない教えてやろうじゃないか、このアギトがな！」

アギトって名前らしい受付の人は椅子を持って来て俺を座らせ、冒険者とギルド、依頼の受け方やランク昇格の方法、Xランクについてなどを事細かに教えてくれた。

今まで聞いていたこと以外にも結構情報があった。

まずギルドで依頼を受ける方法。依頼のことをクエストと呼ぶ人も少なくないらしい。掲示板に貼られている依頼用紙を剥がして冒険者用の依頼受注窓口に持っていくか、直接その窓口の人にきいて仕事を受けるんだって。

依頼の種類は討伐、採取、その他の三種類に分類される。やはり何でも屋さんではあるみたいだけど、魔物と戦うことが一番多いみたい。依頼中に倒した魔物の遺骸は特に指定されなければ冒険者のものになる。

ランクの昇格方法は一定数の依頼を受け続けギルドなどから信用を得るか、依頼外で格上のランクの魔物を倒し、その魔核を俺が今相談している窓口に持ち込めば上がるらしい。あるいは自分と同じランクの魔核を短期間内に複数個もってくる。あとは特例にコロシアムってのがあってそこで優勝したりすれば良いんだとか。

魔核は自分で魔物を倒して手に入れたか判別できるアイテムがあるらしいので、他人から受け取った魔核や宝箱から手に入れた魔核は昇格には使えないとのこと。

そしてXランクの主な仕事は本当にただの雑用。どこかの家に掃除に行ったり、草むしりしたり。

依頼をする人は少なくないからまあまあ仕事はあるみたいだ。ただこれもルインさん達に教えてもらった通り、実力がある子供もたまにいるらしいので、昇格試験がXランクには存在し、クリアすれば普通の冒険者と同じFランクから始められる。

冒険者でチーム、パーティを組む時のことについても説明してもらったけれど、要するにパーティでしか受けられないものがあったりその全員の強さを換算してパーティのランクになるということだった。まあ、それは今の所誰とも組むつもりはないから関係ないね。

「と、いうわけだ！　わかったか？」

「はい！　詳しくありがとうございます！」

「じゃあXランクの冒険者に早速なるか？」

「もちろんです」

「じゃあこの紙に自分の名前と苗字を書いて」

渡された紙にアリム・ナリウェイと書く。それをアギトさんに渡すと窓口の奥に引っ込んだ。しばらくして手に灰色のカードを持って戻ってきた。

「ほい、これが冒険者カード。身分証になったり依頼を受けるのに必要だったりする。これでXランクではあるが、嬢ちゃんも立派な冒険者だ！」

「ありがとうございます！」

「……へへ、ところでXランクになりたての子供にはみんな訊いてるんだけどよ、Fランクへの昇格試験……早速やらないか？」

「やります！」

やるに決まっている。せっかく目の前に楽しそうな仕事があるのに、草むしりやペットの世話や掃除はしたくないよ。

「良い心意気だ。だいたい皆そう答えるけどな。ちなみにこの試験は年に三回しか受けられないから気をつけろよ。……こっちに来な」

アギトさんは窓口とお店側の仕切りを開け、俺を招き入れた。言われた通りについて行き、地下につながっていそうな階段を下ると殺風景で広い部屋にたどり着く。アギトさんはその部屋の真ん中に立った。

「試験内容は簡単だぞ。手に持っている砂時計の砂が落ちきるまでに俺に触れること。触れる方法はなんでもいい。覚えてるなら魔法を使うのもアリだ。それじゃあ始めるぞ？」

「お願いします！」

「おっと、言っておくが俺も元冒険者だから、一筋縄じゃいかないと思うぜ。じゃあ開始」

砂時計はひっくり返された。

俺は素早さのステータスで出来る限りの本気のスピードを出して、彼に向かっていきお腹にタッチする。呆気なかったね。

「………!?」

「これで合格ですよね？」

呆然とした様子で返事をしてくれない。タンクトップみたいな服の裾をグイグイ引っ張って訴えかけると、やっと正気に戻ってくれた。

「はっ、今のは？」

「あのぅ、ボクは……」

「えっ、ああ、もちろん合格だ、合格！　Fランク昇格おめでとう！　上に戻ってギルドカードを更新しよう」

上へ戻るとアギトさんはFランク仕様へとカードを更新してくれた。Xランクの時とおなじ灰色のカードだ。濃さが違うくらい。

「これで普通の冒険者と同じように仕事ができるぞ！　しかし初日でいきなり合格とは滅多にいない。誇っていいことだ」

「えへへ、そうですか？」

「そうだとも。早速何か仕事を受けてみるかな？」

「ぜひお願いします」

「じゃあこっちに来な」

窓口の場所を移動した。しかし人は変わらず、そのままアギトさんが受付するみたいだ。

「そのままお兄さんがやるんですね」

「相応お高いギルドじゃなきゃどこだってそうだ。新規冒険者やランク昇格なんて日に数えるくらいしか来ないしし」

「なるほど」

「今Fランクの嬢ちゃんに紹介できるのはこのくらいだな」

Fランクの魔物の駆除に薬草集めか。

Fランクの魔物なんてまだ見たことないな。今までの最低はEランクだもん。ま、とりあえず薬草集めでいいか。あんまり低いランクの魔核はいらないしね。

「薬草集め行ってきます」

「そうか。薬草はどんな見た目かわかるか？」

「はい！」

「ならいいんだが雑草と間違えないようにな。勘定に入らないから。ちゃんとした薬草だったら一束十五ベルで引き取る。依頼達成は十二束集めることだ。これはギルドが出してる依頼だから手続きはないぜ」

「わかりました！　じゃあいってきます！」

「ああ、いってきな」

▼△▼△▼△

鑑定王と採取王があるから見分けるのも採取するのも簡単だった。十分くらいで百束も採取できたので、納品するのは半分にしてもう半分は自分用に残しておこうと思う。それでも仕事としては十分でしょう。

途中で蛇の魔物四匹と出会って倒したけど全部Eランクだった。さっそくこの魔核をランク上げに使おう。

俺は城下町の外から街の中に入り、ギルドへと戻ってきた。

「あっ、アリムちゃんだ！」

え、誰だろう。

話したこともないお姉さんに興奮気味に名前を呼ばれてしまった。それどころかギルド内の人達がみんな俺に注目してる。

「この子がさっきXランクとして冒険者になったばかりなのに昇格試験に合格した女の子かぁ」

「ほんっとうに可愛いな。エルフか？」

「耳尖ってないだろ。ハーフってわけでもなさそうだ」

「あぁ……かわいいんじゃぁ……」

なるほど、どうやら俺がいない間に話題となってしまったようだ。俺の魅力にメロメロになったのかな？　やっぱり可愛いと言われて悪い気はしないよ。

どれ、もうひと押し。

全体を見渡すように微笑みかけ、ぺこりと頭を下げる。

「えへへ、ありがとうございますっ。よろしくお願いします！」

「よろしく！」

「応援するぜ俺はよ！」

「アタシも!!」

ふっ……これでいいだろう。さて受付の人に報告するか。

「おかえり」

「ただいまです。依頼達成しました」

「なんかすごいことになってるだろ。可愛い上に才能があるからすぐ話が広まっちまって」

「ちょっとびっくりしましたけど、褒めてくれてるので嬉しいですよ」

「いい子だな。それにたった三十分で依頼達成したのか。とりあえずそこに納品してくれ」

俺は薬草五十束を、指定された小さめの納品台に置いた。

すぐにギルドのスタッフさんが回収していく。

「おい、何束あったんだ……。え、五十束ちょうど？　この短時間でそんなに収穫してきたのか嬢ちゃんは。報酬は七百五十ベルね」

アギトさんは硬貨を数え、袋に詰めて俺に渡してきた。行き帰りの時間と作業時間十分で七千五百円。なんて美味しい仕事なんだろう。まあ『鑑定』があったから楽だったんだろうけど。

「すごいな。なんかスキル持ってたんだな」

「まあ、そんなところです！　ところで魔核は提出したらそのランクまで上げてくれるんですよね？」

「あ、ああそうだが……」

「じゃあこれ渡します」

Eランクの魔核とギルドカードを手渡した。一瞬だけ驚きながらもそれらを受け取ってくれる。

「あれだけ簡単に試験をクリアしたんだ、このくらいおかしくないか。そっちで待っててくれ」

冒険者登録をした窓口の前で待機していると、すぐにEランク仕様の冒険者カードを持ってきてくれる。色が該当する魔核と同じだ。

これを見ていたのか酒場の方から大人数の歓声が聞こえてくる。

「晴れてEランクだ。嬢ちゃんならあっという間に上へランクが進んでいきそうだな」

「そうですね、頑張ります！」

「おう頑張れアリムちゃん!!」

「可愛いぞアリムちゃん！」

「ありがとうございます！」

とりあえずギルドでやるべきことは全部やっただろうか。冒険者になれたし、お金も元からあるとはいえ稼いだし。

じゃあ次は泊まるところだ。

聞いた話では一応ギルド内にも宿泊施設はあるらしい。一泊五百ベルの格安だけどお風呂なし、トイレ共同、性別で部屋は分かれるけど雑魚寝と、身体に悪そうな環境。

いくら自分の身体とはいえ十二歳の女の子だ、過ごす環境は良いものがいい。やっぱりルインさんがオススメしてくれた、このギルドに近い宿へ行こうと思う。『ヒカリ』という店名だそうだ。

ギルドから出て地図を確認したら、道路一つ挟んで目の前だということがわかった。実際まっすぐ前方にその店名が書かれた看板があるし。うん、確かに近いね。

外装は水色と白が主となっていて可愛らしい。入り口の前まで行ってさっそく中に入ってみる。

チリンチリンという鈴のいい音が建物内に響いた。

「はーい！」

カウンターの奥から店員さんが出てきた。

黒髪で優しそうな顔の……あれ、この人って。

「いらっしゃっ……君はさっきの！」

「は、はい、さっきのです！　えーっと、ここってお兄さんのお店なんですか？」

俺を助けてくれたうえにギルドまで送ってくれた優しくてイケメンなお兄さんだ。お兄さんはニコニコしながら頷いてくれる。

「そうだよ。知らずにウチに来たってことか。すごい偶然だね」

「ほんとですね！」

「あのギルドの前にある宿だから入ってみたって感じかな？」

「いいえ、知人に紹介されたんです」

「そっか。それは嬉しいね」

この人が宿屋の主人なのは偶然とはいえなんだか嬉しい。これも何かの縁だ、ここに決めた。

値段はまだ聞いてないけど、六百万円もあるし満室じゃなければ泊まれるはず。

「ギルドに行った目的っていうのは、冒険者になるためだったのかな？」

「はい、その通りです。無事に冒険者になれました」

「そうか、それは良かったよ。ところでうちには泊まってくの？」

「そのつもりです！　一泊の値段などを教えてください」

そう言うと、お兄さんは親切丁寧に料金などを教えてくれた。

CからSルームの四種類あり、一番下のCルームが一泊五百ベル、Sルームが一泊千二百ベル。どの部屋も朝夜食事付き。でもCルームは満員なんだそうだ。

それなら自分で使えるお金がたくさんあるので一万二千円の一番いい部屋に泊まってみたい。

「どこにする？」

「Sルームにとりあえず十泊で！」

「お金は大丈夫なの？」

「はい！」

ポーチから金貨一枚と大銀貨二枚を取り出してみせた。

それらをお兄さんに手渡す。

「おお……確かに受け取ったよ。もしかして貴族の娘さんとかなの？」

「いえ、ちょっと昔色々あって手に入れたお金です」

「色々かぁ。でも確かに色々で通じそうなくらい君からは不思議な感じがするよ。見た目の年齢的には冒険者としてはXランクだけど……すでに試験突破してFランク以上になってたりして」

「よくわかりましたね！」

「当たってたんだ。まあ、仕事柄の勘ってやつかな」

この人は若そうなのに宿屋切り盛りしてるだけあって経験豊富そうだ。多少は見抜かれても仕方ないのかも。

「じゃあさっそく部屋に案内しよう。あ、ところでお名前は？」

「ボクの名前はアリム・ナリウェイです！」

「アリムちゃんね、覚えておこう。俺はウルトって言うんだ。用があったらいつでも呼んでね」

「はいっ、ウルトさん！」

お兄さん改め、ウルトさんに部屋に連れていってもらった。そこは十二歳の女の子一人で泊まるにはあまりにも広い部屋。なんだかここにいたら寂しく感じそうだ。ベッドも明らかに一人用じゃないし。

でも部屋自体は落ち着いた内装で、家具のセンスも素晴らしい。壁紙などの色合いのおかげか広いことを除いたら居心地も良さそうだ。うん、やっぱここがいいよ。

「広すぎたかな？　どうする、今からでもAかBルームに変えてもいいけど」

「いいえ、ここでお願いします！　ちょっと贅沢したい気分なので！」

「贅沢ね。じゃあ俺もアリムちゃんがそう感じられるようにしっかりとおもてなししなきゃ」

俺はウルトさんから部屋の鍵を受け取った。仕事が残っているからとウルトさんは部屋の勝手を説明してくれてからすぐに受付カウンターまで戻っていってしまう。

俺は部屋にポツリと一人残された。

今日はもう外に出るつもりはないから、ウルトさんが夕飯を届けてくれるまでずっと一人だろう。

「ひゃっほーーい！」

俺はベッドにダイブした。ふっかふかで気持ちいい。

城下町に来てからすぐに乱暴されかけたり、冒険者としてすぐに仕事をしたりなどと疲れがたまっていたのかな？　ベッドでふかふかしてるうちにいつのまにか目が開かなくなり、意識が遠のいていった……。

▼△▼△▼

起きた！　朝だ。

あれからウルトさんが夕飯を届けてくれて一旦起き、それを食べてお風呂にゆっくり浸かった後再び熟睡してしまった。身体の疲れはすっかり取れてる。

そういえばウルトさんのご飯すごく美味しかったな。本人が宿泊客全員分作ってるらしいけど、もしかしたら『料理』……いや、『真・料理』を習得してるのかもしれない。朝ごはんも美味しい。

さて、まずは今日一日何するかの予定を立てないと。

とりあえず冒険者として依頼をうけて仕事しよう。簡単なものでいい。それが終わったら何か買い物でもしようかな。

そういえば昨日馬車に乗って移動してる最中に、相乗りしてた商人さんから名刺のようなものを渡されて、是非訪ねてきてくれないかと言われたんだった。グレートポーションなんて高級なものを取引したから目をつけられたのかもしれない。

確か『メディアル商会本部』だっけ。仕事が終わったら行ってみるか。

ギルドへ入ると昨日とはまた違った人達が酒場にいた。それは別にいいんだけど、昨日みたいにみんなこっち向いて俺のこと見てる。

「この子がさっき言ってた子か！」

「私が聞いた話と見た目があってるから、多分そうじゃない？」

どうやらたった一日で俺の噂はかなり広まっているようだ。冒険者たちが小動物でも道端で見つけたかのようにニコニコしながら近づいてくる。

「ほんとにかわいいな」

「おかし食べる？」

「あ、ありがとうございます……」

たくさん話しかけられながらなんとか依頼のやりとりをするカウンターについた。受付は昨日と同じアギトさんだ。

「おはようアリムちゃん！　朝早くから仕事に行くつもりかな？」

「ええ。……あの、ボクの噂って昨日より広まってます？」

「そうだな、みんな噂話好きだからな」

酒場を兼ねてるから仕方ないか。

とりあえず仕事を選んじゃおう。

「ところでEランクの仕事で何かいいのってありますか？」

「Eランクね、ちょっとまってて」

窓口より奥へ消えたと思ったら何枚かの紙を持ってすぐに戻ってきた。

「これが今朝寄せられたEランクの仕事の案件だ。どれ選ぶ？」

なんと、依頼されたてほやほやか。掲示板に貼る前ってことだ。

依頼内容は二つ。畑を荒らすヨクナイタチという魔物の討伐と、ワルイコヘビという蛇の魔物の皮採取。ん、Eランクの蛇の魔物ね？

「あの、ワルイコヘビっていうのはこの魔物ですか？」

ポーチから昨日倒したヘビの頭だけ出してやる。アギトさんは頷いた。

「そいつだよ。ああ、昨日討伐した魔物ってワルイコヘビだったんだな。見た感じ状態も悪くない。最低三匹、最高七匹納品で報酬と相場の買取額分、金がもらえるが……」

そういう話だったのでヘビ皮を自分で加工するのはやめてここで納品してしまうことにした。計四匹。報酬額は千二百ベル。偶然手に入れた魔物の死骸がお金になるなんてラッキーだ。

「もう一方の依頼もやるか？」

「そうします」

こんなの仕事のうちに入らないからね、やってしまおう。

もう一方はヨクナイタチという魔物が二匹朝っぱらから畑に現れて荒らしているので、その討伐らしい。これが五匹だったらDランクの依頼になっていたのだとか。

ヨクナイタチってもしかしてこの世界に来た初日に俺に噛み付いてきたやつかな？

荒らされてる畑はこの城下町を北口からでてまっすぐ二十分ほど歩いた先。依頼用紙をもってギルドを出てすぐに現場へと向かった。

言われた場所に辿り着くと依頼主らしき麦わら帽をかぶった人が居たので依頼用紙とカードを見せながら話しかける。

「冒険者さん来てくれたのか。でも今ギルドに連絡してDランクの依頼にしてもらったんだ。ヨクナイタチが八匹に増えてさ」

「そうなんですか？」

「君Eランクでしょ？　逃げたほうがいいんじゃないの……」

「いえ、なんとかできますよ」

「そうなの？　なら頼むよー」

依頼人にそのヨクナイタチが大量発生している場所へと案内してもらった。いきなり襲われるといけないので現場へは入らず遠目から観察する。

「ほら、見える？」

「確かに八匹いますね」

「依頼出しに行ってる間に仲間を連れて来ちゃったんだ」

「じゃあ倒しちゃいますね」

ひどく作物を荒らしてる。たしかにこのまま放っておけば今やられてる区画以外も被害に遭うだろう。

畑に向かって撃っても一番害がなさそうなウォーターボールを一気に八匹分放った。全弾正確に撃ち抜いてくれる。

「終わりましたよ」

「……ほんとに大丈夫だった。可愛いのに強いんだね。ありがとう」

依頼人からDランクにあげた分の追加のお金をもらい、魔物の死骸を回収したらすぐにギルドに戻った。

すると冒険者のみんなに囲まれて大丈夫だったかと聞かれる。どうやら帰ってくる間にランクが修正されたみたいだ。

心配してくれてありがとうと言いつつ愛想を振りまきながら受付へ。表情から見るにアギトさんも相当心配してくれていたみたい。

「本当に大丈夫だったのか？　依頼人からはどうにかなったと聞いたが」

「はい、きちんとこなせました」

「そ、そうか。とりあえず追加の報酬は直接受け取ったんだって？　残りの金額を渡そう」

依頼人からの追加報酬と合わせて四千ベル。俺は今日一日で五万円強も稼いだわけか。地球のバイトなんか比じゃないね。

あ、そうだ。昨日と今日だけでEランクの魔核十二個手に入れたわけだしDランクの冒険者になれるかも。

「ちょっと登録の方の受付へ行ってもらってもいいですか？」

「あ、ああ」

「実は昨日と今日でEランクの魔核十個集めたんですよ」

「つまりランクアップだな」

受付を移動してもらい、Dランクに上げるために必要な分の魔核とカードを手渡す。アギトさんは魔核を調べてからすぐにカードの表記をDランクに更新してくれた。

「はー、たった二日でDランクか……」

「えっ、もうDランク⁉」

「半年も冒険者やってる俺にあの子が追いついただと⁉」

「バカ言え、俺なんて二年間もDランクなんだぞ！」

「なんつーはやさだ……」

おお、目立つ目立つ。

しかしDランクかぁ。あと一つでルインさん達に追いつくね。個人のランクなら同等。もしかしてルインさん達も冒険者になってそんなに長くないのかな？　少なくとも一年はやってなさそうだ。

褒められたりちやほやされるのは嬉しいけど、お酒も飲めないのにギルドにずっといるわけにもいかないので頃合いを見て外に出た。

次は予定通りメディアル商会を訪ねてみるか。何か買い取ってもらえるかもしれない。そのメディアル商会の本部は地図にも載っていたので、まっすぐそこを目指した。

割とすぐに辿り着いたはいいものの、門番が二人いる。建物自体も豪華だし、さすがは商人の集まりと言うべきか。

「なんだこのガ……おっほん。メディアル商会に何用かなお嬢さん」

門番の一人がじっと建物を見てる俺に対してそう言った。

この人、俺の顔を見て対応を変えたな？　まあ別に気にすることでもないけど。

「一度訪ねてきてねってここの商人さんに言われたので来てみたんです」

「うちに登録している商人はたくさんいるけど、だれかな？」

「この人です」

もらった名刺のようなものを取り出して見せた。それにはアーキンと書いてある。

「おお、アーキン氏か。今日はいるよ、呼んでこようか」

「お願いできますか？」

「いいとも」

俺に声をかけた方の門番さんが商人のアーキンさんを呼びに行ってくれた。しばらくして昨日会った恰幅の良いおじさんを連れて戻ってくる。

「おお、可愛らしい女の子がきてるというからまさかとは思ったが、やはり君でしたか」

「昨日ぶりです！」

「ええ、昨日ぶりです。とりあえず中に入りましょう」

アーキンさんに連れられて建物の中へ。中も中世的な金持ちのオフィスって感じがする。やがて応接室と書かれた部屋に通された。座り心地のいい椅子に座らせてもらう。

「どうです、冒険者にはなることはできましたか」

「はい、おかげさまで！」

「ギルドカードを拝見しても？」

「どうぞ」

アーキンさんにカードを手渡すと、ほほぅ、と呟かれる。なにかが良かったみたい。カードはすぐに返してもらった。

「十二歳以下でしたかな？　だというのにたった二日でDランクまで。私の目に狂いは無かったようだ。数多くの冒険者を見てきましたが、アリムさんは飛び抜けて才能がありますよ」

「えへへ、ありがとうございますっ」

褒めるのが上手だ。やっぱり商売柄そういうのが上手くなるんだろうか。こんな子供にも敬語と敬称を使うあたり、商売相手は選ばないという熱意も感じる。

「それでお呼び出しした理由ですが、いや、本当はまさかこんなに早くいらっしゃるとは思ってなかったんです。何年後になるかはわかりませんがいつか力のある冒険者になり魔物の素材などを余らせるのでしたら、名刺のことを思い出してここに訪れ、優先的に取引していただけるようになったら良いなと思ったんですが」

「なるほど、そういうことでしたか！」

じゃあなにも今日来る必要はなかったんだね。

しかし俺と取引することが目当てみたいだし、今来て正解だったと言えばそうかもしれない。ダンジョンで手に入れた魔物の素材とやらでポーチが溢れかえってるもの。それらを売っぱらいたい。

いや、このポーチは無限に入れることできるから溢れはしないんだけどね。

「逆に私共から何か商品を買っていただくのでも結構です。メディアル商会はほぼ全ての商売を担っておりますから、必要なものをすぐに取り寄せることができましょう」

なんと、それは便利だ。

例えばここで皮をなめすのに必要な薬品が欲しいと言ったら用意してくれるんだろう。方々のお店に立ち寄って探すのめんどくさかったから助かる。

とりあえず売りたいものから売って身軽になっちゃおうか。

「今から取引することってできます？　売りたいものがあるのですが」

「さっそく！　ただ売っていただけるのはありがたいですが、ＦランクやＥランクの魔物数匹分程度なら一般的なお店で済ませていただけると……」

「大量ですよ、安心してください」

アーキンさんのいう通りＥからＤの魔物の素材を数個持ち寄るだけならそこらの普通の店でいいだろう。ただ俺の場合は違う。ふふふ、おそらく取引らしい取引になるはずだ。

「ほう……それでなにを売ってくださるのですか？」

「これです」

俺は金のポーチから凍った青い肉をサンプルとして一つだけ取り出した。その瞬間アーキンさんの目の色が変わる。俺にとっては青いから食べるのも躊躇《ちゅうちょ》し、アイテムに加工することもできないものだから手に余ってたんだけど。価値のあるものだったのかな。

「それは珍味、チャゲマロのタン！」

「チャゲマロノタン……ですか。珍味？」

「そう珍味なのです。普通のDランクの魔物の食材より高値で取引されております。なにせ普通の『解体』では取りにくく、加えて『採取』のスキルがあるか器用さが高くないと上手く取り出せない部位ですので」

「なるほど」

「どう手に入れたものかはわかりませんが、もし売っていただけるのならおひとつ三千ベルお支払いしましょう」

ひとつ三千ベル!?

俺はこの『チャゲマロのタン』とやらを一体いくつ持ってるんだろう。正確には把握していない。だいたい五百個くらいかな？　そのうち百個も売れば三十万ベル、三百万円になるじゃないか。

大量の取引とはいえたくさんありすぎても困るでしょ。いくら売っていいんだろう。

「えっと、これ本当にたくさんあるのですが、いくつまでなら引き取ってくれます？」

「十や二十なら普通に買い取りますよ。それともそれ以上なのですかな？」

「百や二百なんです……」

「百や二百!?……それではとりあえず百個買取りましょうか」

一瞬確かに驚いたのに、すぐに百個買い取ると言うだなんてすごい。きちんと売れる算段がついてるんだね。

この場で現物を百個渡すと言うと、アーキンさんは自分のバッグから敷物を取り出して敷き、この上においてくれと言ったのでその通りにした。珍味だと聞いた後でもやっぱり青い肉は食欲が失せる。……でも今度食べてみようかな。

「本当に百個ありますな。それも全て質がいい。どうやってこんなに採取したのかわかりませんが……」

「ボクもわかんないです。このバッグの中に入ってたものなので」

「品質に問題ないので私としてはこれで良いのですがね」

アーキンさんは大金貨三枚を渡してきた。ありがたく受け取る。今の所持金は約九十万ベル。ゲームでもバグ技使わない限りこんなに稼ぎやすくないぞ。

「ありがとうございました」

「こちらこそ！」

「それでアリムさんの方は私共から買いたいものはありませんでしょうか？」

あるっちゃある。

やっぱり皮を加工するのに必要な薬品を基本として、ポーションなどの薬を作るための器具も欲しい。

そうだ、なんならお金の力で俺のスキルをどうにかできないか聞いてみよう。あと二つ、『真』と名前のついた物を作る系のスキルがあれば星五つのスキルが完成するんだ。教えてくれそうな人を紹介してくれるだけでもいいから。どうにかしたい。

「すみません、買えるものかどうかはわかんないんですけれど、『料理』や『調薬』などといった系統のスキルを覚える方法ってありませんか？」

「なるほど、そういうスキルを覚えたいと。なんでもいいのですかな？」

「はい」

「少々お待ちを」

アーキンさんは応接室から出ていった。

そして十五分くらい経った頃に手に何枚ものスキルカードを持って戻ってくる。

「物作りに関するスキルカードを商会の在庫から出来る限り持って来ました」

「エンチャントカードって買えるものなんですね？」

「だいたいが宝箱から出てきて不要なものが売られた感じですがね」

「なるほど」

とりあえず片っ端から頭で読み込んでみる。

『革加工』だとか『料理』だとか、すでに持っているスキルが大半だった。しかし数あれば欲しかったものもあるわけで、二つめぼしいものを見つけた。

一つは『鍛治』、もう一つは『エンチャント』。

エンチャントはエンチャントカードを作るかアイテムに直接エンチャントできるようになるスキルで、鍛治は名前どおり剣などを作ったりするためのスキルだ。

「気に入ったものがありましたか」

「はい、この『鍛治』と『エンチャント』を頂いてもよろしいですか？」

「アリムさんは武器職人にでもなるつもりですかな？　どちらも星一つのスキルなので三千ベルですね」

スキルって一生もののはずなのに三万円で買えるんだね。

俺は大銀貨六枚をアーキンさんに支払う。

そしてすぐに二つのスキルを習得し、スキルポイントを振ってみる。それぞれ『真・エンチャント』と『真・鍛治』に進化した。これで揃った。

「思っていた通りのものでした！　ありがとうございます」

「事情はわかりませんが、それは良かった。他にもお手伝いできることはありませんか？」

どうしようか、エンチャントカードをつくるのに必要なアイテムや鍛治道具一式なども欲しくなってきた。九十万ベルで全部揃えられるかな？　スキルを覚えたのはいいけど、道具がないと結局なにも作れないからね。

「あの、仕事道具とか売ってませんか？」

「鍛治師やエンチャントカードの職人の仕事道具ですか？　もちろん取り扱ってますよ」

「良かった！　それぞれ値段を聞いてもいいですか？」

「ええ」

アーキンさんがオススメしてくれたのは、マジックルームとして鍛治場の部屋が丸ごと設置してあるもの。

マジックルームとは、ピピーの村から城下町に来るときに乗った馬車の中みたいな、見た目よりも中が広くなるエンチャントがされた部屋らしい。お部屋版マジックバッグだ。

そしてアーキンさんが売ってくれるというのは外見がロッカー程度、中身がしっかりとした作業場というものだった。現物をみせてもらったけれど鍛治のための道具も一式揃ってる。鑑定した限りでは不備もない。お値段は四十万ベル。

それに加えてきちんとした裁縫道具、革加工の道具、エンチャントできる道具を揃えたら合計で五十五万ベルになるという。

これは払えない額ではない。

仮に後で自分でもっといい道具やマジックルームが作れたとしても、その足がかりになる最初のものがないとダメだ。つまり何か物を作るなら必要な出費なんだ。

迷う、迷うなぁ。迷うけど、生活に余裕がある上に払えるお金がある今買わなきゃ……。

「かなりお高いですよ?」

「むむ、むむむ……く、くださいっ……」

「本当によろしいのですか」

「はいっ……」

マジックポーチから大金貨六枚を取り出し、応接室の机の上に置いた。アーキンさんはそれを回収しお釣りに金貨五枚を返した。前の人生と合わせても最大の買い物だ。なんだか喪失感がある。

「いやはや、ありがとうございます。アリムさんは見かけによらず大胆なお方のようですな。売るのも買うのも。失礼かもしれませんが、ここまで大きな取引ができるとは思ってませんでした」

「自分でもちょっと驚いてますけど」

「ははは、これから冒険者として名を上げていけばこのくらいの買い物は増えると思いますぞ。買った品物は念のため、何度か使ってみて何か不備があるようでしたら教えてください」

「わかりました」

予定外のでかい出費はあったとはいえ、手に入れたいものはみんな手に入れた。スキルの整理もしたいしそろそろお暇《いとま》させてもらおう。

「ではボクそろそろ帰りますね！」

「そうですか、またお越しくださいね」

「はい！　ありがとうございました！」

アーキンさんにお見送りされながら商会本部を出て、そのまま宿屋『ヒカリ』に一直線で帰った。

広すぎる自分の部屋に戻り、まずは買ったものを広げてみる。

鍛治仕事ができるマジックルーム……ほんとにロッカーみたいだ。大きさや形だけだけど。見た目はいかにもおしゃれな作業場についてるドアだ。

中に入るとアーキンさんに見せてもらった通りのまま全部ちゃんとあった。広いのでそこに他に買った製作用品を広げておく。いい感じの作業場になった。

中から出て、とりあえずマジックルーム自体の置き場所をリビングの隅っこに決めステータスを開く。

さて、まずは例のスキルを合成しようじゃないか。

【この合成は特殊です。】

【強力なスキルのため、条件を提示します。】

前と同じように条件が提示された。ポーチの中からSランクの魔核六個を取り出す。

『鑑定王』と『創作王』と『採取王』、そして『真』とついた『料理』『調薬』『鍛冶』『エンチャント』の四つを合成する。

【このスキルは一度に一人しか習得できません。習得しますか?】

つまり俺だけしか習得し得ないスキルということか。迷わずその先へ進む。特に変わった演出はなく合成終了のメッセージが出現した。

【『アイテムマスター★★★★★』を習得しました。】

ああ、はじめての最高ランクのスキルをついに手に入れた！　さっそくスキルポイントを割り振る画面に移ってみよう。

――――――――
アイテムマスター
Rank：★★★★★　SKP：1470／2000
Lv0：SKP－0
LvMAX：SKP－2000
――――――――

合成の法則の通り使ったSK2分のスキルポイントが引き継がれてはいるけれど、合計2000も必要とするのはさすが最高ランクと言うべきなのだろうか。

ここは慎重に最大レベルの効果を見てからスキルポイントを振ろう。

【ありとあらゆるアイテムの扱いと知識が伝説的、あるいは神の領域に踏み込む。】

【全てのアイテムを詳細に鑑定することができる。知りたければ特殊な例を除き全てを知ることができる。】

【全てのアイテムを最速かつ最高の方法で取得できる。さらに求めるアイテムの所在を感じ取れる。】

【アイテムの創造をすれば最高の完成度、最良の状態で作成できる。また『伝説級』等の最上位のアイテムを容易に作れるようになる。】

【アイテムの扱いにおいて自身のステータスがより反映されるようになる。】

なんか説明はすごいけど、どれも実践してみないとどの程のものかわからない。ただ、いままでスキルがどんなに低いランクのものであれ地球基準で考えれば相当な効果を持っていたことから、神の領域に入るとなると……。

何はともあれ、まずはなんか作ろうか。

今ある材料だったら黒い犬の皮を加工してジャケットか何かを作れるかしらん。試しに袋や敷物として雑に使った物を再利用してみよう。アイテムマスターのお手並み拝見だ。

もう一度、マジックルームの中に入った。

▼△▼△▼

完成した服を鏡の前で羽織ってみる。

自分で想像していた以上に可愛くできていて心が躍る。

黒い犬……黒兵犬で作った宝級のジャケット。宝級ってことはあのグレートポーションと同格ってことだ。汚れないエンチャントと、サイズが合うエンチャントくらいしか入れてないのにその価値を誇っている。

作業中、感覚だけで言えば俺は普通に作ってただけなんだ。なのにジャケットが完成したらこの出来栄えだった。

ちなみにアイテムマスターによって得た知識では、価値というのは無価値級から伝説級までの十一等級らしい。宝級は上から三番目。

それと皮の手入れから始めたというのに、マジックルームに篭ってから完成まで三十分ほどしか経っていなかった。今までのアイテム作りスキルも作成物に自分の素早さのステータスを反映させて早く作れたけれど、アイテムマスターは段違いのようだ。

本来なら一日かかる工程を何事もなかったかのように数分で終わらせてしまったし、物理的な法則を無視してしまうみたい。

うん、効果のほどは十分すぎるくらいわかった。

内心、すごくワクワクしててまだまだ何か作りたい。となるとそろそろ自分の剣が欲しいかな。

魔法で呼び出す仮の剣じゃなんか寂しいし。

かといって剣を作るのに必要な材料は今手持ちに一つもない。でも、大金払ったばかりだから材料買いたくない。となれば自分で採取するしかない。人がいなさそうな山にでも入って鉄鉱石でも取ってこよう。

というわけで俺はマジックルームを持って街から出て、素早さをフル活用してひたすらまっすぐ走った。うっかり誰かの私有地に入ってしまったりしないよう、三十分は走っただろうか。周りに人がいなさそうな禿山《はげやま》にたどり着いた。

アイテムマスターの勘がここに鉱物がわんさか眠っていると言っているような気がする。立ち止まった場所の近くに立て看板があったので読んでみた。

『ここはトリアエリアル山。周囲の山よりも格段に強い中程度のランクの魔物が多発するので注意、近づくな。腕に自信のある者は欲しいものを自由に採取して良いが命の保証はない。(メフィラド王国)』

これは実にありがたい、国から許された採掘場だ。腕に覚えはあるので躊躇なんかせずに山に踏み入った。

あ、そういえば採掘する道具すらないのを今思い出した。ここからまたまっすぐ三十分走って戻るのか……めんどくさいな。

「ギュイイイイン」

どこかで機械音がした。

その方向を向いてみると、二メートル以上ある鉄の塊が俺のことを見下ろしていた。これはゴーレムってやつだろうか。そのゴーレムは俺に向かって拳を振り下ろしてくる。

▼△▼△▼

運良くアイアンゴーレムなんていうCランクの便利な魔物が出てきてくれたおかげでピッケルやスコップなどの器具がつくれ、無事に鉱石が一通り手に入った。ちなみに柄に使う木材は隣の山から勝手に拝借。

この世界の鉱石には強力な武器や防具にこぞって使われるレアなものがある。主に三種で、価値の順番でいえばオリハルコン、アルティメタル、ミスリル。

オリハルコンはダンジョンの宝箱などからしか発見できない。だが今回、アルティメタルとミスリルの採取には成功した。他にも鉄鉱石や少しの宝石の類、幻石《げんせき》を入手できた。

幻石とは魔法専用の石炭のようなもので、何かの燃料やエンチャントカードを作るときに使われたりする。高価な鉱石三種も幻石の仲間。ちなみにここまでスキルで得た知識だよ。

さて、禿山がこれ以上ハゲないように採取量は控えめにしておいたとはいえ、アルティメタルとミスリルでそれぞれ剣二本は作れてしまうくらいある。早速自分の剣を作ってしまおうか。この場で作るためにマジックルーム持ってきたんだし。

俺は森の中に入ってから魔物に壊されないような場所にマジックルームを配置し、その中で作業し始めた。

……つい盛り上がって五時間ほど作り続けたところで俺の剣は完成した。
スタイルは片手持ち両手持ちどちらもいける両刃の剣。ミスリルとアルティメタルを掛け合わせてアルティメットシルバーなんて名付けた金属をメインで使い、エンチャントは思いついたものをつけてみた。何か魔物の素材を使っても良かったかもしれないけど、今回はこれでいいだろう。最初に作った剣なんだからシンプルで結構。じっくりと鑑定してみる。

＋＋＋＋＋
「極銀《きょくぎん》の吸魔《きゅうま》の魔剣」
状態：最良　出来：至高　価値：伝説
種類：剣
材料：ミスリル＋アルティメタル
（アルティメットシルバー）
マジックカード
〈説明〉
攻撃力：900
ミスリルとアルティメタルの合金で作られた剣。多くのエンチャントがしてある。
・剣としての性能を究極的に上昇させる（切れ味や耐久性等三倍）。
・敵の魔法を吸収でき、その分MPを蓄積する。

・敵を攻撃した際、ＭＰの五パーセントを吸収し、蓄積する。
・所有者は任意でＭＰをこの剣に吸収させられる。
・蓄積されたＭＰはこの剣の強さとなり、攻撃力などに加算される（ＭＰ１＝＋１）
・常に最良の状態を保ち、手入れはいらない。

＋＋＋＋＋

実際エンチャントするまでは宝級か国宝級だったことを覚えている。ここまでの効果をつけて伝説級だ。

あ、やばい。試し斬りしたくてゾクゾクしてきた。これじゃあまるで俺が辻斬《つじぎ》りみたいじゃないか。

さっそくマジックルームから外に出るとアイアンゴーレムを発見。

「キュイィィイ」

「テヤァ！」

「ギゴ……ギギギギ……」

たった一振りで鉄の塊を切り捨てることができた。なかなか気持ちいい。威力も耐久性も申し分ないだろう。

さて、満足したし五時間も粘ったせいであたりも暗いし、そろそろ帰ろうかな。お昼ご飯食べ忘れたからお腹ペコペコだ。

再び三十分間も道をまっすぐにひたすら走って城下町へと帰った。

五部　冒険者のおしごと

「おはようございます！」

「おはようアリムちゃん！」

「おはよう、君が噂の……本当に可愛いじゃないか」

城下町にやってきて三日目、すでにギルドでは俺のことを知らない人がほとんどいなくなったんじゃないかと思える。可愛いと有名になりやすいからね、仕方ないね。

「アリムちゃん、今日のその黒いジャケット可愛いね！」

「ありがとうございます！」

自分で作ったものを褒められるとやっぱり嬉しい。

そして頭に何かメッセージが浮かんできた。

【称号『魅了の才』を入手しました。】

なんだそれは。

詳しく見てみると、十人が十人振り返るような美しさを持つ女性に送られる称号で、この称号があることによりさらに美しく見られ、注目されるようになるという効果を持っているらしい。

何気に称号で効果があるのは初めてだけど、これ以上注目されるのはなぁ。あと、ちゃんと女性として認識されるのね、俺も。

「そういえばそろそろだったな」

「腕がなりますなぁ」

「今年こそは優勝してやるサ」

掲示板の前で人が集まっているのが目に入った。俺に注目せずに……なんだろ、気になる。

「すみません、掲示板に何かあるんですか？」

「あ、アリムちゃん！　実はそろそろ武闘大会が開かれる予定なのサ」

「武闘大会ですか？」

そういえばアギトさんが大会で成績を残したりしても冒険者ランクが上がるって言ってたっけ。そのことだな。

楽しそうだから俺でも参加できるものならしてみたいな。でも詳しくは知らないし……。このまこのお姉さんにきいちゃおう。

「武闘大会ってどんな……」

「ああ、アリムちゃん知らないんだ？　えーっとね」

お姉さんはかなり詳しく教えてくれた。

武闘大会とはこの城下町の南部にあるコロシアムで行われる年に二回の行事で、CランクからSランクの冒険者達が戦って優勝を目指すものらしい。

そして各ランクの上位三名には成績に見合ったスキルカードやアイテムなどの景品があり、ランクも上がる可能性がある。

しかし普通に戦うわけだから、死者が出ないよう主催者側は努めるらしいけど、重傷者は結構出る。そうなったら参加費に加えて大量のポーションを買う必要があったりするんだって。

「結構ハードですね……」

「そうだね。でも今の国王になる前はもっと酷かったらしい」

「そ、そうなんですか？」

「うん、昔この国には奴隷《どれい》ってのがいてサ。いや、むしろこの国だけなんだけどね、奴隷がいないの」

「ど、奴隷……」

奴隷と言ったら、悪いおじさんがエルフとか獣耳の綺麗な女の子を奴隷商から買い取ってグヘヘへってやるイメージがある。しかしこの国だけそれがないとは、ちょっと安心した。……とはいえ別の国ではまだあるんだよね？　うーん、思いがけずアナズムの闇を知ってしまった。

「今の国王様が十五年くらい前にこの国の奴隷制を撤廃し、二年前にあるＳＳＳランカーが裏社会からも大量の犯罪者ごと奴隷取引を一掃したんだけど、そうなる前は酷かったらしいのサ。なにせ丸腰の奴隷を武闘大会でいたぶって見世物にしたり……」

「うわぁ……」

どうやら奴隷というのは俺のイメージ通りで間違いないらしい。そんな制度がある時代に来なくてよかったよ。いや、来たら来たでその立派なＳＳＳランカーみたいなことを俺もしてたかも。

「あ、でも今の国王様からは本当になんの問題もないんだよ。正々堂々、力と魔法のぶつかり合いなのサ！」

「そうなんですか」

「うん、私もCランクだから参加するつもりサ。参加費はこのランクでも二千ベルするけどね」

どっちみち俺はDランクだから大会に参加することができないだろう。開催されるまであと十日、前日まで参加申し込み可能らしいけど、そのために昨日手に入れたCランクの魔核を提出するってのも気がひける。大会には興味あるけど、無理に自分のランクをそこに釣り上げるほどではない。

「そうですか、頑張ってくださいね！」

「うん、きっと優勝してみせる！　まあCランクで優勝してもあんまり意味はないんだけどサ。優勝者が城に呼ばれるのはBランクからだし」

「お城にお呼ばれするんですか？」

「うん、食会《しょっかい》といってね、お城にお呼ばれするらしい。うまい飯が食えるのサ」

お城にお呼ばれね。たしかに城下町のど真ん中にあるあのお城に一回入ってみたい気もする。次の大会までにBランク以上になってたら参加しようかな。

「おーい、誰か緊急の依頼だぁ！」

「ん？　なんだろ」

アギトさんが一枚の依頼用紙を手に持ちながら叫んだ。お姉さんと俺はそっちを見る。

「『料理』と『解体』のスキルを習得してるDランク以上の冒険者はいないか⁉」

「あぁ……私、料理できない……」

料理と解体ができるDランク以上の冒険者とは、まさに俺のことなんじゃないだろうか。

こういうスキルが求められてる特殊な依頼も経験しておきたいし、アイテムマスターの料理を誰かに振る舞ってみたい。あとお金も欲しい。よし、受けよう。

「お姉さんありがとっ！　ボクあの依頼について聞いてくる！」

「あ、ああ。どういたしまして」

周りの冒険者みんなが動き出す前にアギトさんの前へ。

「はいっ！」

「アリムちゃん早い！　料理と解体できるのか？」

「できますよ！」

「んじゃ、この依頼内容を見てくれ」

依頼用紙を渡された。

依頼人はメディアル商会のメンバーのグレープという人らしい。内容はそのグレープって人がメフィラド城下町から港町まで貴重なアイテムの取引をするため往復で六日間移動し、港町に二日間滞在するので、その護衛……の補助をするのだとか。

なるほど、だから補助的役割の料理や解体が必要なんだ。

仕事を一緒にする護衛人はAランクの冒険者。

緊急の依頼ってだけあって募集期間は今から一時間、報酬金は普通よりかなり高い。

スキルも活かせて長期的な仕事か、やっぱり体験しておいた方が良さそうだ。払ってしまった分の宿屋の代金が気になるところだけどね。

「ボクがやりますよ！」

「ほ、ほんとかアリムちゃん！　いやぁ……助かった。あの商会は方々のギルドの上層部とつながっていて、それもこの依頼人のような幹部となると……」

「とりあえず今すぐ準備してこの集合場所に行けばいいんですよね？」

「そうだ。本当に引き受けてくれるのか？　こんな数日間もの仕事を」

「ええ、問題ないです」

ギルドも商人とつながっていて色々と複雑な事情があるんだろう、アギトさんはとても喜んでいた。

集合時間まであと少しだけあるらしいので、まずは宿屋に断りを入れるために一旦宿に戻り、ウルトさんに事情を話した。

「なるほどね。……じゃあその八日分のお金はとらないことにするよ」

「いいんですか⁉」

「うん、S級の部屋は滅多に人が来ないしね。もし誰か来て泊めることになっても料金は返してあげる」

「すみません、ありがとうございます……！」

「いいんだよ、お仕事頑張って」

ウルトさんほんとにすごくいい人だ。感謝しなきゃね。

準備と言っても大体のものはポーチの中に入っているので特別準備するのは替えの下着だけでい

い。数日分そこらへんの服屋で買い込んでから、依頼主の指定した集合場所、東口の馬車乗り場へと向かった。

すでに指定された馬車がそこにあった。その側に鎧を着たすごく真面目そうでいかつい顔の男の人が背筋をピンと伸ばして立っている。おじさんかな……いや、ギリギリお兄さんだな。多分。

「そこの娘よ、そんなに慌てた様子でどうしたんだ」

「えっ、あ、ボクはここに依頼を受けに来て……」

なんと話しかけてきた。そういうタイプではないと思ったんだけど。男の人は少しはにかむと思ったより優しい顔を俺に向けてきた。

「年齢的にXランクか？　こんな朝から仕事なんて精が出るな。頑張るんだぞ」

「あ、いえ、ボクDランクなんですよ」

「なんだと？　Dランクってことはまさか……ん？」

馬車乗り場の入り口から髪の毛が紫色の派手な男の人が、ナヨナヨした走り方でこちらに向かってくる。

「ん～、待たせてごめんねー、ガバイナくん！　ついてきてくれるDランクの冒険者の子が見つかったって今連絡が～」

「そうですか、それは良かった」

「いやでも～、ほんとに、こちらの失念だよ～。まさか依頼忘れしてるなんてさ～。メディアル商会の商人じゃなかったらこんなギリギリで無茶な依頼なんてできないよ～」

「それで、仕事仲間はどのような人で？」

「アリムっていう可愛い女の子らしいよ～。アタシの耳にも入ってきてる、酒場ギルドで最近有名な子～」

俺とガバイナと呼ばれた男の人でつい顔を見合わせた。依頼主はどうやら慌てすぎて俺がいることに気がついてないみたいだ。

「あとはその子を待つだけだね～」

「あの、グレープさん、おそらくその冒険者はこの子なのでは？」

「え、あ、もうきてたんだぁ」

「よろしくお願いします！」

ぺこりと頭を下げて挨拶する。礼儀正しいのは仕事をする上で大事だって、全世界チェーンのカフェを経営してる人が言ってた。

「とりあえずギルドカード見せてくれる？」

「はい」

依頼主のグレープさんは俺のギルドカードを数秒見つめる。すぐに返してくれた。

「よ～し、揃った！　詳しい話は馬車の中でしよう。とりあえず乗ってくれるかい？」

「わかりました」

「はいっ」

俺たちは馬車に乗り込んだ。この馬車の中は部屋がいくつか分かれてるくらいで、ピピーの村から城下町に向けて乗ったものと大して変わらない。

「よ～し、じゃあ自己紹介しようか。アタシはグレープ！　この仕事を依頼した商人よ、二人ともよろしくね～」

「俺はガバイナという。Aランクで槍使いだ。よろしく頼む」

「ボクはアリムです！　Dランクの冒険者です！　八日間よろしくお願いします！」

自己紹介はこんな感じでいいだろう。

しかしグレープさんが俺の顔をじーっとみながら何かを言いたそうにしている。

「アリムちゃんはまだ十二歳の適正年齢以下なんだよね～？　しかも聞いた話じゃ試験合格してからたった数日でDランクの冒険者になった」

「なっ……！　それはすごい」

「そ～、とっても将来有望な子。そして評判通りとーっても可愛い」

「えへへ……」

やっぱり褒められると照れちゃうな。それにAランクなんていう実力があるであろう人からすごいって言われるのも嬉しい。将来有望ですってよ。

「ガバイナ、君もすごいよね～。大会によく出場してだいたい三位以内に入ってるもの」

「ですがまだSランクにはいけない……実力不足です」

「ん～、そのうちいけると思うよ。なんにせよこの仕事は無事に成功しそうだね～。さ、そろそろ仕事の詳しい内容を伝えようか」

グレープさん曰く俺の仕事は、馬車内の清掃、昼と晩のご飯作り、その他戦闘になった際のガバイナさんのサポート。そして魔物を討伐したあとの処理。料理は御者さん二人を入れて五人分作らなきゃいけない。食材は積んであるとのこと。アイテムを扱う仕事が多いから俺にとっては楽そうだ。

ガバイナさんはいつでも戦闘できるように待機し、その時が来たら戦うのがお仕事だ。暇なら掃除とか手伝ってくれるってガバイナさん自身は言ってた。

「それじゃあそろそろ出発してもらおうかな～。よろしくね～」

「わかりやした。じゃあ出発するぞー！」

この馬車を運転する御者さんの声とともに馬車が動き出した。お仕事だけど八日間の遠出というのは旅行気分になってくる。

「ん～、それじゃあ部屋の案内を……ああっ⁉」

「どうしました」

「しまった～、アタシまたやっちゃったわ～。女の子が来ること計算に入れてなくて、ガバイナとアリムちゃん一緒のお部屋に～……」

それはマジか。いや、本当の俺は男だから別に構わないんだけど。それにガバイナさんは真面目そうだから変な手出しなんてしてこなさそうだし。

「あのぉ……そのぉ……ボクは別に構いませんけど……」

「初対面の年頃の少女を男と同室にするのはいただけない。俺はリビングのソファで眠るとしよう」

「だ、ダメですよ！　魔物が現れたらガバイナさんが倒すんじゃないですか！　ちゃんとした場所で体を休めないと。それならボクがソファで寝ます！」

「しかし大の大人が少女から寝る場所を奪うというのも……」

話し合いの結果、一緒の部屋ということになった。俺が押し勝ったんだ。ガバイナさんの性格はとにかく紳士だということがわかっただけでも良しとしよう。

ただ、着替えは絶対に見られないようにしなければならない。去年同性なのに別室で着替えをしていた俺を覗いた男子が、鼻血吹いてぶっ倒れたからね。となると正真正銘女の子である今の俺が着替えしてるとこ見られたら……相手はどうなってしまうのかちょっと怖い。

「ん～ほんとに、なにからなにまでごめんね～！」

「そんなに気にしないでくださいよ」

グレープさんに謝られつつ俺とガバイナさんの部屋をみた。一人用のお部屋に二人分の布団が敷いてある感じだ。むぅ……ちょっとばかり距離が近いな。

なぜだか恥ずかしく感じてきたし、寝てる間だけ男に戻ってもいいかもしれない。

「あ、ちなみにアタシは自分の部屋でだいたい仕事してるから何かあったら呼んでね。何か売って欲しいものがあったら、持ち合わせがあるものだったら売ってあげるから言ってちょうだい」

「わかりました！」

さて、ミーティング的なのは終わったのはいいけど、お昼ご飯まで仕事がない。暇だ……何しよう。本でも買っておけば良かった。

ガバイナさんはリビングの隅っこで敷物を広げて武器と盾とその手入れをするためのアイテムを

出している。

暇なときこそゲーム……ゲームがしたい……。ド、ドラグナーストーリー4を……。そうだ、こういう時こそ動画サイトに投稿してるゲームの動画を更新しないと。いや、死んじゃってるから無理か。美花か叶か翔が死亡報告やってくれてるといいなぁ。

ゲームのこと考えると一緒にみんなのことまで思い出しちゃうからダメだねこりゃ。

「アリム、暇そうだな」

「はい……娯楽用品持ってくるの忘れちゃって」

「それは辛いだろう。俺の本を貸そうか」

「いいんですか？」

「ああ。ほら、これなら読みやすいしいいんじゃないか」

「ありがとうございます！」

『勇者と死の魔神《まじん》』と書かれた本を貸してもらった。四時間ほどかけて読み終えたが、死の魔神が作り出した配下の悪魔を勇者が倒していき、最後に魔神を剣に封印して誘拐されていたお姫様を救い出すというよくある内容で、まあまあ楽しめた。

魔神じゃなくて魔王だったらゲーム好きの身としてはもうちょっと親近感が湧いたのかもしれない。

読み終えて本を返す頃にはお昼時だったので、そろそろご飯を作ろうと思ったその時だった。

「魔物が出たぞぉぉぉぉ！」

「来たか」

ガバイナさんがいち早く動いた。魔物が出たということは俺も行かなきゃならない。馬車から外に出てみると、木に顔が付いたキモイ魔物が二匹道を塞いでいた。

「トレントか……槍の豪《ごう》、連突《れんとつ》！」

ガバイナさんは槍を構え素早く二回突いた。トレントの顔面があった場所に風穴が空き、魔核が合計で二つ出現する。

連突というのは『槍の豪』のスキルの技だろう。剣極奥義にもそういう感じで名前の付いた技がある。まだ使ったことないけど。

とりあえず魔物の死体はバラしてしまおう。

「ん～、さすがだね～……！」

「Dランクの魔物ですし、この程度」

「ん～、そうだアリムちゃん。解体より先にお昼ご飯を……」

「もう終わりましたよ、解体」

「んんっ!?　ほんとだ終わってる……は、はやいね～。じゃあお昼ご飯頼んだよ」

「はいっ！」

俺は台所に戻ってご飯を作り始めた。メニューは特になんてことはない、ペペロンチーノ風スパゲティ。アイテムマスターを入手してから料理を作るのは初めてだから、シンプルな料理でどれほどの腕前になってるか知りたくて作った。

「はいどうぞ！」

「オレくらいの歳になるとアリムちゃんみたいな可愛い子の料理を食えるだけで涙が出てくるんだよなぁ……」

「わかるわかる……」

「あはは」

御者さん二人には料理を作ってくれる女の人がいないのだろうか。いや、それ以上は何も考えるまい。

グレープさんとガバイナさんも同じテーブルにつき、いただきますをしてから一斉に食べ始める。しかし全員、一口食べただけでフォークを手から落とした。辛味を入れすぎたかな？

「どうかしました？」

「いや、うますぎる……」

「ん～……商人という商売柄、アタシは名のある料理人の料理を数多く食べてきた。でもこれは格別よ……」

俺自身も一口食べてみる。二人の言う通り死ぬほど美味しい。

こんなもの作れる人間なんて本当にいるのかと疑いたくなるくらい美味しい。まあ作ったの俺だけど。美味しすぎて美味しいとしか言えなくなっちゃってる。

いやまさかアイテムマスターでここまでになるとは……今後、ドラゴンの肉とか焼いてステーキ作ったらそれはもうすごいものができるんじゃないかな。

「さっきの解体速度といい……もしかしてアリムちゃん、冒険者になった理由って『料理』とかのスキルにポイント割り振るためだったりするの？」

「え、ああいや……違います、たぶん」

「自分のことなのにわからないとはどういうことだ」

おっとヘタこいた。ここはお得意の記憶喪失でなんとか切りぬけよう。八日間一緒に過ごす人たちだ、すこしだけ「アリム」について知っておいてもらった方がやりやすいだろう。

「あの……実はボク、記憶がなくて……」

「記憶が？　記憶喪失ということか」

「どれくらい前から記憶がないの？」

「一ヶ月もまだ経ってませんね」

そういうとしんみりとした空気になった。なんだか逆に記憶が残ってる方が申し訳ないくらいしんみりしてる。なんかごめんなさい。

「なるほど、だいたい事情はわかったが、本人にもわからないなら真相は誰にもわからないな」

「ん～、どっちにしろ不思議だねぇ」

「なんにせよ、困ったことがあったら言うといい」

「そうだね」

しばらく経ってから二人がそう言ってくれた。本当は手に入れたスキルにスキルポイントを片っ端から入れていっていたら、いつのまにかアイテムを司る強力なスキルが完成していたっていうだけの話なんだけど、事実を語ることはないだろう。優しくしてくれるからこそ心が痛む。

お昼ご飯を食べ終わってからはまた暇になったので、マジックルームにひっそりとこもって余ってた木材でオセロ盤を作ってみた。でもDランクの魔物が二匹、Cランクの魔物が一匹出現したりしてたびたび中断されたので、誰かと遊ぶことはできなかった。作るだけで暇つぶしにはなったし、遊ぶのは明日以降でいいかな。

夕飯として作ったのはシチュー。昼食の時、みんな食べ足りなさそうだったからおかわりを作ってみたんだけど、あっと言う間に全て無くなってしまった。量の問題ではなく、美味しいからペロリといってしまうようだ。作った甲斐があって嬉しい。

かけ湯式ではあるけれど、馬車の中にはちゃんと身体を洗う場所もあったので、全身綺麗にしてから寝室へ。

「アリム、寝るのか」

「はい！　ガバイナさんはまだ寝ないんですか？」

「念のためにあと二時間は起きているつもりだ。もちろんアリムは気にせず寝てくれてていい。子供は寝ることも仕事だ」

「すみません、じゃあお先に……おやすみなさい」

「ああ」

本当は護衛の補助をする立場である俺が先に寝ちゃダメだったりするのかな？　でもガバイナさん良いって言ってるし別にいいよね。

▼△▼△▼

「じゃあ俺も寝よう」

「おやすみなせぇ……」

「交代まで大変だな」

「なんのなんの、これが仕事ですんで」

ガバイナは御者としばらく話をしたあと、身体を洗い、いつでも起きられるような服装に着替えつつ、戦闘に出られるような準備も完璧にこなしてから少女との共同の寝室へと入った。

「すぅ……すぅ……」

「よし、よく寝ているな」

赤髪の記憶がない少女はまさに天使としか言いようがない寝顔で、聞いていて心地のよい寝息をたてながら眠っている。

ガバイナは知り合ったばかりの男が隣にいてはよく眠れないだろうと考え、少女より二時間遅らせて床につくことにしたのだった。

「……記憶喪失か」

まだ本来ならば冒険者になることもできない、たった十二歳の少女が記憶をなくした上で暮らしていくために仕事をしている。そのことを考えるだけでガバイナはなんとも言えない気持ちになった。

料理の腕前や解体の異常な速さなど、不可解な点が多いのは確かだが、本人の記憶が戻るまで考えるだけ無駄だと彼は悟っている。

「…………」

ガバイナは少女の頬に注目した。すべすべでモチモチで触り心地が良さそうでムニッとした頬。

気がつけばその頬に向かって人差し指を伸ばしていたが、触れる直前で正気に戻り、自分の手をはたき落した。

「いかんいかん、何してるんだ俺は」

ガバイナは自分の行動を反省しながら自分の寝床に潜り込んだ。

「んっ……いやだっ……」

それからしばらく時間が経ってから突然、少女がそう言った。ガバイナは自分が触れようとしたせいで起きたのかと思い様子をみたが、ただの寝言だった。

「なんだ、起こしてしまったわけじゃ……」

「……だ……ない！　……おと……さん、おか……ん……。か……た……しょ……ミカっ……」

声が小さく上手く聞き取れなかったが、かろうじて誰かの名前を呼んでいることはわかった。

ガバイナは失礼を承知の上で彼女の記憶の手がかりになるかもしれないと思い、聞き耳を立ててみることにした。

「いやだ、死にたくない……！　お父さん、お母さん、かなた。ごめん、ごめんなさい……死にたくない。しょう……ごめん……。みか、離れたくない、まだ……やだ……もっと一緒に……まだ、もっと……」

「アリム……」

日中は元気で明るく振舞っていた少女が、弱音を吐き、誰かに対する未練と謝罪をもがき苦しむように延々と述べていた。

ガバイナにもその誰かとはすでに二度と会えないような状況だと悟らせるほどに。

「お前は強いんだな……」

「んにゃっ⁉」

「おわっ！」

少女が上半身を起こした。

そしてあたりをキョロキョロと見回し始め、ガバイナの方を向くとその首の動きを止めた。

「あれ……ガバイナしゃん、まだ起きてたんですね……」

「あ、ああ、これから寝るところだ。起こしてしまったか？」

ガバイナがそう問うと、少女は首を振りながら立ち上がった。なにやらモジモジとしている。彼はすぐになにが原因かを理解した。

「違います。ぼ、ボクちょっと……」

「ああ、わかった。それ以上聞かない。おやすみ」

「はい、おやすみなさいガバイナさんっ」

少女は花を摘みに行った。

ガバイナはその慌てて駆けてゆく背中を見送ると、体をようやく横たわらせ目をつぶった。

眠りに就く前、彼女がいない間に一言呟く。

「願わくばあの少女のこれからの人生に、幸多からんことを」

▼△▼△▼

「見えたぞ、パルキーニ！」

御者さんがみんなに向かってそう叫んだ。

窓から顔を出してみると、たしかに海と港町が見える。三日間の馬車の旅の末、ようやく目的地に辿り着いたんだ。

んー、潮の香りがいい感じ。

馬車の中にいた三日間、基本的には暇だったけど五人の中で俺が用意したオセロがプチ流行し、グレープさんから商品化しないかと言われた。

また、御者さんが大変だろうと軽食として用意したサンドイッチ、パンに野菜などを挟むという概念がアナズムにはなかったようで、グレープさんに発見されてそれも商品化の提案を受けた。

オセロはまだ想定の範囲内だったけどサンドイッチが無いのは予想外だったよ。なんだか儲かりそうな匂いがしたのでどっちも承諾しておいた。

あとガバイナさん、もともと優しかったけど二日目からはさらに優しかった。俺の可愛さにメロメロになったのかと思ったけど、どうやらそういうわけでもなさそうだったし。原因がわからない。

まあいいか。

そのうち馬車は港町パルキーニの馬車停留所に止まった。

ここから二日間……正確には二泊三日、俺と御者さん達は自由行動できる。自由行動中になにをしようか馬車内で考えたこと、全部やり切れるようにしなきゃね！

ちなみに泊まる場所は馬車内でもパルキーニで宿を取っても構わないのだとか。せっかくだから潮風の香るところに泊まりたい。

「ん〜、それじゃあ明後日のこの時間に集まるように！　解散！」

まずは宿だ。海が見えるところにいい感じの宿があったのですぐにそこに決めた。ここを拠点として活動し、この三日間は主に魚を採りに行くのだ。正確には魚の魔物かな。

この世界に来てから一回もお魚を食べてない。べつにお肉よりお魚の方が好きだと言うわけじゃないけど、流石に食べたくなってくる。塩焼きとか。

グレープさんからは釣りをするのはいいけれど『魔の海域』には近づかないようにと言われている。そこはどうやらBランクやAランクの海の魔物が普通に現れる場所らしく、資源は豊富だけどまず普通の人は寄り付けないらしい。だからそこに行くことにする。

シーフード満載の昼食を食べてから宿にマジックルームを置いて釣竿や網、撒き餌を自作し、この世界に来た時から履いている靴に、魔力を使って空中や水面に浮けるようになるエンチャントなどを施した。

人目につかないようにこっそりと（間違っていかないようにするためにと嘘ついて）教えてもらった魔の海域に行く。空を限界の素早さで走って片道二十分。

海面に降り立ってみると、餌を巻くまでもなくさっそく魔物に襲われた。自慢の剣で真っ二つにする。

強いけどちょっと斬れすぎるな、この剣。あとで敵に傷を残さずダメージだけ与えるようなエンチャントでも追加してみよう。

それにしても姿を見せるだけで次から次へと魔物が襲いかかってきてきりがない、大変だよ。嘘、俺にとっては助かる。

さあ、じゃんじゃん来てもらおうか。

▼△▼△▼

「ん～、アリムちゃんなんだか景気が良さそうな顔してるね」

「え、そうですか？」

やはり商人という職業柄、そういうのがわかるんだろう。

この二日間でCランクの魔物二十三匹、Bランクの魔物十六匹、Aランクの魔物七匹倒して素材と食料ともにウハウハなのだ。

レベルも181に上がった。レベル170からステータスは基本40ずつ上がるみたい。スキルポイントはまだ割り振ってない。これからするつもりだ。

「じゃあ発車しやす！」

これで港町ともお別れか。またしばらく海が見られなくなるな。

馬車が動き出してからステータスを開き、ステータスポイントを割り振ることにした。825ポイントあったので、最近よく使う素早さとMPに400ずつ割り振って、残り25ポイントはきりが悪い数字になっているところの調節として使った。

スキルは今はやらない。高ランクの魔核をつかってるところを万が一でも見られたくないからね。

「アリム、楽しめたかパルキーニは」

「はい！　とっても！」

ちょくちょくDからCランクの魔物が現れるくらいで帰りの二日間は特に問題がなかった。

しかし、最終日のメフィラド城下町に近づいてきた時……ガバイナさんが最初にトレントを葬って見せてくれたヘルの森というところに入ってから一時間経ったくらいで異変は起こった。

「お、おいガバイナさん！」

「どうした！」

「ま、前に、ま、魔物が……」

「わかった。今行く」

御者さんの震える声。今まではどの敵に対しても現れたら淡々とガバイナさんを呼ぶだけだったのに、こんなこと初めてだ。

馬車は停車し、ガバイナさんと俺は馬車から飛び出した。

今回の魔物はどうやら全身真っ黒なライオンのようだ。お尻が蟻《あり》や蜂《はち》のように膨らんでおり、足も六本ある。蟻とライオンを合成した感じ。よく見たら触覚と顎もあるし、皮膚も硬そう。それが三匹。

「なっ……んだ……と？」

「どうかしたんですか？」

御者さんだけじゃなくてガバイナさんも驚いている。敵は相当やばいということだろうか。俺が戦うことも考えておいたほうがいい。

「あいつらはAランクのミルメコレオという魔物だ」

「三匹ともですよね？」

「ああ」

なるほど道理で。

Aランクの魔物が三体同時に襲ってくるだなんて俺も初めてだ。海で戦った奴らでさえ一匹ずつだったからね。

そしてAランクの冒険者は基本的にAランクの魔物を一体までしか相手にできないし、俺は周りから見てDランク。側から見たら相当まずい状況ということになるだろう。

「仕方ない、アリム、馬車に乗ってろ！　そしてグレープさん達と一緒に逃げるんだ。俺はここに残る」

「残るだなんてそんなことしたら……」

「ん～、話は御者君から聞いたよ～」

グレープさんがひょっこりと窓から頭を出してきた。話し方に似合わず、数日間一緒に過ごしてきた中で一度も見たこともないような真剣な面持ちをしている。

「ミルメコレオ三匹……どうしようか」

「俺は護衛です。それに冒険者という命をかける職業だ。全力でこいつらを食い止めるので、その間に馬車を走らせてください。ただ同じ冒険者でもアリムは連れていってください。この子はまだ死ぬべきじゃない」

どうやらガバイナさんは本気で覚悟を決めてるようだ。

グレープさんはそれを受諾したんだろう、俺に向かって手招きをし始めた。

どうしよう、どうすればいい？

「アリムちゃん、早く乗って！」

「でもガバイナさんが……」

「彼の覚悟を無駄にするな！」

そうは言われても俺ならどうにかできるかもしれないんだ。どうにかして力を誇示せずにここを切り抜ける方法はないのかな。

いや、いざとなればもうなりふり構わず……。

「来たっ！」

「グルオオオオシャァァァァ」

一匹のミルメコレオがガバイナさんに向かって飛びかかってきた。彼は盾でそれをガードする。

流石に力強いのかガバイナさんは体勢をくずし、そこに向かって残り二匹が噛み付こうと襲ってきた。しかしガバイナさんは不安定な姿勢から槍を繰り出し二匹同時に思いっきり突く。ちゃんとダメージは通っているようで、後から襲ってきたミルメコレオ二匹は後退した。

「はぁ……はぁ……うおおおおおお！」

一番最初に飛びかかってきたミルメコレオに向かってガバイナさんは槍の技を使う。ミルメコレオはそれを自分の皮膚で受け、そのまま彼に体当たりをした。

「ぐおっ」

「グルルルルルル」

「グギャルルル」

吹っ飛ばされたガバイナさんに向かってミルメコレオ三匹はにじり寄り、大口を開けて牙を向けた。

「……ここまでか」

このまま襲われればガバイナさんは殺されてしまうだろう。

うん、これはもうなりふり構わなくていい状況だよね。……力を使った後になんて言われるかわかんないけど、仕方ない。

「アリムちゃん、何してるのッ！」

「待ってください！」

「え？」

「……サンダーマーチレス！」

ミルメコレオ三匹をいっぺんに囲むように雷の魔法陣を出現させた。奴らは驚いたように揃って俺の方を向く。

今更狙う相手を変えてももう遅い。そのまま魔法を発動させてやる。魔法陣から出現するのは刃に形を変えた雷。ミルメコレオは三匹とも全身を貫かれる。

「……なっ……！」

「これは……」

全部一撃で倒せたみたいで、ミルメコレオ三匹からはAランクの魔核が出現する。それは別にいいとして、やっぱり見ていた人からは変な目を向けられるよね……。

「ん～、馬車に乗らなかったのはそういうことだったのね。とりあえず、その死骸を回収したらみんな馬車に乗って。帰りながら話をするよ」

グレープさんがそう言ってきたので俺とガバイナさんはお互い何かを喋ることなく馬車に乗り込み、リビングに集まった。

椅子に座らされ、グレープさんが話を始める。

「え～、アタシがギルドと繋がってるのは知ってるね？」

「はい」

「Aランクの魔物を一度に三匹倒したね？」

「はい」

「悪いけど報告しないわけにはいかない。アナタは今日からAランクの冒険者になるけど、いいね？」

「はい」

うー、やっぱりそうなるか。

別に俺にとってもマイナスのことじゃないからいいんだけど、なんだか実力を隠し通せなかったのが悔しい。いや、ガバイナさんが危なかったから後悔もしてないんだけどさ。

しかしこれでAランクの冒険者になっちゃったか。何段階飛び級なんだろう。ルインさん達は確実に超えた。

「今メッセージでギルドに連絡したから、帰ったら真っ先に手に入れたAランクの魔核を見せること。いいね？」

「はい」

「……ふぅ、料理の腕前といい、たまに見せる解体の素早さといい、只者じゃないことはわかってたけど、ここまでとはね……」

「ごめんなさい」

「ん～、なんで謝るの？　おかげで全員助かったんだし」

確かにそうではあるけれど……俺は今まで実力を隠してたことに対して謝ったんだ。そしたらガバイナさんがミルメコレオから攻撃を受けることもなかったし。

実際ルインさん達の時もそうだった。実力を隠すだなんて無駄なことしなければリロさんが怪我をすることもなかったんだよ。

ガバイナさんはこのことどう思ってるんだろ。獲物をとった……いや、かっこいい場面を潰したと言った方が正確だよね。

「あの、ガバイナさん……」

「なんで申し訳なさそうな顔をしているんだ。アリムにも他の皆にも怪我が無かったじゃないか。グレープさんのいう通りだ。何か不服なのか？」

どうやら怒ってすらいないみたい。悪かったと思ってるのは多分俺だけなんだろう。

「いえ、なんでもないです」

「あ、もしかして本当はどこか怪我をしていたとか」

「そんなことはありません」

そのあと、グレープさんにメディアル商会を贔屓《ひいき》にするように言われたが、すでにアーキンさんと何度か取引していることを告げたらちょっと悔しそうにしていた。そしてオセロとサンドイッチ商品化の件はアタシにしてくれとグレープさんに念を押されてしまった。

ガバイナさんは俺にAランクの武闘大会にでないのか聞いてきた。そういえば申込は前日までいいんだっけ。つまり明日が締め切りだ。Dランクだから考えものだったけど、Aランクとなると優勝した時の特典も多そうだし参加するとしよう。王様や王子様なんかに会ってみたいしね。

参加すると告げるとガバイナさんは少し嬉しそうな表情を浮かべた。

馬車が城下町についたのは深夜だった。その場で俺達はお別れをする。

「じゃあ、また大会で」

「ん〜、ではアタシは商会で！　近いうちにね」

二人が見えなくなるくらい手を振ってからぐ〜っと伸びをする。

さて、仕事が終わったぞ！

半分旅行みたいなものだったけど、とにかく終わった！

これからすべきなのはグレープさんのいう通りにAランクの魔核の提出だ。グレープさんはギルドに報告しちゃったらしいから絶対やらなきゃいけない。

そんなわけでいつものギルドの戸を叩く。酒場も兼ねてるから夜遅くまでやってるんだ、ここは。

「こんばんは……」

「ぅぉぉおおおおい！　アリムちゃんだぁあああああ！」

「アリムちゃん！　アリムちゃん、アリムちゃん!!」

「Aランク昇格おめでとう！」

話広まるの早すぎじゃないか。それにみんな、まるで俺に飢えてたかのような反応だ。八日間も居なかったからだろうか。

たしかに前の人生でも俺の顔には中毒性があるって何回か言われたからなぁ。

「可愛い！　可愛いっ！」

「ありがとうございます」

「こらみんな離れろ！　これからアリムはAランクに昇格しなきゃいけないんだから」

「そうだったわねん」

俺はアギトさんのところまで行く。言われる前にAランクの魔核とギルドカードを取り出し、カウンターの上に置いた。

「当然だが本物だな。ちょっと待ってろよ」

アギトさんは受付の奥へ消えると、すぐに赤いギルドカードを持って戻ってきた。カードの色が俺の髪の毛に近い。

「今までアリムちゃんがしてきたこともこれで説明がつくぜ！　最初からAランク以上の実力だったってことだな！」

拍手喝采《かっさい》を送られる。まあまあ気恥ずかしい。

あ、そうだ。

「あの、Aランクとして大会に出たいんですけど、まだ締め切り間に合いますよね？」

「ああ、明日までなら三千五百ベル払って参加できるぜ？　俺を通して申し込みしてくれればいい」

「アリムちゃんが大会出るってよぉ！」

「まじかよぉ!?」

「じゃあお願いします」

言われた通りに三千五百ベル支払い、参加申込書に記名をした。これで参加登録完了だね。優勝すればお城でご飯食べられたり何か景品がもらえたりするんだ、頑張らなくちゃ。

やることやったので、賛辞の声を方々からかけられつつも俺はギルドを出て宿屋『ヒカリ』へと帰った。

ギルドを出た頃にはすでに深夜だったので、外から見てホールが暗い。でも鍵はかかってなかったので中に入らせてもらった。防犯とか大丈夫なのだろうか。

いや、ウルトさん本人はいるのかもしれない。いつも立ってるカウンターの奥だけ明かりが灯っている。

でもなんだかすごく重厚な雰囲気がするというか……。

「……は、や、いつもいつも……」

「そうよ、ウル……そん……ないで、もっと……」

「いや、俺は……兼業……」

別に聞き耳たてたわけじゃないけど、奥から人の声が聞こえてきた。ウルトさんと男の人一人、女の人一人の声だ。

こんな時間になんの話をしているのだろう。まぁ、友達かもしれないし俺には関係ないか。

「そういえば話は変わるが、アリムって娘《こ》だっけ？　最速最年少のAランクってのは」

「確か十二歳だっけ？　すごいわよね」

部屋に戻ろうとしたが今の言葉が俺を引き止める。

俺がグレープさんにAランクになるよう忠告されたのは今日の昼前で、正式にAランクになったのはついさっきだ。

ガバイナさん、グレープさん、御者さん達、さっきギルドにいた人や冒険者ギルドの関係者しか知らないだろう。つまり今ウルトさんと話しているのはギルドに関係ある人ということになる。

少し息を殺して話を聞こう。盗み聞きは良くないけどね。

「ああ、やっぱりあれアリムちゃんなんだ。ここに泊まってくれてますけど、Dランクのステータスとスキルじゃないですからね、あの娘。まぁ、このままいけば間違いなくSSSランカーになりますよ」

俺はウルトさんの前で実力を出したことは一度もない。なのにステータスとスキルがわかるって言ってる。他人からは普通ステータス見えないはずだけど……ウルトさんって何者なの？　変わって今度は女性の声が聞こえる。

「ウルトがステータス見た上でそこまで評価するなんて珍しいじゃない？　たしかに、適正年齢以下で史上最速最年少のAランク冒険者だけどそこまで言わせる何かを持ってるの？」

その女性の問いにウルトさんは答える。

「あの子は俺らと同じ、『マスター』と名前がつくスキルを持っているんだよ」

「そうなの⁉」

「じゃあ、遅かれ早かれここまで登ってくるな」

マスター！　アイテムマスターの話をした！　しかも、俺らと同じってことはウルトさんとこの二人にもマスターって名前がつくスキルがあるってことだよね？

まさか、ウルトさんが最高ランクの冒険者？　宿屋の主人じゃなくて？　よくわかんないや、頭が混乱してくるよ。どういうこと？

「で、どんな娘なんだウルト。可愛いのか？」

「噂でとても可愛いとは聞いたことあるけど」

「そうだな……武闘大会に出て、人目についたら、すぐにこのメフィラド王国全体で話題になるくらいかな？」

え、えへへ……そんなに可愛い連呼されるとやっぱり照れちゃうよ。でもウルトさんの言う通り武闘大会はコロシアムで戦うから大勢の人から見られそうだ。可愛いって思われる分には別にいいんだけどね。

「それは是非とも会ってみたいわね」

「じゃあ会ってみる？　俺が呼べば来てくれると思う」

「え、ほんと？　じゃあ呼んでみてよ」

「おーい、アリムちゃん！　こっち入っておいで！」

息を殺して気配は消してたのになんでバレたんだろ。魔力か何かで感知された？　とにかく呼ばれたからには仕方ない。俺はカウンターを飛び越えて明かりが灯ってる部屋に入った。

そこにはウルトさん、金髪のダンディな男の人、フードをかぶっている銀髪の可愛い系お姉さんがいた。

「おお、これはこれは」

「すっごく可愛いじゃない……」

「ね？　だから言ったじゃないですか。アリムちゃん、呼んじゃってごめんね。とりあえず空いてるところに座っててね」

すすめられるままに、空いてる席……銀髪の女性の隣に座る。

ダンディーな金髪のおじ様は俺になにか違和感を抱いたのか、珍しい物を見るような顔を向けて

きた。

「珍しいなこの娘。俺等が居るってのに緊張とか一切してるように見えない。俺等のこと知らないわけじゃないだろうし」

「とんでもなく田舎から来たとかならそれもありえるんじゃ？」

「んー、確かにな」

それを自分達で言うほどって相当有名な人なのか。俺がこの世界の有名人なんて把握してるわけがないけどね。

「ウルトならわかるぜ？　普段は別の姿してるし、一部のやつしか正体を知らない。でも俺とパラスナは特に変装とかしてるわけじゃないんだぞ？」

え、なに。ウルトさんのこの爽やかな姿って裏の顔か何かってことなのかな？

うー、とりあえずここは記憶喪失設定をフル活用させてもらおう。

「すみません、気を悪くしたのなら。その……ボク、ウルトさんにもまだ話してませんでしたけど、二週間より前の記憶が全くないんです……」

「そうだったんだ、アリムちゃん……たしかに何か色々おかしいと思ってたんだ、ステータス以外も」

「記憶喪失だなんて……」

「そりゃ……なんか悪かったな。知らなくて当たり前か」

やっぱりしんみりされると心が痛むけど、これより良い身の上話の方法がないんだから仕方ないね。

女の人は俺の頭を優しく撫でてきた。

「じゃあステータスもスキルも……記憶をなくす前のものなのね」

「ん？　でもアリムちゃん、長期の仕事に行く前よりレベルが二十くらい上がってるんだけど……」

「Aランカーになったんだろ？　Aランクの魔物を複数倒したから上がったんじゃないのか？」

「なるほど、たしかにそうですね」

「まあそうなると実力はすでにSランク以上ってことになるがな」

よくわかんないけど、ウルトさんのステータスを見られる能力がこわすぎる。俺が今よりもっと実力を隠すように生きてたらかなり厄介な人だったんじゃないかな。

金髪のおじ様が腰を上げ、俺の前に来て膝をつき手を取ってきた。

「そういうことなら自己紹介する必要があるだろ。アリムちゃん、俺達三人はこの国のSSSランクの冒険者だ。よろしくな」

やっぱりそういう集まりだったか。ウルトさんも含め。いや、ウルトさんが何より一番の驚きだ。しかしこの国の最高戦力の集まりか……なんかちょっと今更になってゾクゾクしてきたぞ。

おじ様は俺の手を握ったまま自己紹介をし始める。

「俺の名はギルマーズだ。世間では武神とも呼ばれている。平和主義の闘士《ピース・オブ・ヘラクレス》っていう大型パーティのリーダーをしてるんだぜ。以後、お見知り置きを、お嬢さん」

ちょっとキザだけど雰囲気はカッコいい。それに手を握ってもらってるからなんとなくわかる。この人、最高ランクだけあってものすごく強い。

次にお姉さんが自己紹介を始めた。

「私の名前はパラスナよ。大魔導士だなんて呼ばれることもあるわ」

ギルマースさんとパラスナさんね。二人ともしっかり覚えておこう。武神とか大魔導士とか異名がいかにも、という感じだ。

「ギルマーズさん、パラスナさん、よろしくです！　ボクはアリムです！」

「ああ。それにしても本当に可愛いな。あと五……いや、三年もすれば世の男性は黙っちゃいないだろう」

「あらギルマーズさん、狙っちゃダメですよ？」

「流石にわかってるよパラスナちゃん」

「でも可愛いのは同意……ね、その柔らかそうなほっぺた触ってみていい？」

「どうぞ」

みんなを魅了する俺のほっぺたは強者にも効果があるらしい。

あ、そういえば、ウルトさんのことはなんも聞いてないや。一番謎な人なのに。

「はにょ、とこりょでウルトはんは何者でしゅか？　ウルトさんもSSSランカー……なんですよにぇ、ほんとは。それで……宿屋の主人も？」

「その通り。俺はラストマンっていう名前で活動してるんだ。不死身《ふじみ》の英雄《ヒーロー》とも呼ばれているよ。

ちなみにラストマンってのは俺の苗字ね」

なるほど、フルネームはウルト・ラストマンなのね。冒険者として活動するときは苗字だけ公開する……そういうのもありなのか。

「兼業でね、どちらかといえば宿屋が本業だと思ってる」

「忙しくないんですか？」

「ん？　とっても忙しいけど、ステータスが高いからなんとかなってるよ。あとスキルだね」

わかる、ステータスが高いといろんな仕事も速くなったりするもんね。だとしても若いのに宿屋を自分で経営してSSSランクの冒険者として活動まで同時にしてるのは凄すぎる。

「ウルトは凄いんだよ！　アリムちゃんは初耳かもしれないけど、二年前に裏社会を含めて悪人を片っ端から締め上げて、このメフィラド王国から奴隷を完全になくした張本人なの！」

パラスナさんは目をキラキラ輝かせながらそう言った。

……そうか、グレープさんの依頼を受ける前に話したお姉さんが言ってた冒険者ってウルトさんだったのか。え、この人凄すぎない？　これからは尊敬する人物は誰かと聞かれたらこの人を挙げることにしよう。や、本当にすごすぎるって。

「だから英雄なんて呼ばれてるんだぜ」

「無我夢中でやってたらいつのまにか……って感じだよ」

「それはいいんだけどよ、ウルトは冒険者として活動してる時はなんか変な格好してるんだよ。鎧のような、魔物のような」

「へ？　変な格好ですって？　カッコいいじゃないですか、あの格好」

「……そうか？」

フルネームだけじゃなくて姿も隠してるんだよね。どんな格好か見てみたいな。ウルトさんみたいに一見まともそうな人の変装とかって面白かったりするから。

「かっこいいのに……。あ、そうだアリムちゃん、俺の正体についてはみんなには秘密ね、お願いね」

「わかりました」

わざわざ名前と姿を隠してるんだから当然か。宿屋に迷惑な客が来ないようにするためもあるかもね。

そうだ、名前については教えてもらったけど、まだもう一つ聞かなきゃいけないことがある。

「あの一つ聞きたいことがあるんです。盗み聞きしちゃってごめんなさい。皆さん、ボクと同じ『マスター』って名前がつくスキルを持ってるって……」

「ああ、そうだよ！　どんなのか教えてあげようか？」

「いいんですか？」

「Sランク以下の冒険者はステータス隠したがるけど、SSランク以上となるとそんなにこだわりないのよ」

「むしろ自慢しあったりするよな」

というわけで三人ともそれぞれ自分の持ってるマスターと名前のつくスキルについて教えてくれた。

パラスナさんは『マジックマスター』で、魔法スキルや魔力、魔法力の扱いを司るスキルなんだとか。名前通りだと考えて良さそうだね。敵の魔法を無効化して吸収したりできるらしい。それだけなら俺の剣と一緒だけど、どうせもっと強い。

ウルトさんは『クリーチャーマスター』といって、魔物の身体の特徴を自身にコピーしたり、自分の身体を自由自在に変化させられるスキルみたい。実際、目の前で片腕を熊の魔物にしてみせてくれた。さらに魔物や他人のステータスも見られる。

ギルマーズさんは『バトルマスター』で、武器全体の扱いと、戦うという状況を司るスキルなのだとか。武器の方はわかるけど戦う状況ってなんだろ。指揮するのが上手いとかかな。

話だけ聞くとどれも強力だし、それに対して俺のアイテムマスターも引けを取らない気がする。

パラスナさんにねだられたので、俺もアイテムマスターについて説明した。それに食いついてきたのはギルマーズさんだった。

「自由自在にエンチャントできて……伝説級のアイテムまで作れるって、それ本当なのか⁉」

「えぇ、はい、まぁ」

「俺は伝説級の武器をコレクションしてるんだ！　もし、作ったものがあるならみせてくれないか？」

そういうことならみせてあげようじゃないか。俺はポーチから傑作である愛剣を取り出した。

「すごい……本当に伝説級の武器が作れるのか。アルティメタルとミスリルを合わせ、エンチャントしただけでもこれほどの出来のものを……」

「自分で作れるんだから好きな効果もつけられるし、かなりやりたい放題できるんじゃない？」

「……アリムちゃん！　お願いがあるっ！」

ギルマーズさんが手を擦り合わせてそう言ってきた。言いたいことは大体わかる。

「代金は払うし素材も渡す！　だから俺に武器を作ってくれ！」

「ええ、いいですよ！　ボクAランクとして武闘大会ってやつに出るので、すぐにはお渡しできないと思いますが、きっとお作りします」

「そうか、いや、作ってくれるだけで嬉しい。納期なんてのは設けないぜ」

ガッツポーズをしながらギルマーズさんはそう言った。喜んでもらえて何よりだ。なるべく早めに作ってあげよう。

「そ、そういうことなら私も、欲しくなったら杖や装飾品の製作をお願いしちゃおっかなー」

「む、俺はいままで遠慮してたのに。二人がいいなら俺もいいかな、アリムちゃん」

「はい、構いませんよ」

アイテムマスターを習得してからたびたびアイテムを作りたくなるからね、お金ももらえて人脈も広がるんだったら一石何鳥かわかんないし、断りなんかしない。

「ウルト、ここで魔物の素材を出してもいいか？　早速アリムちゃんに使ってもらいたい素材があるんだ」

「大きすぎなかったらいいですよ」

「わるいな」

ギルマーズさんは彼のマジックバッグらしき入れ物から四メートルはあるであろう魔物の死骸を床に放った。ズシンと音がする。

身体が人で顔が牛……もしかしてミノタウロスかな？　だとしたら感激。色が黒くて凶暴そうだ。

「こいつはギガントミノタウロス。ＳＳランクの魔物だ」

「え、ＳＳランクですか⁉」

「そいつと……このアルティメタルの延べ棒を使って剣でも作ってくれ。ギガントミノタウロスはまるまるあげるから、余った素材はアリムちゃんが好きに使ってくれていい」

SSランクの魔物初めて見た！　確かにこいつを使えばいい武器が作れそう。余った素材をくれるって言ってるし、こいつの牛皮でブーツでも作ろうかな。

「よし！　もう遅いし、俺はそろそろお暇させてもらおうかな」

「それなら私も」

二人とも椅子からゆっくりと腰を上げた。時計を見ると確かに、深夜だと思ってた時間が朝に近い時刻になっていた。もう少し話をしてみたかったけど引き止めるわけにはいかないね。

「帰るのか。じゃあまたね」

「またね、ウルトとアリムちゃん」

「またすぐ会うことになると思うけどな」

宿屋からギルマースさんとパラスナさんが出ていった。残された俺とウルトさん。

「ほら、アリムちゃんもそろそろ寝よ」

「そうですね……そうします」

「あ、もう一度言うけど、くれぐれも俺のことは秘密でね」

念を押されてしまった。むしろ喋る相手なんていないんだけどな。

俺は八日ぶりに自分の部屋に入り、とりあえずすぐにベッドに潜った。……色々ありすぎて、流石の俺も疲れちゃったよ。でも明日もやることがたくさんあるんだ。大会の準備とかね。

六部　武闘大会

武闘大会当日になった。あからさまに街中が熱気に包まれている。

こういう雰囲気は嫌いじゃない。出店などもたくさん出てるし暇な時間があるなら買い食いして歩きたくなるのもわかるかも。

ちなみに大会に臨むための準備は万端だと言っていい。俺は昨日、依頼の遂行を兼ねて一日中アイテム作りをしていたんだ。

まず、装飾品として指に穴が空いてる白い皮の手袋を一組作った。そういう手袋はスタッズグローブと言うらしい。主に虹帝犬《にじていけん》の皮を使用しており、それによって付与された効果は自身の発動する全属性魔法の威力が少し上がり、自分に向けられたものは少し耐性がつくというものだった。しかし、そこにエンチャントを加えて、自身の素早さと器用さのステータスを倍にできるというとんでもない効果もつけてしまった。

そのグローブをつけ、ギルマーズさんから依頼された剣を作った。渡されたアルティメタルとギガントミノタウロスのツノや蹄《ひづめ》を使った片刃の両手剣で、ものすごい重量があってとてもじゃないけど俺には扱えない代物。魔物の素材とエンチャントにより付与された効果は破壊に特化したものとなった。

そして余った牛皮で革のブーツを作った。ミノタウロスを主に使用した効果により、履いてる間はステータス問わず怪力になれるらしい。エンチャントによって空中と水上を歩ける効果、移動する時にスピードが上がる効果、透明になれる効果をつけた。透明になれる効果は空中を走ってる最中に人に見られないようにするためのもの。これらに加えてさらに、お試しを兼ねて靴にも素早さを二倍にする効果をつけてみたところ、なんとその効果が手袋と重複した。

おかげで素早さが実数値の四倍だ。……アイテムマスターって俺が想定していたよりもかなりやばいスキルなのかもしれない。

ちなみに、朽ちなくなるだとか、手入れいらずになるだとか、サイズを勝手に合わせてくれるだとかの基本的なエンチャントは今回作成した全アイテムにつけてるし、今後も大体のアイテムにつけるだろう。

あと俺の愛剣に、殺してしまうほどの威力の攻撃でも任意で気絶で止めることができるという効果をつけた。手加減失敗して対戦相手を殺しちゃったら嫌だからね。この前魔物を狩るために付与した傷をつけずにＨＰだけ減らす効果と併用して、怪我もさせずに気絶させるだけの安全な戦いができるだろう。

今回、Ａランクの部の参加者は全部で四十人丁度。城下町内だけでなく、メフィラド国内の方々から集まってきているらしい。

試合進行はトーナメント形式で、決勝まで進むなら計四戦。一戦目と二戦目はコロシアムの地下で、準決勝からコロシアムの舞台で戦う。決勝戦だけ五つ巴の戦いで、この五人のうち生き残った上位三名が景品などを受け取れるようになってる。

参加人数で試合数や決勝戦で戦う人数も変わってくるらしいけど、とりあえず今回はそうなってるみたい。

試合の勝敗はどちらかが場外か、戦闘不能になるか、降参するかで決まる。または一試合にかけられる時間は十分なので、十分を過ぎた場合は相手に攻撃を与えた回数と、測定器によって測定された総被ダメージ数で決めるらしい。

さて、地下で一戦目が始まるまであと一時間だ。

「おばさん、それ一つください！」

「あらお嬢ちゃん観戦？　三十ベルね！　可愛いから一個おまけしちゃう！」

ミニカステラみたいなのがあったので買い食いすることにした。なぜか昔から一個おまけしてもらうことが多いんだよね。うん、普通に美味しい。

「アリムちゃん、ちょっといいかしら？」

「はひ、なんですか？」

近くの椅子に座って食べてたら、全然知らない女の人に話しかけられた。なんで名前を知ってるのか疑問に思うのと同時に、頭の中にメッセージが入ってくる。

【私よ！　パラスナ。まだ時間あるならお話したいんだけど】

【パラスナさん？　あれ……でも……】

【変装よ、変装。こっちついて来て】

【ああ、なるほど。わかりました】

話したことがある人としかメッセージはやりとりできない。間違いなくパラスナさんだろう。俺はオレンジ色の髪の全然パラスナさんに見えない人について歩いた。

やがてコロシアムの外にある特別待機室と書かれた場所の前まで来た。

「中に入って」

「ここボク入っても大丈夫なんですか？」

「黙ってれば大丈夫よ」

パラスナさんが戸を開けたので中に入ると、そこにはギルマーズさんと……特撮ヒーローみたいな変なのが居た。

「ふぅ」

パラスナさんがつけていた腕輪を外すと、一昨日見たフードと銀髪の女の人に戻った。便利だなそのアイテム。

「おー、アリムちゃんじゃないか！　パラスナ、連れて来たのか」

「ギルマーズさん、こんにちは。あの、ところで……」

「わかってる、こいつだろ」

ギルマーズさんは特撮ヒーローみたいなのを親指で指した。その異質の存在は青と白を基調にしたコスチューム姿で、腕を組んで座っている。強烈な存在感。……いや、まさかとは思うけど……。

「もしかしてウル……」

「オレ　ハ、　ラストマン　ダ！」

「あ、はい……」

「本当にどうにかしたほうがいいぜ、それ」

変な格好って聞いてたけど、まさかここまでとは。片言でキャラ作りまでしちゃってるし。

「無理よギルマーズさん。もうその格好が世間に定着しちゃってるもの」

「皆、散々言ッテクレルガ……。一応ファンだっているんだぞ」

「主に子供な」

子供に人気なのは分かる気がするけれど、ウルトさんのイメージからはかけ離れ過ぎてる。この世界に来てからトップ十に入るくらいには驚いた。

「まあウルトは置いといて……。アリムちゃん、私達、Aランクだったら、準決勝から三人で解説席にいるからよろしくね」

「そうなんですか！」

さすがは最高ランクだ。この国にいるSSSランカーは全員呼ばれたってことになるのかな。ところでなんで俺はここに連れてこられたんだろう。

「それでパラスナさん、ボクにご用事が？」

「あっ、ごめん。見かけたからついお話ししたくなっちゃって。用事は特にないの」

「そうなんですね」

「それにしてもアリムちゃん、遠目から見ても目立つのね」

「たしかに目立ちそうだな」

まあ髪は赤いし、金色のポーチなんてつけてるから目立つかもね。

にしても、暇だった上にギルマーズさんにお話があるから、呼び出されたのは好都合だったかもしれない。もうここで剣を渡してしまおう。

「ところでギルマーズさん、武器のことなんですけど」

「ん、なにか訊きたいことができたのか？　デザインも効果もお任せすると言ったはずだぜ」

「あ、いえ、昨日完成させたので実物をみて欲しくって」

「はぁ!?　あれから二晩しか経ってないぞ！　いや、さすがはアイテムマスターか。わかった、見せてくれよ」

昨日作ったギガントミノタウロス素材の剣を取り出した。コレクションにするという話だったから装飾も凝ってるんだよね、これ。

三人は一目見た瞬間に驚いた様子で俺に近づいてきた。

「こ、これ二晩で作ったのか？」

「はい」

「すごいなこりゃ……」

ギルマーズさんは剣と鞘を手にとってマジマジと眺め始めた。多分鑑定もしてるっぽい。しばらくして剣を鞘に納め、大事そうに抱えてくれる。

「これほどまでとは思わなかった。コレクションで止めるんじゃなくて、十分、俺の扱う武器の一つとして成り立つ強さだ。ありがとよ」

「いえいえ、ご満足いただけたなら！　余った素材もボク個人のアイテムに活用させていただきましたし」

「もしまだ余ってるならアリムちゃんが全部使っていいからな。しかし全く素晴らしいもんだなこりゃ。だが今はこれに払える適当な金の持ち合わせが……」

「お金はいつでもいいです」

「そっか？　じゃあウルト経由で近いうちに」

ほんとはミノタウロスもらったからお代なんか要らないんだけどね。

三人とはAランカーの集合時間の二十分前まで雑談した。なんか応援してくれるみたいでウルトさんもパラスナさんもギルマーズさんも、俺が絶対優勝するとしきりに言ってくれた。

それからコロシアムの地下、通称地下闘技場には大会開始の十分前に着くように向かった。中では屈強な男の人や戦闘慣れしてそうな女の人がわんさかいる。あからさまに俺は浮いている。

ガバイナさんが壁際にいるのを見つけたがなにか瞑想っぽいのにふけってる様子なので話しかけられそうにない。

「ちょっとちょっとお嬢ちゃん、迷子？　地下闘技場の試合の観戦なら向こうだよ」

「職員さ～ん、迷子の子が……」

二人の参加者らしき男の人が話しかけてきた上に、返答する間も無くコロシアム職員の人を呼ばれてしまった。

嫌味じゃなくて普通に親切心なのは分かるが、余計なお世話だ。

「あ、いや、ボクは……」

「なんです？　迷子？　あ、ほんとだ。キミ、観戦ならこっちだよ、こっち」

「ボク参加者なんですよ、アリムって言うんですけど」

「え？……しばしお待ちを」

来てくれた職員の人はパラパラと紙資料をめくり、俺の名前を確認した。

「……年齢は？」

「十二歳です」

「あー、どうやらこの子、参加者ですね……」

「「なにぃ!?」」

大声を出す二人。参加者四十人中の半分近くがこちらを振り向いた。俺の姿を見てからヒソヒソと声が聞こえてくるのでそっちの方に集中してみる。

「なにあの子、すごく可愛くないかしら？　誰かの連れ？」

「参加者だってよ……」

「俺、戦うことになってもあんな子を傷つけられないんだけど」

「抱き上げて場外させればいいだろ」

「噂で聞いたことがある、最近、中央に近い酒場ギルドには絶世の美少女がいると。まさか……」

なかなかこういう反応を見るの楽しいな。男でこの見た目だったせいか、昔から驚かれることには慣れてるし、むしろ快感すら覚える。

しばらく会場が俺のせいでざわざわしてたけど、ついに始まる時刻となって流石にみんなシーンとなった。コロシアムの職員が高台の上に乗って、拡声器みたいな形状の物を持ってAランカー達に呼びかける。

「えー、参加者四十名全員いますか！　いますね！　ではこれから大会の説明と対戦表を発表します！　初参加の方は説明をよく聞いてください！」

言われた通り職員の説明をよく聞いたが、概ね、すでに知っている情報だった。大体の人はすでに知っているからか聞き流していたし。

対戦表はまさにトーナメント形式そのものだった。

俺の一回戦目の相手はキリ・キザムって名前の人らしい。そして順当に行くなら準決勝でガバイナさんと当たる。

コロシアム地下闘技場Aランク室という名称らしいこの部屋には五つ対戦できる場所がある。四組にわかれて五試合ずつやるらしいから、遅くても一回戦全二十試合が入れ替え含めて一時間程度で終わる計算だ。俺はその一組目になった。

コロシアム職員による説明が終わったので、一組目に対戦するAランカー達がそれぞれあてがわれた場所に立った。

「ここは子供の遊ぶ場所じゃねぇ。その綺麗な顔を切り刻まれたくなきゃ、さっさと降参するんだな」

隣に立ったキザムって人がそんな風に話しかけてきた。フェミニストじゃないのねこの人は。その上、鉤爪《かぎづめ》を装備してチラチラとそれを俺に見せつけてくる。鉤爪は宝級らしい、まあ、なかなかなんじゃないの。

「それじゃあ舞台に上がって」

「あいよ」

「はーい」

俺と相手は言われた通りに舞台に上がった。広さはだいたい半径三十メートルくらいだろうか、まあまあの大きさ。

待機すべき場所に印があるのでそこに立ち、合図を待つ。

「全員揃ったな！　では第一試合一組目、試合開始！」

お、始まった。

地下であるここにも観客はきており、なかなかの熱気がある。

「かわい子ちゃん、逃げるんだ！」

「なんで普通の女の子が参加してんだよ！」

「怪我しないように気をつけてぇーっ！」

どうやら俺が一組目の中じゃ一番注目されてるらしい。そういうことならなるべくカッコよく勝たなきゃね。

「よそ見をするな～～！　鉄爪《てっそう》のォ……」

「剣極奥義、断《だん》！」

剣を引き抜いて素早く剣技を発動させる。この技は確か斬撃を飛ばすんだったっけ。魔法と同じで技名は別に呟かなくてもいいんだけど、かっこいいからつい、ね。

鉤爪に銀色のオーラを纏い、手首を鉄のように硬化させたキザムさんはこっちに向かってきていたけれど、回避する間も無くすぐに俺の斬撃に呑み込まれた。

「なっ、ぐあああああああああ！」

そのまま吹っ飛ばされ、地に背をつける。キザムさんは動かなくなった。いや、ちょっとピクピク痙攣してる。よかった、どうやら死なないようにエンチャントをつけておいて正解だったみたいだ。

ただ、昨晩寝る前に自分のMPほぼ全てを吸収させて強さを底上げしておいたのは流石にオーバーキルだったか。吸収させたMPは二十四時間もつからね、やっておくのは当然といえば当然だけど。

「きっ……キザム選手の戦闘不能を確認、勝者、アリム選手……!!」

ふふん、勝ったね。

つい癖で、なんかざわざわしてる観客に向かってにっこり笑いながらピースサインを向ける。

体育祭とかで目立ったらこんな感じの決めポーズをいくつかやったものだ。周りからねだられてね、なんかキュンとするのがいいんだって。

「かっ……かわいいっ……！」

「あざとい、だがそれがいいっ」

「しかし実力はおそろしい。キザム氏があんな簡単に……」

「いろんな意味で注目しなきゃな」

なんだかいい評価を得られてるみたいで満足だ。

そしてなんかメッセージが出てきた。

【称号『魅了の才』が『天使の美貌』に昇格しました。】

これって格上げされるものだったんだ。効果もより上位になってる。これでもっと可愛い可愛いって言われるようになるの？　まあ今は女の子だし問題はないね。

「そ、それじゃあアリム選手は二回戦まで控えててください」

「はいっ！」

どうやら俺が一番最初に試合を終えたようだ。

控える選手用の椅子に座り、さっき買ったカステラみたいな焼き菓子をもっかい食べ始める。それを食べ終わる頃には気がつけば俺は人に囲まれていた。

「すごいのね、あなた！」

「とーっても可愛い！」

「俺、ファンになっちゃいそうだよっ！」

「僕ちんはファンになったよ！」

「あ、ありがとうございますっ」

敗退した軽傷のAランカーや、観戦してた人たちだ。チヤホヤされるのも悪くないけど、ここまで人に囲まれると暑苦しい。

一人一人相手にしていたらいつのまにか四十分経っており、第二回戦参加者が呼び出されていた。俺を囲んでいた人たちは解放してくれた。

第一試合で勝ち残った二十人が最初の場所に集結する。中には俺みたいに無傷な人もいれば、今すぐポーション飲まないとやばそうな大怪我をしている人もいる。

ガバイナさんもしっかり勝ったようだ。ほぼ無傷っぽい。このまま勝ち進んで準決勝で当たることができるだろうか。

俺の次の対戦相手はジロー・アルマって人だ。ターバンみたいなのを巻いてて額からは血が出ている。戦闘舞台の前で隣に立つとキザムさんみたいに俺に話しかけてきた。

「可憐なお嬢さん、なるべく場外になりますようにつとめますので、暴れぬように」

額が血だらけな人にそんなこと言われてもなぁ。

第二試合開始時刻になったので、俺とジローって人は舞台上に上がる。前回同様所定の位置についた。

「よし、では第二試合一組目！　はじめ！」

「手加減できる相手でないことは、さっきの試合でわかってます。うおおおおお！」

ジローさんは開始早々に黄土色の魔法陣を十二個ほど一気に展開させた。属性は初めて見るが、魔法自体は『キャノン』のようだ。

「くらいなさい、サンドキャノン！」

砂でできた巨大な直線が十二本、俺に向かって飛んできた。

砂は確実に服が汚れる。やだ。

俺はサンドキャノンが届かない範囲まで靴で空を飛ぶようにジャンプした。どうやら空中に場外はないらしい。おかげでうまく回避できた。

そこから振り下ろすように斬撃を飛ばす。

「な、なんと……空を……ぬぉおおおおおお！」

キザムさんの時と全く同じようにジローさんも倒れた。砂の魔法も消えてゆく。

「ジロー選手戦闘不能！　勝者、アリム選手！」

今のところ試合は全て一撃で終わってるね。やっぱりレベル上げをした恩恵はこうでなくっちゃね。未だに虹帝犬を圧倒できなかったの根に持ってたりするんだ。

そのままさっき囲まれた椅子のところまで戻ろうとしたら、コロシアムの職員にとめられてしまった。

「アリム選手、次は準決勝ですので、控え室が別にあります。どうぞこちらへ」

導かれるままに控え室へ。

やっぱりまた一番乗りだ。

ここがさっきの場所と違うのは、この部屋で一緒に待機する選手とコロシアム職員以外には人が入れないということ。一般人入場禁止って張り紙が扉に貼ってあったし。のんびりできるね。

しばらくして続々と準決勝進出者が控え室に入ってくる。見慣れた盾と槍を背負った男の人が俺に近づいてきた。

「さすがアリムだな」

「ガバイナさん！」

いやー、やっぱり見知った顔がいたらなんだか安心するね。特にこの人とは一緒のお部屋で寝た仲なわけだし。

「第一試合と第二試合、一撃で倒してしまったんだろ?」

「見てましたか」

「いや、あとで周りから聞いた。次は俺と戦うわけだが……一撃で倒せると思わないことだな」

じゃあガバイナさんに対しても同じように斬撃を飛ばして攻撃しよう。なんだかこの人なら捌《さば》いてくれそうな気がする。

「ところで、まだあれから二日しか経ってないが、Aランクの冒険者になってなにか記憶に変化はあったか?」

「いえ、何にも」

「そうか……」

ガバイナさんはそう呟くと、俺の頭を撫でてからほっぺを一回だけ突っついてきた。なんだかやり遂げた顔をしてるから、依頼遂行中の八日間、触ってみたかったのかもしれない。

「まあ、相談ならいつでも乗るから、メッセージでも送ってくれ。……そろそろ準決勝が始まるな」

いつのまにか準決勝出場者が十人、決まっていたみたいだ。

コロシアムの職員さんが呼びかけてくる。

「選手の皆様、準決勝一組目の試合が始まります」

準決勝は一組ずつ試合をする。俺とガバイナさんは二組目だ。

なんだか今更になってすこしだけ緊張してきた。こっちにまで司会の声や歓声が聞こえてくるせいかもしれない。

一組目の雌雄《しゆう》が決したのは五分経ったあとだった。そのあとすぐにコロシアムの職員さんに呼び出される。

「ではな」

「はい、また後で」

俺とガバイナさんは別々の方へ誘導された。一緒の場所から入場するわけじゃないからね、仕方ないね。

そして俺は西口だとかいう入場口の前で待機させられる。職員さん曰く、カイムって名前の司会の人が俺の名前を大声で呼んだら入場するらしい。それと、王族も見てるらしいのでなるべく無礼のないようにしてほしいとも言われた。

〔それでは準備ができたようなので、始めてもらいますショーッ！　Aランク準決勝、二組目！　まずは東口からぁ……！〕

思っていたより司会がチャラい。プロレスにでも参加させられる気分だ。

〔第四百四十回、第四百四十三回武闘大会Bランクの部を優勝し、見事Aランクへ昇格！　そして第四百四十七回、第四百四十八回の武闘大会Aランクの部を優勝した実力者ャアアアア！　今大会でも攻守ともに隙のない、乱れなき戦いを見せてくれるのかァァ!?　『翼竜騎士《よくりゅう》』、ガバイナァアァ……ドラグナァァァアア！〕

なるほど、大声で名前を呼ばれるとはこのことか。小っ恥ずかしいんじゃないのかなこれ。にしてもガバイナさんはそんなに大会で優勝してたんだね。すでに四回くらいお城に行ってるってことか。

〔続いて西口ィ！　今大会初参戦……いや、それだけじゃなぁぁぁぉい！　なんと冒険者になったのはたった二週間前！　年齢は十二歳、そう、適正年齢以下！　だがその日のうちにXランクを脱却、そしてすぐにAランクまで飛んできた女の子ォ！〕

そこまでの情報はギルドから出されたものなのかな。参加を決めたのは一昨日なのにこんなしっかりとした紹介があるとは思わなかった。

〔アリィィィム……ナァァァアリウェエエエイ！〕

よし、呼ばれたね。

俺は西口へ、コロシアムの舞台に向かって進んでいく。

――ワアアアアアアアアアアアアアアアアア!!

明るい光と共に、耳をつんざくような大歓声が聞こえてくる。そしてコロシアムのどこを見ても人、人、人だらけ。アナズムでここまで人口密度が高い場所を見るのは初めてだ。

〔両者、前に進んで印の前へ！〕

司会の言う通りに歩いた。ガバイナさんは騎士っぽく堂々として、一方で俺は観客に向かって両手を振る。

印の前で立ち止まった。ここから合図があったら試合開始だ。

でもその前に雑談が入るっぽい。

〔アリム選手……くぅ～っ、かっわいい！　天使のような可愛さですね！　しかし、自分で言っておいてなんですが、十二歳で冒険者になり、たった二週間でAランクて……団長、どうなんでしょ？」
〔ま、いわゆる天才ってやつだな〕
〔どの程度です？〕
〔そうね、適正年齢である十五歳になる頃には最低でもSSランクにはなってるわね〕
〔女の子に怪我させちゃいけないだとか、ガバイナにそんなこと気にしてる暇はないだろうな〕
みんな照れさせるのが上手だね。可愛いとか天才とかそんなに褒められたらとーってても嬉しくなっちゃうよ。
〔ひ、ひぇぇぇぇ!? あ、今入った情報によりますと一回戦目と二回戦目、どちらも相手を一撃で沈めているとか……。あの、これ、ガバイナ選手、大丈夫なんでしょうか〕
〔少ナクトモ……ガバイナ ハ 一撃デハ ヤラレナイ〕
〔そうね、彼なら〕
〔お三方はそれぞれガバイナ選手と知り合いなんでしたね。お二人ともそう言ってますし……この勝負……どうなるかわからなぁぁぁぁい！〕
へー、ガバイナさんもウルトさん達三人ともと知り合いなんだ。案外大物なのかもしれない。
〔それではそろそろ始めましょう……両者構えてッ〕
ガバイナさんは槍を突き出し、盾で身体の半分以上を隠した。俺は愛剣を抜き片手に持つ。観客席も静かになり、これから始まる嵐を楽しみにしているみたいだ。

〔はじめぇぇぇぇ‼〕

「剣極奥義、断《だん》」

ガバイナさんに向かって放った斬撃は一直線に飛んでいく。今までの人たちならこの一撃で終わりだった。

「ぬおおおおおおおおッ！　盾の豪、曲《きょく》！」

しかしガバイナさんは腰を深く落とし、盾を斜めに構えてそれを受けた。力任せに斬撃の軌道を逸らしてしまう。

盾が斬れなかったのはこの剣のエンチャントのせいだとはいえ、ウルトさんの言う通り一撃では倒せなかった。

〔逸らしたあああああああ！　しかし斬撃も、十二歳の可憐な少女が放っていいようなものじゃなあああああい！〕

やるぅ。でも二発目はどうだろうか。俺はもう一度斬撃を放つ。

再び斬撃はまっすぐ飛んでいくが、今度はそこにガバイナさんの方から突っ込んだ。

「ふん！」

またうまい具合に逸らされた。しかもそのままスピードを落とさず俺に突っ込んでくる。続けて三発目、四発目を放ってみるも同様に逸らされてしまった。

「本気で行くぞアリム！　竜槍《りゅうそう》の炎気《えんき》！」

〔で、であああ！　竜槍の炎気ィィ！　ガバイナ選手をAランクにて二度の優勝に導いた奥の手だぁぁぁ！　アリム選手には序盤で使っていくぅ！」

「槍の豪、突《とつ》！」

まだ間合いに入っていないにもかかわらずガバイナさんは槍を突く。その槍の先端から竜を形どったような炎が出現し、こちらに向かってきた。

俺は斬撃の五発目を撃ってそれを消した。斬撃の方が威力が強かったようで、そのままガバイナさんに向かっていく。しかしガバイナさんはまた盾で巧みにいなし、さらにそのまま俺の間合いまで入ってくる。

「突！」

「おわっ！」

炎を纏った槍が俺の脇腹をかすめた。

素早さが高いから大きく回避できたけど、服を燃やされたりしたら公衆の目前で恥ずかしい思いをすることになるから気をつけないと。

「掃《そう》！」

「むぅ！」

槍による横薙ぎ。引火しないように気をつけながら剣で受け止める。靴の効果で怪力を発動させている体格差で負けることもない。

「盾の豪、打《だ》」

盾殴り。

俺はそれを当たる前に盾を蹴り上げることによって回避した。

俺の素早さでは十分と言えるほどにできる隙。槍から剣を離し、そのままの流れで鎧の隙間を狙って突き刺した。

「ぐあ……や、やはりダメだったか……」

つい深く刺しこんじゃったけど、傷も何も残らないし気絶だけで済むはずだ。ガバイナさんから剣を引っこ抜くと、彼は前に倒れた。

［ガ……ガバイナ選手、戦闘不能ぅぅ！　アリム選手、決勝進出ぅぅぅ!!］

強かったなぁ、少なくとも他の人よりは。ステータスが強いんじゃなくて、よく鍛錬を積んでる感じ。ガバイナさんだったらあの時の状況でもミルメコレオ三匹中の二匹は倒せたんじゃないかしらん。やっぱり余計なことしちゃったかな？

俺は西口からコロシアム内部に戻った。職員さんが待ち構えていて、決勝戦まで勝ち進んだ選手の控え室に案内される。

「決勝まで進んできた……だと？　あの女の子が⁉」

「よろしくお願いします」

先に決勝進出が決まってた人からそう言われた。たぶんこの人よりガバイナさんの方が強いと思う、雰囲気による決めつけだけど。

やがてこの控え室に五人揃った。

そういえばこの大会でまだ一回も魔法使ってないけど、最終試合では使っちゃおうか。決勝なんだし、ドカーンと華やかにね。

〔それじゃあいよいよいよいよ、第四五十回武闘大会の決勝戦といこうじゃないかあああああ！〕

観客のための休憩時間も終わり、ついに始まるみたいだ。

〔司会と解説は引き続き、ピースオブヘラクレス団員、Sランカー、カイム・スピーチャーと、我らが団長にして武神ギルマーズ！　大魔導士パラスナ！　不死身の英雄ラストマンがお送りしますッッ！〕

あ、この司会の人、ギルマーズさんのところのパーティメンバーだったんだ。そういえば俺のこと可愛いって言ってた時にギルマーズさんのこと団長って呼んでたっけ。

〔それでは決勝まで残った選手達に入場してもらいましょう！〕

準決勝で戦った順番に呼ばれる。

大歓声の中入場すると、この丸いコロシアムに、線で結べば正五角形になるように五人ばらけて位置につかされた。

歓声の中から時々、俺が可愛いという声や応援の声が聞こえてきて照れるよ。

〔長ったらしい挨拶は無しだ！　Aランク、そこまで到達した者達による戦いの決着を今、つけようじゃないかあああああ！　そぉれでは……はじめぇぇぇぇぇぇぇぇぇぇぇ!!〕

魔法でド派手に行くとは決めたものの、どんな感じにしようかな。あんまり高出力にすると殺しちゃうかもしれないし。

……ああ、そうだ。

「サンダーマーチレス！」

「打ち消すわ！　ファイヤーマー……え？」

「なん……だと……」

　このコロシアムの舞台、丸っと一つ分の魔法陣を展開させた。

　魔法力は抑え、魔力は使う。この魔法陣から撃たれるものとして太っとい低威力の雷の柱をイメージした。天まで貫いていってくれるはずだ。

　すぐに辺り一面が雷で真っ黄色になる。

「な、なんとおおおおおおお⁉」

　ズドンと大きな音を立てながら雷でできた光線が空まで上がってゆく。ちなみに俺と観客には当たらないようにしてあるから大丈夫だ。

　魔法が発動しているうちに俺は剣を抜き、五人がいたであろう場所に斬撃を放った。電撃で痺れはしただろうけど倒すには至っていないはずだからね。というよりそうなるように調節したの。

　やがて俺のサンダーマーチレスによる雷柱が止むと、そこには倒れ込んだ他の決勝進出者が四人。ピクリとしか動かない。

「……た、立っているのはサンダーマーチレスを放ったアリム選手だけ？　ああ、た、立っているのはアリム選手だけ……！　き、きき、決まったあああああああああああああ！優勝はアリム・ナリウェイだあああああああああああ！」

　司会者の人のその宣言とともに、歓声が湧き上がる。

俺は舞台の真ん中まで行き、観客席の全方位に余すことなくぴょんぴょん跳ねながら手を振った。笑顔も忘れずに。

やっぱり目立つのは結構好きだ。とても気分がいい。

そもそも昔から、同性から性的な目で見られるのが嫌なだけで、目立つのも女の子の服装をするのも嫌いではないんだ。まあ今は本物の女の子だからなんとも言えないけどね。

また、方々から可愛いだのなんだのと聞こえてくる。

【称号『天使の美貌』が『魅惑の美姫《びき》』に昇格しました。】

たった一日で二段階昇格かぁ。ぶりっ子するのも悪くないね。

それにしても大歓声が止まらない。いつまで手を振り続けてればいいんだろう。

〔優勝したアリム選手には以下の賞品が与えられます！　また今回、優勝者であるアリム選手が他の選手全員を同時に倒してしまったため、二位、三位の景品もアリム選手のものとなります！〕

え、いいの？　ラッキー。

ただ単にド派手に行きたかっただけなのに賞品まで豪華になるなんて。それに本当は同時なんかじゃないんだけどね。

〔よって賞品は以下の通り！　賞金六十万ベルとスキルカード三枚にメフィラド城での国王様との食会権利！　そしてさらに、解説のＳＳＳランカー三人全員の推薦により……本日からＳランクへ昇格となります！〕

あ、ウルトさん達推薦してくれたんだ。これでＳランクの依頼とかできるわけだね。ってことは

Sランクの魔物の素材とかも手に入るってことか。ダンジョンを出たばっかりの頃よりステータスも装備も強くなってるから今度は苦戦しないだろうし、いいことづくめ。
お金とスキルカードも普通に嬉しい。
〔それではメフィラド王国の大臣を務めるオラフル様より、優勝旗と賞品の贈呈が……ん？〕
カイムって司会者さんとギルマーズさん達がいる場所に誰かが現れた。ここから見える限りじゃ、相当豪華な格好をしてるってことしかわからな……いや、よく見たら王冠被ってるじゃん。まさか。
〔こ、ここ、国王様⁉〕
〔すまんなカイムよ。今回のAランク優勝者への旗と賞品の贈呈、私がやることにした〕
会場が驚きでザワザワし始める。学校の授業が始まる直前で休校になった時の十倍は騒がしい。
まあそれも仕方ないか。なんたってこの国の国王様が直々に出てきて俺に優勝旗と賞品を渡してくれるっていうんだもんね。
いや、なにそれ、ヤバくない？
〔わ、わかりました。では……アリム選手は国王様が向かうまでそこでお待ちを……〕
国王様は司会席から消えた。
そのまま舞台の真ん中で待っていると、やがて西口から優勝旗らしき赤い旗を持った国王様と、賞品を持った付き人らしき人が二人やってくる。
王様だぞ、本物の王様！
「ああアリムよ、死んでしまうのは情けない」とか言うけどセーブさせてくれる人！　いや違う、それはゲームだけだ。

やがてその一行は俺の目の前までやってきた。四十代後半に見える国王様の髪は綺麗なオレンジ色をしており、目は碧《あお》い。あごひげも立派だし服装も立派、王冠も立派、佇まいも立派、まさに王様という感じだ。でも顔がどこかの誰かに似てるような面影が……あるようなないような？　気のせいかな。

国王様は優しい表情で俺に向かって話しかけてくる。

「赤髪の美しい少女……君がアリムだな。話は聞いている」

「は、はひ！　そうでふ！」

「はっはっはっはっは！　そんなに緊張しなくていいぞ」

「で、でも……ボク、こんな間近で王族の方を見るのなんて初めてで、あ、そもそも話すのも初めてで……」

「本当にそうか？　まあいい、実は私自ら贈呈するのには理由がある……その内容は明日の食会で話すとしよう。早めに城に来てくれると嬉しい。とりあえず、おめでとう」

「あ、ありがとうございましゅ！」

国王様から直々に旗を受け取ってしまった！　まだメフィラド王国にお世話になって日は浅いけど、なんか感激する！

「旗を掲げるとよい」

「は、はい！」

観客に向かって旗をかかげると再び大歓声があがった。

それから付き人さんからも賞品を受け取ると、国王様一行は西口から帰っていく。

何か俺にお話があるみたいなのが気になるね、なんなんだろうか。というよりいきなり明日なんだね、食会って。日にちまでは知らなかったよ。

〔国王様から直々に讃《たた》えられた優勝者、アリム・ナリウェイぃぃぃ！　天から舞い降りてきたような美しさに、華やかに剣を振るうその姿と強さ！　どうだろう、彼女のことをこれから『天の魔剣《まけん》少女』と呼ばないかッ！〕

なんか二つ名つけられちゃったよ。ウルトさんやパラスナさんもこんな感じで名付けられたんだろうか。

頭の中にメッセージが浮かぶ。

【二つ名『天の魔剣少女』が追加されました。】

【称号『Aランク武闘大会優勝者』を入手しました。この称号の効果によりSTPとSKPがそれぞれ200ポイント追加されます。】

【称号『魅惑の美姫』が『魅力の女神』に昇格しました。】

ステータスを見てみると、実際に二つ名という項目が追加されていた。まあ、それはいいとして、さっき上がったばかりの称号がさらに格上げされるとは。

称号の説明には「神も認める究極の美しさ。美の女神そのもののように人々を引きつける」と書いてあった。なんか凄いことになりそう。元々は男だってみんなにバラしたらどうなるんだろ……

いや、やめとこ。どうせ顔は変わんないから男だってことを信じてくれないだろうし。

「それでは次の試合に移りますので、アリム選手はご退場お願いします。次はSランクの――」

Sランクの試合が始まるのか。

俺はさっさとコロシアムの中央から立ち去った。出口付近では職員さんが待っていて、そのまま帰るか観戦するかを聞いてきたが、俺は帰ると答えた。

SSSランクの人たちと知り合いになる前ならともかく、今は興味がないし、王様と食会をするんだから服を新調したいのさ。

そのままこの大きな建物から出ようとしたその時、見知った男の人に呼び止められた。

「優勝と昇格おめでとう、アリム」

「ガバイナさん！」

「アリムなら優勝すると信じていたよ」

「ありがとうございます！」

「ちょっと時間いいか？」

何かお話があるみたいなので、俺とガバイナさんは近くの椅子に隣り合って座って話を始めた。

「まず、俺の腹に傷が最初からなかったらしいのだが、それは……」

「ボクの剣の効果ですね。怪我させなかったり殺さないようにできてるんです」

「なるほどな」

実際すごく便利だった。今後はこの王国にきた初日のように暴漢に襲われたりしても、この剣を躊躇なく振るうことができるだろう。そして気絶させたまま警察的な役割をしてくれるところに引き渡せばいい。

「これは本題なんだが、一緒に食会をする人物について忠告しておきたいことがあるんだ」

「そうなんですか？」

「ああ。まず今回のBランクの優勝者、ラハンド・アッシュという男についてだ」

そのラハンドって人がなにか問題があるのだろうか。ガバイナさんは俺の目をまっすぐ見て話を続ける。

「頭が禿げていて顔も厳つく、一見怖いが、ものすごくいい奴なんだ。俺と同い年の幼馴染であり親友でな、実力は俺と同等なのに今までAランクに上がろうとしなかった変わり者だ」

「あ、ああ、そうなんですか」

「もっとも、今回でAランクに昇格したがな。会ったら話しかけてみてくれ」

「わかりました、そうしますね」

ただ自分の親友を紹介してきただけじゃないか。でも一緒にお食事する人がどんな人かを知っておくのは悪くない。禿げてて一見怖いけど優しい人ね、覚えておこう。……ガバイナさんと同い年ってことは、若いのに禿げてるんだね。

「それとこっちが本当の忠告だ。Sランクの方だが……まだ優勝者は出ていないが、もし優勝したら注意してほしい人物がいる。ファウストという男だ」

「どんな人なんです？」

「最悪の冒険者として有名でな。特に酷いのは女性冒険者への性的な嫌がらせだ。試合中に服を剥ぎ取ったこともあると聞く。それに俺は実際会ったことがあるが……一言では言えないくらい酷いやつだった。アリムほどの美人なら王の前だとしても狙われるだろう。注意してくれ」

「は、はい」

また美人って言われちゃった、えへへ。

にしても、俺にセクハラするって……。

今の俺は十二歳の女の子なわけだよ。つまり性的な目で俺のことを見る歳上の人はみんなロリコンの変態さんになるわけだ。おお、こわい。とりあえず気をつけておこうね。

「話したかったことは以上だ」

「ありがとうございます」

「いや、なに、アリムは冒険者の事情など知らないだろうしな。念のためだ。これから帰るのか？どうだ、屋台で飴《あめ》でも奢ろう」

「いいんですか？」

そういうわけで飴を奢ってもらった。ガバイナさんとは飴を食べながら一時間ほど雑談してから別れ、俺は帰宅した。

大会の全試合が終わった後、布屋さんに行くための道中で、ファウストという男がSランクの部で優勝したという話が何度も耳に入ってきた。その話をしていた人たちはみんな、あまりいい顔をしていなかった。

七部　お城と友達

この世界では新聞を瓦版《かわらばん》という。なんでそう呼ぶのかはわからない。

今朝の瓦版の一面には俺のことが写実的に書いてあった。写真がない代わりに『美術』や『真・美術』のスキルを持っている人がリアルな絵を描くんだ。それは白黒だけれども実際に写真となんら変わらないレベル。

肝心の内容は「十二歳の少女、圧勝する」「たった二週間でAランクへ」「SSSランカーからお墨付きと国王様直々の旗の授与」といった感じで、加えて容姿についても色々と書いてあった。多少の誇張表現はあったけれど、事実から乖離したことや嘘は全く書かれていない。

次の二面では、Sランクのことを取り上げるかと思いきや、ガバイナさんが昨日言っていた元Bランクのラハンドって人についてだった。なんでもこの人はラストマン《ウルトさん》が奴隷制完全撤廃を呼びかけた時に集まり、その中心の一人として活躍した英雄なんだとか。

ガバイナさんとラハンドさんの二人組で参加し、裏社会から多くの奴隷を解放した話は一部の界隈《かいわい》では有名な話らしい。なにそれ超かっこいい。道理でウルトさん達三人がガバイナさんと知り合いなわけだ。

三面でやっとSランクの優勝者、ファウストって人について触れていた。でもとにかく酷く書かれている。その内容の全てが事実だとしたら確実に会いたくない人物であることは確かだ。やっぱり俺もセクハラされるのかなぁ……気をつけないと。

さて、こうして情報はある程度頭に叩き込んだ。あとは行くだけだ。

お風呂には一時間半たっぷりと入ったし、新しい服も作った、靴とグローブは伝説級、リロさんからもらったかわいい髪飾りもバッチリつけた。髪型も問題ない。

お城に行っても恥ずかしくない自信がある。くれぐれも粗相のないようにしなきゃね。

「おっ、アリムちゃんおめかししてるね。集合は午後三時でしょ？　まだ十二時だけど、もう行くの？」

「ウルトさん！　国王様から早めに来るように言われたので、行こうかなって」

本当は貰った賞品の中に食会の時間が書かれたカードが入っており、集合時間の表記が午後三時から上書きされていて、午後一時にきてくれと書いてあったからだ。

あ、そうだ。今目の前にウルトさんがいるんだし、ガバイナさんとラハンドさんについてのお話を聞こう。まだ時間に余裕はあるし。

「あの、ウルトさん、冒険者の方としてお話ししたいことが……」

「それならメッセージでお願いね」

メッセージの内容は他人に聞かれることはない、本当に便利だ。こういう秘密の話をするときに役に立つ。

【ソレデ、何用ダロウカ】

【あの、口調までラストマンにしなくていいです】

【ああ、そう？　それで話したいことって？】

【ガバイナさんとお知り合いだったんですね】

【ああ、彼ね！　そうだよ、大切な友人の一人だ。そういうアリムちゃんも知り合いだったの？

試合前から知ってる感じだったけど】

【八日間の仕事でご一緒したのがガバイナさんだったので】

【ああ、なるほど】

新聞の記事はやはり事実だったようだ。ラハンドさんについても知っていた。俺が想定していたより親しい間柄のようで、二人ともウルトさんの正体を知ってることはもちろん、たまに一緒に飲んだりするくらいの仲らしい。

ちなみにウルトさんは二人より四つ歳下なんだとか。でもお互いに呼び捨てってことは本当に仲が良いんだね。

「と、いうわけさ！　ラハンドにはよろしく言っておいて」

「わかりました！」

「じゃあ行って……あ、待って！」

話が済んだので、そろそろお城に向かおうと宿から出かけたんだけど、ウルトさんに慌てた様子で止められた。

「どうしましたか？」

「かなりちゃんとした変装ができるアイテムを作ってから外に出たほうがいい。じゃないと大変な目に遭うよ」

「……？　わかりました」

リロさんから貰った髪飾りに変装できるエンチャントをしておいた。そういえばパラスナさんもいちいち俺に声をかけるのに変装してたっけ。

……なんで変装するかいまいちピンとこないし、何か大変な目に遭うなら、そうなってから変装するのでもいいかな。

「じゃあ行ってきます」

「あれ、エンチャントしたのに変装していかないの？」

「一回その大変さを体験してみます」

「そっか……じゃあ気をつけて。行ってらっしゃい」

宿屋から外に出た。

その瞬間、ものすごい数の視線を感じる。俺に対してのひそひそ話も聞こえる。少し歩いたところで、若い女の人が声をかけてきた。

「あの、昨日のアリムちゃん……だよね!?」

「は、はい、そうですよ」

「きゃーっ、本物だっ、かっわいいいいいいいい！」

「あ、あ、アリムちゃん……！」

「本物か!?　おお、何という美しさじゃ」

「アリムちゃん俺だ、覚えてるか、ギルドで！」

俺の周りに人だかりができて揉みくちゃにされる。流石にいきなり触ってくるような人はいなかったが、一瞬で囲まれてしまった。ざっと数えても五十人はいるだろう。

確かにこれはやばい。

よく考えたらアナズムは娯楽が少ないから、有名人や話題の人に会えるのは娯楽の一つとなるんだろう。変装しなきゃいけない理由はよーくわかった。

「ご、ごめんなさい皆さんっ！　ボク、お城に急がなきゃ！」

「こ、声も可愛いぞ、ぶひーっ！」

「道を開けろ！　アリムちゃんが通るぞッ！」

ふう、なんとか声を張り上げて抜け出させてもらえたよ。

それからしばらく歩いて途中で透明になって、変装して、透明化を解く。今後外に出るときはずっと変装しなきゃならないだろう。

今の俺は周りから茶髪で赤目の女の子に見えてるはずだ。アリムと年齢が近いドラグナーストーリーのキャラクターがモデルだよ。

おかげで難なくお城の敷地の前にたどり着けた。門兵さんが十人くらい立っている。お城の門は閉ざされているけれど、ギルドカードを見せたら中に入れてもらえる手筈だ。

「すみません」

「なんだいお嬢ちゃん」

「あのボク、国王様に呼ばれてきたんですけれど」

変装を解除しながらギルドカードを提示した。話しかけた門兵さんはギルドカードを手にとって、俺の顔と一緒にしばらく見つめてくる。

「ようこそ、アリム・ナリウェイ様。国王様よりお早目にお見えになると伺っております。今から門を開けますので、どうぞお通りください」

「ありがとうございます！」

カードを返却してもらい、門を開けてもらって中に入る。

庭からお城まで長い一本道が続いていた。

それにしてもなんて豪華な庭なんだろう。薔薇《バラ》を中心に綺麗なお花が咲き乱れ、低木が丁寧に管理されている。庭の所々に白い椅子と小さなテーブルがあって、おやつ時には紅茶を飲んでいるような想像が自然とできてしまう。この一本道も白い大理石を切り出したタイルで作ってあり、庭とマッチしていて風情が感じられる。

これぞお城のお庭って感じ。俺の期待を裏切らない。

お城の前にたどり着くと、初老の執事らしき人が俺を待ち構えていて、ぺこりとお辞儀してきた。釣られて俺もお辞儀する。

「お待ちしておりました、アリム様。私めが案内させていただきます」

「よろしくお願いします」

「はい。ではこちらへどうぞ」

お城の見た目は白くて高くて煌《きら》びやか。お庭も優雅だったけれど、中もすごい。大理石の床や柱、ゴージャスなシャンデリアに働いてるメイドさん。素晴らしいとしか言いようがない。中世が舞台なことが多いＲＰＧのマニアの俺としてはもう興奮が止まらない。広すぎて住みたいとは思えないけど。

背筋をピンと伸ばして歩く執事さんの後ろをついて行くと金縁の豪華で大きな扉が現れた。「玉座の間」というらしい。つまりここに国王様がいるわけだ。執事さんはその扉をノックした。

「国王様、アリム・ナリウェイ様がお見えになりました」

「おお、入ってくれ」

扉が内側から開かれる。

体育館くらいはありそうな広い部屋の真ん中にレッドカーペットが敷かれており、その先には幾段かの階段と五つの玉座がある。その真ん中には国王様が杖を持って座っていた。

この部屋には騎士らしき人や使用人も沢山いる。

俺は思わず唾を飲んだ。

「アリムよ、時間通りに来てくれたな。私の前まで来てくれないか」

「は、はい！」

レッドカーペットの真ん中を歩き、国王様の元へ。

セーブして暗号とか出てこないかしらん。メモ帳の用意しておいたほうがよかったかな。はした金で魔王討伐してこいとか言われないよね？　いや、これは現実だからそんなことは決して言われないのはわかってるけどさ。

「よく来てくれたな、アリム」

「本日はお招き、ありがとうございます。大変嬉しく……」

「まてまて、そんなに堅苦しくしなくて良い。もうちょっと肩の力を抜いて」

「わ、わかりました」

そんなこと言われても力なんて抜けるわけないじゃないか。相手は一国の王だよ？　俺の人生で、今まで会話した中で一番すごい人は全世界チェーンのカフェの経営者くらいなんだ。緊張するに決まってる。

「戦い振りは実に見事であった。観客の心も見事に鷲掴《わしづか》みにしていたしな」

「ぼ、ボクにはもったいなきお言葉……」

「アリムにもったいなかったら誰がぴったりなんだ？　まあいい、私はアリムに深く感謝しているのだからな」

「……へ？」

「今日、アリムを他の二人より早く呼んだのは、御礼とお願いをしたかったからなのだ」

俺に御礼とお願い事？　お願い事ならギルマーズさん経由で聞いたであろう鍛冶仕事だと予想できるけど、御礼って何だろ？

「大臣と騎士団長もこちらに来い」

「はい」

「ええ」

横に並んでいた臣下さん達の中から、恰幅が良くてチョビヒゲが目立つ赤色の目をしたおじさんと、鎧を着込みいかにも戦でバリバリ闘ってそうな茶髪のおじさんが国王様の両隣についた。

「見てわかるだろうが、こっちが大臣を務めてくれている言わば私の右腕であるオラフルと、騎士団長のゴルドだ。本当ならあと一人、大司教がいなきゃならないのだが……どうやら教会の方で結婚式の予約があったみたいでな。アリムが今日ここに来ることは想定外だったのだ、すまない」

「え、えーっと……？」

だめだ、全く話が見えてこないぞ。なんで大臣さんと騎士団長さんを呼んだんだ？　そしてなんでお仕事が入ってる大司教さんが俺のために本当ならいなくちゃいけないんだ？

「私たち四人は物心つく前からの仲でな……。おっと、話が長くなってしまいそうだからこの話は置いておくとして本題に入ろう。オラフルの方が私よりアリムに感謝していることだろう。な？」

「ええ、もちろんでございます」

大臣さんは俺の前に来て、なんと、ただの女の子である俺に深く頭を下げた。わからんわからん、この国のナンバー二から頭を下げられるようなことなんて、俺したの？　いつやった？

「アリム殿……娘の命を救っていただき、本当に、本当にありがとうございます。もうなんと感謝を述べたら良いものか」

「む、娘さんですか？　ボクが大臣さんの娘さんを助けたんですか？」

「ええ、本人からはそう聞いておりますな」

明確に命を助けたと言える相手なんて、心当たりが一人しかいない。いや、まさか……まさか……いやいやいや、まさか……。

「ほら、リロも御礼を言いなさいな」

「もう出ていっていいの？　お父様」

「うん、いいから」

柱の陰から知った声がする。そして……貴族の娘のような格好をしたリロさんが飛び出してきた。

そう、リロさんが飛び出してきたんだ、リロさんが。

わけもわからないまま、俺はまた柔らかいもので顔を埋められる。

「アリムちゃん！　会いたかったよーっ！　ぎゅーっ！」

「んご、んごごご!?　んご!?」

「こらリロ！　恩人を窒息させるつもりかね！」

「あっ……ごめんねアリムちゃん」

「ぷはっ！」

なんで、なんでリロさんが。

いや、今までの話の流れからして大臣さんの娘がリロさんだったということはわかる。でもわからないんだ。なんと言えばいいんだろうかこの感覚。

「えっと、えっと……えっと？」

「戸惑ってるアリムちゃんも可愛いっ」

「……アリムよ、御礼を言いたいという理由がわかったか？　ルイン、オルゴ、ミュリも出てくるといい」

柱の陰からぞろぞろと。俺にとっても恩人である人たちが初めて出会ったあの時よりも地位が高そうな格好をして出現した。

パニックですよこれはもう。

「アリムちゃん、また会えましたね！」

「まさかこんな早く会えるとは僕達も思ってなかったよ」

「たったの数日でAランクになって、大会優勝、そして今やSランクだものな、とんでもない」

三人はリロさんと一緒に俺を囲むように近づいてきた。ああ、貴族の格好がよくお似合いで……。

「四人とも身分は隠していたのだったな。リロは大臣の娘、ミュリは大司教の娘、オルゴは騎士団長の息子、そしてルインは私の息子だ」

品がある人たちだなぁ……とは思ってたけど、これは流石に予想外だよ。もうこれ夢なんじゃないかって、いや、そうだとしか思えないよ。

……まてよ、ルインさん、国王様の息子ってことはつまりだよ。

「る、ルインさん……王子様なんですか？」

「うん、第二王子だよ。ごめんね、驚かせるつもりはなかったんだ」

「昨日まではな。正直、今のは驚かせる気満々だった」

王子様……王子様……俺がこの人に抱いた第一印象も王子様……。そのままだったんだね、嗚呼。イケメン王子様って無敵じゃん。道理で国王様に既視感があったわけだ。ルインさんの面影があるからだね。

そんでもって俺は遊ばれてしまったわけだ。なんて盛大なドッキリなんだろう。心臓が飛び出て窒息死するかと思った。あ、それはリロさんによる物理的圧迫のせいか。

「だから会おうとしても会えないかもって、別れた時に言ったのはこういうことだったんだよ」

「すぐに会えたけどな」

「アリムちゃん、相変わらず可愛いです。なんか二週間前より惹きつけられるというか……」

「見てミュリ！　私が買ってあげた髪飾りしてくれてる！　すごく嬉しい！」

「相変わらずほっぺたも柔らかいです！」

ハグにミュリさんまで参加してきた。なんてフレンドリーな貴族の娘さん達なんでしょ。あ、ほっぺたぷにぷに今はしないで……。

「相変わらずだな、ミュリとリロは」

「そうですぞ。ほら、まだ国王様とアリム殿のお話は終わってないから離れて」

「もうちょっとアリムちゃん可愛がりたいよ、お父様」

「後にしなさい！」

「はい……じゃあアリムちゃん、後でね」

「ルインとオルゴとミュリも一旦退いてくれるか？」

「わかりました」

四人は名残惜しそうに俺の元から去っていく。後でまたモミモミクチャクチャされるんだろう。別に構わないけどね。

「申し訳ないアリム殿。……姫様に対してもいつもあのような感じで」

「いえ、別に……あの、なんで王子様含め四人は冒険者に……」

「早い話が社会見学ですな」

「そういうことだ。実は我々も昔は冒険者として活動していたのでな」

あぁん、なるほど。これで全部辻褄《つじつま》があうよ。

世の中ってわからないものだね。こうなると俺が初めて出会った人間が王族な訳だ。なんか面白いな。

ともかく御礼を言いたいって事情はよくわかった。それなら俺も御礼を言わなきゃならない。

「あの、皆さんはボクに御礼を言ってくれますが、ボクの方こそルインさん達に御礼を言わなきゃいけないんです」

「聞いている。どのような状況で出会ったか、記憶のこともな」

「アリム殿にとっては娘を助けてくれたのは恩返しの一環なのかもしれませぬが、愛娘の命を救ってくれたこと、私からすれば感謝してもし切れないのですぞ」

「アイツらの実力不足は恥ずかしいことだが……な。私もだ」

「そういうわけで内容は未定だが今度改めて御礼をしたい、良いな？」

ここまで感謝してくれているのに断るのは逆に悪いだろう。受け取るとしておこう。

「はい、わかりました」

「よーし。では次に……、礼を言ってすぐでなんだが、頼みごとをしたいのだ」

「ええ、ボクにできることならなんなりと」

王様に貢献して認められ、頼られる一般冒険者なんてカッコいいよね。断る理由もないしね。

「ありがとう。では呼ぼう。ティール、カルアを連れてきてくれるか」

「わかりました、お父様」

いつのまにかカーペット横の列に紛れ込んでいた、ルインさんによく似た男の人が玉座の間から出ていった。

だれかを俺に会わせるのが目的なのか。

「今のお方は？」

「私の息子、第一王子のティールだ」

第一王子ってことは次の国王様である可能性が高い。そんでもってルインさんのお兄さんか。やっぱりいい人そうだったな。

やがてティール様は、一人のとっても可愛いふわっとした髪型で金髪碧眼の女の子を連れてきた。ふわふわなドレスに身を包んだその姿はまさに姫。

「アリムよ、たしか年齢は十二歳だったな」

「はい」

「カルアは二ヶ月前に十三歳になったばかりなのだ」

ほほう、つまりどういうことだろう。

国王様が肝心の内容を言う前に、カルア姫が俺の側へティール様と一緒に来た。間近に本物のお姫様……誘拐されたり、勇者に助言をするお姫様だ、本物だ！　いや、お城に来てからそんな感想ばっかりだけど、本物なんだ！　すごい！

「お初にお目にかかります、ルインお兄様からはお話を聞いております。アリム様……ですよね？私はカルア・メフィラドと申します」

「僕はティール・メフィラド、弟から話は聞いてます」

「は、はい、ボクはアリム・ナリウェイです、よろしくです」

カルア姫はスカートの裾を持ってお辞儀をした。俺も真似をしてお辞儀をする。ああ、お人形さんみたいだ。美花や俺とはまた別の可愛さがある。

「それで頼みごとというのはな、カルアと友達になって欲しいのだ、アリム」

「ボクがお友達ですか」

「ああ、カルアは貴族の娘との交流もうまくやっているのだが、なにしろ全員が三歳以上年上か年下かのどちらかなのだ。同年代の友人が一人もいない」

俺がカルア姫のお友達……！

いいのなら、是非友達になりたい。お姫様だからという理由じゃない。この「十二歳の女の子のアリム」にもちゃんとした同年代の友達が欲しいんだ。

なにせ親しい間柄と呼べる人たちが、王子様ら四人衆に、二十代半ばくらいの槍使いのお兄さん、副職で変な趣味を露呈させている宿屋の主人だからね。そう、みんな年上。

ぜひともその話、受けようじゃないか。

「それなら、ボクの方からお願いしたいくらいです！」

「よろしいのですか!?」

「もちろんです！　記憶をなくしてるので、ボクも同年代の友達がいなくって」

「まぁ！」

カルア姫が右手を差し出してきた。俺はそれを両手で握る。するとカルア姫は左手で俺の手を上から覆う。すべすべでちょっと冷たくて触っていて気持ちいい手だ。

「よろしくおねがいします！　アリムちゃんって呼んでもいいですか？」

「もちろんです！　じゃあボクもカルアちゃんって呼んでもいいですか？」

「ええ！　なんなら敬語も失くしてください！」

「じゃあカルアちゃんも」

「ごめんなさい……私はこの口調が癖で」

「それなら仕方ない。改めてよろしくね！」

「はい！」

こういうのは勢いが大事だが、今のやりとりでわかった。俺とカルアちゃんは親友になれる。そんな気がする。

「ウマが合ったようだな、良かった……」

「頼みごととはカルアちゃんと友達になることですか？」

「そうだ。私はとても嬉しい。アリムは今後、好きに城を出入りするといい。身分証となるギルドカードと顔さえ見せればいつでも通すように門兵に伝えておこう」

「よろしいのですが、お父様？」

「なに、アリムならなにも問題がない。記憶が戻らなければ詳しいことはわからないが、育ちに関してても立派なものだ」

「わぁ……！」

し、城に自由に出入りだと!? 育ちに関しては俺の両親に感謝するしかないが、だとしても城を出入りすることになるとは。なんか大変なことになったけど友達ができたからそれでいいのだ。

「カルア、午後三時まであと一時間ある。自室でゆっくりアリムと遊んだらどうだ」

「はい！ 私のお部屋に来てください、アリムちゃん！」

「うん！」

お姫様のお部屋か、気になるな。

俺はカルアちゃんに手を引かれ、玉座の間を出て彼女のお部屋にお邪魔した。一人部屋にしてはとてつもなく広い部屋だ。

カーテンがついた大人が余裕で三人くらい眠れそうなベッドに、ピンクと赤と白を基調とした壁とカーテンと絨毯《じゅうたん》。置いてある家具はどれもこれも最高級か宝級で、とても可愛いデザインで作られている。

お金持ちの女の子のお部屋の究極形ともいうべきかな。いやはや、メルヘンチック。

「すみません、二人で遊べるようなものがあまりなくて……」

「いいよ、たくさんお話しよ！」

「はい！」

俺とカルアちゃんは話をし始めた。紛うことなき美少女同士の煌びやかなガールズトークなんだよ、ふふん。

▼△▼△▼

「もうお時間なのですね……」

「そうだね、悲しいよ……ぷえっ」

「時間が一瞬でした」

「そうだね、ぷにぃ……」

俺はほっぺたを突かれる運命である。カルアちゃんってばもう幸せそうな顔でほっぺたをプニプニプニプニプニ。リロさんから話を聞いて触ってみたかったらしい。そして見事に中毒になってしまったようだ。

「さ、アリムちゃんは今からこの城の応接室へ行き、他の冒険者様とお会いしなければ」

「だね」

そうなのだ、もう三時なのだ。時間が経つの早い、名残惜しくて仕方がないよ。

「しばしの別れです……」

「うん、また後でね」

「あ、応接室へは執事の誰かが案内してくれるはずです。既にこの部屋の前に待機させておりますよ」

「わかった、ありがと！」

悲しいけれど、カルアちゃんの部屋から出た。部屋の前に居たのは玉座の間まで案内してくれた人と案内人だった。それなりの距離を移動して他の冒険者が揃う応接室へたどり着く。

そこにはソファに座って足を組んでいる、ハゲてて怖そうな男の人が一人いた。いや、ハゲじゃなくてスキンヘッドだ。つまりあの人がラハンドさんだ。あ、こっち向いた。

「ん？　オメェは……アリムちゃんって子か」

「は、はい！　アリムです、いろんな人からお話は聞いてます、ラハンドさん」

「おうよ。オレァ、フィストアイアンってパーティの頭やってるラハンドだ。ヨロシクな！　ヒャハ！」

ベロ出して笑ってるし、よく見たら顔に入れ墨もしてるしほんと怖い。事前に良い人だって聞いてなかったらもっと俺は震え上がってた自信あるね。

「やっぱ噂通りの美少女だな」

「あ、ありがとうございます」

「あのクソ堅物のガバイナが珍しく可愛いだなんて言ってただけあるぜ」

やっぱりあの人は見た目通り堅物なんだね。うん、見た目だけならガバイナさんとラハンドさんは正反対だ。

「なぁ、ところでSランクの野郎はまだ来てねぇのか？　全員揃わなきゃ始められねぇって話だが」

「ボクも見てませんね」

ほんとはいい話を一切聞かないから会いたくないんだけどな。

しかしすぐに外から「お待ちしておりました」という声が聞こえ、ドアが開いた。

出てきたのはブヨブヨに太っていて、顔は脂汗まみれ、ニタニタと笑い、指に趣味悪い指輪を大量に付けた男の人だった。服装や装飾品は豪華そうだけれど、髪の毛がゴワゴワしてたり、汗のせいで身体自体がすごく不潔に見える。正直、久しぶりに初対面の人に対して生理的に受け付けないと判断してしまった。

この世界に来てから基本的な顔立ちが綺麗な人としか喋ってこなかったから、なおさら。

いや、まてまて、見た目で人を判断するのは良くないぞアリム。なんか嫌でも普通に接しなければ。

「ふ、ファウストさんですか！　は、初めまして！」

「おん……？　グフォフォフォ、噂通りの美少女じゃないか、抱いてあげようか？　グフォフォフォ！」

「え？」

「まだ十二歳のアリムちゃんだっけ、全然いいじゃないの。君ほどの美人なら年齢なんて関係ないし、むしろ幼いのがいいっていうか？　金ならあげるし将来のSSSランカー様に抱かれてみない？　グフォフォフォ！」

初対面相手にそんなこと言うか普通。どうやら噂通りの人のようだ。

そして関わるのは無理。ロリコンなだけじゃないよ、言動から見た目まで全てが無理だよ。見た目で無理だったのに今の会話でもっと無理になっちゃった。寒気がする。日本にいた頃も、女の子みたいな見た目だった俺にこんな感じの人が度々近づいてきたけど、やーっぱりこういうのは無理だよ。

「冗談じゃないからねぇ、考えておいてねぇ、グフォフォフォ！　ああ、あと居るのは奴隷解放していい気になってるハゲか。そういえばハゲ、お前のパーティメンバーは元奴隷なんだっけ？　自分の奴隷を救って、懐かせて……ある意味タダで手に入れたようなもんだ。メスもいるんだろ？　いいよなぁ、風俗店に行く必要がない！　グフォフォフォフォ！」

「………ッ!!」

ラハンドさんのこめかみの血管が浮き出る。彼はこの汚いおっさんを睨みつけているが、言った本人は全く気にしている様子がない。

俺もこの汚い人とはもう喋りたくもない。周りの兵士さん達もドン引きしてるし。

どうして国の中心といえるお城の中で、王様からお呼ばれされた立場であるのにここまでの態度を同席者に取れるのだろうか。

Sランクとして自分の強さに絶対の自信があるからかな？

「まあ、そんなに睨みつけても逆らうことはできないよねぇ。なにせAランクになったばかりの雑魚とSランクの上位者じゃ実力まるで違うから。ああ、アリムちゃん、なんで俺から離れようとするんだい？　俺が抱くっていってんだから、大人しく抱かれなよぉ……」

次の瞬間、目の前からファウストが煙のように消えた。

それと同時に俺の身体に違和感が走る。その違和感の元である胸のあたりを見てみると、指輪だらけの手がそれを覆っていた。

「ほほぅ……年相応かな。ないわけじゃゃないな」

「えっ」

「グフォフォフォフォフォフォフォ」

「ひ……やっ……」

やだ、も、揉まれてっ……揉まれてる!?

言葉だけじゃなくて人前でこんな行動まで起こすの？　この人が何を考えてるのかさっぱりわからない。

気持ち悪い、気持ち悪いよ。肘打ちでもすれば簡単に離れさせられるんだろうけど、頭に気持ち悪いという感想だけが浮かび上がって身体が言うことを聞いてくれない……。

「おいテメェ！　その子に何してやがる！」

「ハゲは黙ってな。おお、アリムちゃん、抵抗しようとしても無駄だよぉ。俺はねぇ、ある称号の効果で異性のステータスを半減させて、動きも鈍らせることができるんだ……」

なんだ、つまり男に戻ればいいだけか。しかしそんな力を持っているのなら、こんな感じでセクハラやそれ以上のことをたくさんしてきたっていう話はおそらく本当なのだろう。

早速戻ろうとしたその時、ファウストのモニュモニュとした手の動きが破裂音とともに止まった。

「アリムを離しやがれ、テメェ……」

「グフォフォフォ！　自由自在に煙になれる俺には当たってないけどねぇ……殴ったね？　おい兵士ども！　野蛮なハゲをひっ捕らえ……ん？」

どうやらラハンドさんがファウストに向かって殴りかかったみたいだ。スキルか何かの効果で回避されたけど。さらにこの部屋に配備されていた兵士さんたちも剣を抜いてファウストに向けている。

「ひっ捕らえられるのはテメェだとよ」

「先にアリム様に手を出したのは貴様だ、ファウストよ！　そしてラハンド様は暴漢から少女を助けようとしただけ！」

「何を考えている、城の中でこのような行為をするなど！」

まったくもってその通りだ。やはり身体が思うように動かないので、男に戻ってばっちい手を振り払った。そのまま思わずラハンドさんの後ろに隠れる。

「大丈夫かアリム」

「はい……ありがとうございます」

「アリムちゃ……なぜ振り払えたんだ!?」

「おい、執事に呼ばれて来てみれば、何事だ」

外で待機していた執事さんが騒ぎを聞いて呼んでくれたのだろう、オルゴさんのお父さんである騎士団長さんがやってきた。

兵士さん三人がファウストに向かって剣を向け、ラハンドさんが拳を握り、俺がラハンドさんの後ろに隠れている……そんな状況をみておおよそのことを悟ってくれたのか、騎士団長さんは剣を抜いてファウストにその切っ先を向けた。

「その子に何をした？」

「グフォフォフォ、嫌だなぁ騎士団長殿、俺はアリムちゃんにご挨拶を……」

「嘘をつけ。私の部下は挨拶をしているだけの相手に剣を向けたりはしない。ラハンド殿もだ。そして私は今から貴様を拘束し、牢の中に放り込む」

「は？」

ファウストはキョトンとしている。これが日本なら痴漢やセクハラで捕まるんだけどね。この世界でもそんな感じの内容だろうか。

「その子は王子や姫様と深い関わりをもっていてな。何かあったとなれば国王は必ず不快に思う。そしてそのような行為をこの城の中でした。これは立派な不敬にあたる。婦女への暴漢罪も加えたならしばらくは外に出られないだろう」

「しかし食会は……」

「王にお会いするのに不適切な者がいたので排除した。そう説明すれば問題なく始められる」

「グフォフォフォ……いやはや、グフォフォフォ！」

ファウストは後ずさりしながら笑っているが、その笑顔は引きつっている。本当に何がしたかったんだこの人は。俺にエッチなことをするためだけにお城まで来ただなんて考えにくいし。やっぱり言動も行動も意味不明だったよ。

「捕らえろ」

「ハッ！」

兵士さん達は常備しているのか、手枷や縄を取り出してファウストを拘束した。騎士団長さんが強い魔力を放出しながら剣を構え続けているので、流石に抵抗はしなかったようだ。

「……はーっ、久々に胸糞悪い思いしたぜ」

「しまった、兵士を牢まで全員行かせてしまった。すまないラハンド殿、奴が来てから何があったか詳しく教えてくれないか」

「いいですぜ」

ラハンドさんは、俺と自分が言われたことを全て騎士団長さんに話した。

「わざわざ城にまで来て方々を煽るとは怪しすぎるな。警備兵を増やそう。何か狙いがないとも限らない」

「食会はどうなるんですか？」

「無論、このままあの男抜きで続ける。すでに国王にもメッセージでそう伝えてある」

なんか色々心残りはあるけれど、とりあえず食会が始まるなら楽しまなきゃね。別に俺が気にしなくてもお城の方でなんとかしてくれるだろうし。

俺は俺で、ご飯食べながらカルアちゃんとたくさんおしゃべりするのに忙しくなるんだから。

……あ、女の子に戻っておこう。

▼△▼△▼△

「どうにかして食会から退室しろと言ったのはアンタだろう」

メフィラド城の牢屋にて、心身ともに醜い男が小声でボソボソと姿が見えない誰かと話をしていた。

「しかしこうして捕まっては意味ないでしょう。やりすぎです」

「なに、アンタから貰った力で抜け出せばいいのさ、グフォフォフォ！」

安心しきった様子でファウストはニタリと笑みを浮かべる。姿が見えない何者かは明らかにため息をついた。

「最終目的は何かわかってます？　二年前からこの日のために準備してきたのですよ？」

「わかってるよぉ、俺はアンタから力をもらって好き勝手させて貰った。そしてぇ、俺はアンタに協力する。グフォフォ、そういう手筈だ。なに、引きつけ役まで用意してもらったんだ、アンタから貰った力も把握されていない。確実に成功させるさ」

「ええ、お願いしますよ。純粋な王族の女性でないと意味がないのですからね。間違えて王子や背丈の近い赤髪の少女をさらわないように」

「注文通りカルア姫だよね。ねぇ、さらったら使う前に身体を楽しんでもいい？」

「ダメですよ、色欲魔ですかあなたは」

「グフォフォフォフォフォフォフォ、まあ、仕方ないか」

▼△▼△▼

広く長い二十人は座れそうなテーブルに、料理、料理、料理。たくさんの料理が並んでいる。城お抱えの料理人たちが作ったんだ。CランクやAランクの魔物の肉など相当なものを使ってるらしい。あの青舌の煮物もある。

んー、いい匂い。俺はどれだけ食べても太らない体質だけれど、食べること自体は大好きなんだ。目一杯食べちゃおうね。

装飾や盛り付けもきらびやかで、まさに王様との食事会、そう、パーティをこれから行うんだと再確認させてくれる。

ファウストが拘束されてから俺たちはすぐに城の二階のパーティ会場に案内され、中に入ればこの豪勢な光景が目に入ってきたんだ。部屋の入り口付近で立ち止まっていると、国王様が俺たちの元までやってきた。

「アリムとラハンドよ、先程は災難だったようだな。騎士団長から話は聞いている。あいつは最低でも今年いっぱい牢から出られないだろう。また、今回の行動により彼奴《きゃつ》の今までの噂をほとんど事実と決め、冒険者としての地位を剥奪することにした。念のため警備も強化する」

おお、そこまでしてくれるのか。正直安心したよ。それも俺がカルアちゃんとお友達になったからなのかな？　んー、いや、そうじゃなくてもこのくらいはやりそうだね。

あとは何か企んでると想定して警戒してくれていれば問題なさそうだ。

「はは、そんくらいしねーとな」

「すみません、ボクが不覚をとったばっかりに……」

「気にするなアリム。決まりとはいえあのような者を招いてしまったこちらの落ち度だ。謝らなければならない。次回から事前に優勝者の評判を集め、招くかどうか審査できるように法を変えねばな。それはさておき、そろそろ食会を始めよう」

国王様はそういうと、この会場の奥にある高い台の上へ登った。台というより、体育館内にあるような壇《だん》だ。

「……ではこれより、武闘大会優勝者の二名を讃え食会を行う！　皆の者、天に感謝し地に感謝し、神に感謝するのだ。乾杯」

それぞれ乾杯と言いながら持っていたグラスを掲げた。大人の人はお酒が入ってて、俺やカルアちゃんのはぶどうジュースだ。

乾杯が終わるとすぐにカルアちゃんが俺の方へ歩いてくる。

「アリムちゃん、嫌なことされたと聞きました！　だ、大丈夫ですか？」

「うん、大丈夫だよ」

あんなセクハラもう二度とされたくないけどね。気持ち悪いったらありゃしない。もしかしたらカルアちゃんにも手出ししてたかもしれない……お姫様だからそれは流石にありえないかな？

「あ、アリムちゃん、嫌なことされたって聞いたよ⁉」

「私たち、その話を聞いてから心配で……」

「大丈夫ですよ」

リロさんとミュリさんまでやってきた。

そうだ、この二人は美人さんだし、特にリロさんは胸が大きいからあのファウストって人が居たら酷い目に遭わされていたに違いない。お城であんなこと大胆にする人だもの、お姫様ならともかく国の重役の娘なら躊躇はしなかった可能性がある。

「カルア姫は何もなかった？」

「大丈夫ですよ、リロお姉様、ミュリお姉様。私はその方にお会いしておりません」

「よかったぁ！」

「わ！　お姉様、そんなアリムちゃんの前で……むぎゅ……」

カルアちゃんがリロさんに抱きつかれた。

そういえばルインさんがこの二人は自分の妹に対して俺に行ったような可愛がり方してくるんだって言ってたっけ。

まさかその妹がお姫様だとはその時は思ってもみなかったけど……たしかに言ってた通りだ。

「カルア姫もアリムちゃんも可愛いなぁ」

「本当ですね！」

「もぅ、お姉様達ったら。ふふふ」

なんやかんやカルアちゃんも満更ではなさそうだ。なんだか本当の姉妹みたいだね。

「ところで、アリムちゃんはカルア姫とお友達になって、国王様からお城に通っていいと言われたと聞きましたよ」

「ええ、そうですよ」

「それじゃあアリムちゃんと会える機会が増えるね！　四人で遊べたりするかも」

「わぁ！　アリムちゃんとお姉様達と私の四人で！」

女子会か、悪くないな。あの綺麗なお庭の中で紅茶とお菓子をつまみながらドレスみたいなかわいい服を着て優雅に過ごしたり、布団を近づけて恋話したりするの。

「そうですわアリムちゃん！　それでは今日は私の部屋にお泊まりしていきませんか？　そしたら四人で遊ぶ時間もありますし！」

一時間話をするだけじゃ物足りなかったか。カルアちゃんは熱いまなざしで俺のことを見ながらそう提案してきた。たしかに食会が終わったあと、俺がお城にお泊りすることになればお話ももっとできるし、女子会もできる。

「国王様が許してくれるならボクは構わないよ」

「お父様！」

「アリムならば泊めてもなんら問題ない。城の出入りは既に自由なんだ」

「決まりですね！」

カルアちゃんは本当に嬉しそうに満面の笑みを浮かべた。眩しすぎる無邪気な笑顔だ。俺の愛想を振りまく笑顔とは違う。

そしてリロさんとミュリさんも嬉しそうにそわそわしている。今夜はもみくちゃになることを覚悟しておこう。

「一度、お友達を私の部屋に泊めてみたかったのです」

「昔から言ってたよねー」

女の子の部屋にお泊まりだなんて、地球でした事があっただろうか。いや、あるな。美花と中学生に上がる前までに数回だけ。あのときまだ俺は男だったし、美花とは幼馴染だし、事情は色々違うけどね。

「ところでアリムちゃんとカルア姫の二人で一緒に寝るんでしょ？　お風呂は四人で入らない？」

「いいですね、そうしましょう！」

「えっ……あ、はい、ですね」

お風呂の話題が出たとき、一瞬でミュリさんの目が暗くなった。そしてリロさんとミュリさん自身の胸を見比べてため息をつき、カルアちゃんとも見比べて肩を落とした。

あー、そういえば見た感じでミュリさんより五つ年下のカルアちゃんの方が大きいような……。

これぱっかりは個人差があるからね、仕方ないね。

「娘達が仲良くしているのを見るのは微笑ましいですな」

「しかし国王様も思い切るもんだ、たしかにアリムちゃんはいい娘だが、まさかいきなり姫様の部屋に泊めさせるなんて。ちょっとばかし驚きましたぜ」

「たしかにそうかもしれないがな、ラハンドよ。あの娘は我が妻の形見のような子。望むなら好きなことをさせてやりたいと思ったまで――――む？」

「どうかしたんですかい？」

「はて、なんですかなこの魔力は……」

俺たちとはまた別の場所でラハンドさんとお話をしていた国王様と大臣さんが、なにやら黙って天井を見上げた。騎士団長さんも気がついたのか、剣を抜き、見張り兵さん達に呼びかける。

「警戒せよ！　なにかが来るぞ！」

兵士さん達も自分の武器を構えるが、なにがなんだかわかっていない様子。それも仕方ない、違和感を覚えているのは国王様と大臣さんと騎士団長さんの三人だけだ。ラハンドさんも、カルアちゃんも、セインフォースのルインさん達も、ティール様も、もちろん俺もその魔力とやらは感じ取れない。

せっかくの楽しい食会がシーンと静まり返ってしまった。

「微かだがかなり高めの魔力だ」

「魔法が発動したようですぞ!!」

大臣さんがそう叫ぶと同時に、目の前で雷が落ちたような轟音《ごうおん》が鳴り響く。この部屋の窓は全て閃光に照らされ、眩しさに思わず目を瞑ってしまった。さらにまるで雨風に晒されているような冷たい風が吹きつける。

ゆっくりと目を開けると、天井に大きな穴が空いており、そこから巨大な雷がこちらを覗いていた。いや、雷をまとっている鳥の魔物が覗いているというのが正しい。

それにさっきまで天気は晴れだったはずなのに、いつのまにか豪雨に変わっており空には雷雲がたちこめている。

「さっ……サンダーバード……ですと⁉」

「Sランク程度の魔物が我が国の結界を破るなどありえない。いったいどうやって街の中まで入ってきたんだ」

「国王様、アイツ、オレの知ってるサンダーバードとなんか違う気がするんですがね」

「その通りだラハンド、昔、私達はサンダーバードを何匹か倒したことがあるが……」

「あれは普通の個体より三倍は大きいですな」

うまく状況が呑み込めないけど、とりあえずなんか大きいサンダーバードっていうSランクの魔物がやってきて、それが異例の事態だってことでいいんでしょ？

カルアちゃんはパニックになったりしてないかな？

「あ、あ、あれがえ、エスらんくの魔物ですか……。図鑑でしか見たことない……」

「私たちもだよ。で、でもほら、今はお父様達が居るから、ねっ！」

「そうですね、あ、ああ、慌てることはありませんよカルア姫！」

「で、ですが……」

涙目になって身体も震えてる。カルアちゃんだけじゃない、リロさんとミュリさんもだ。よく周りをみれば冒険者や兵士じゃなかったり、Sランクから程遠い人はみんな怯えている。

で、俺はSランクになったばかりなわけだ。だったらここはひとつ、カルアちゃんを安心させようね。

「カルアちゃん、大丈夫。ボクSランクの冒険者だからカルアちゃんを守ってあげられるよ！」

「あ、アリムちゃ………」

「キェエエエエエエエェェ‼」

サンダーバードが大きく鳴いた。その鳴き声は鋭く響き、雷雲も共鳴する。次の瞬間、ここをめがけてピンポイントで空から雷が降ってきた。

それもたった一本なんかではない、まるで槍でも降らせたかのように何本も連続で。

「これはいかん！」

「くっ！」

「きゃーーっ」

「ぐわあああああ！」

テーブルも装飾もご馳走も粉々になり、床は焦げ付き、壁に穴があく。それに落雷の眩しさで踏ん張りが効かなかったのか、多くの人が衝撃で吹き飛ばされていた。俺はなんとか床にしがみつきながらカルアちゃんを庇うことができたが、リロさんとミュリさんは……！

「大丈夫か」

「ふぅ……」

「ルイン！　オルゴ！」

「あ、ありがとうございます！」

よかった、飛ばされた先でリロさんはルインさんに、ミュリさんはオルゴさんに受け止められたようだ。

彼らだけでなく、国王様はカルアちゃんと俺のことを心配そうに見つめながらティール様を庇ってるし、ラハンドさんは近くにいたメイドさんや執事さん数人を、大臣さんと騎士団長さんも落雷からみんなを守っていた。おかげで猛攻だったにもかかわらず大きな怪我をした人は一人も居ないようだ。

「やはり並みのサンダーバードの攻撃ではないな。倒すしかないが、こんな場所で私の魔法を使えばその方が被害が大きくなる。オラフルとゴルドに任せよう」

「了解しましたぞ」

「仰せのままに」

大臣さんと騎士団長さんが立ち上がった。そして大臣さんは鋼色の魔法陣を出現させ、騎士団長さんは両手剣を構えてそれをサンダーバードに向けた。

いよいよ二人とも技を発動させようとしたその時、辺り一面が白い煙に一瞬で覆われる。周りのものが燃えて出てきた煙もあるだろうけど、明らかに不自然なタイミングで視界を遮るほどの濃さの煙が現れたんだ。

「んなっ⁉」

「なんだ！」

しかも技を発動する直前だった二人のうち、大臣さんはなぜか魔法をキャンセルしなきゃいけないほど盛大にすっ転び、騎士団長さんの技は軌道を逸らされサンダーバードには命中しなかった。

騎士団長さんの飛ばした斬撃により屋根が細切れになってばら撒かれる。肩書きに恥じないとんでもない威力だ。もし当たっていたら確実に一撃でサンダーバードを倒せていただろう。

屋根がなくなったこの部屋に大量の雨と切り刻まれた屋根だったものが降りかかってきたが、それでも白い煙は無くなることはなかった。

煙で視界が悪くなってからすぐに今着てるお洋服に対して視界が良くなるエンチャントをつけてなかったらこの一連の流れは見えなかったよ。本当にアイテムマスターは便利だね。

「おいおい、なんも見えねぇぞ⁉」

「これはおそらく魔法ですな」

「サンダーバードのものではあるまい。ではこの場に居る何者かがこれを起こしているというのか」

そういえば煙っぽい感じの技使う人って誰かいなかったっけ。いや、誰かというか、さっきファウストが俺の胸を揉む時に一瞬だけ煙になってたはずだ。なんか企んでいるみたいで怪しかったんだよね。可能性としてはなくはないよ、これ。

「サンダーバードから再び魔力の流れを感じますぞ！」

「警戒しろ、動ける者は戦えぬ者を守れ！」

ゴロゴロと雷鳴が聞こえてくる。もう一回あれがくるのか。カルアちゃんが俺の服の裾を掴んできた。

「あ、アリムちゃんですよね？」

「うん。次の攻撃がくるらしいからボクから離れないでね」

「はいっ」

そうはいったものの、現状、周囲が見える俺があのサンダーバードを倒すべきなんじゃないだろうか。カルアちゃんの側にいてあげながら次来る魔法から守りつつサンダーバードを倒す、こんな芸当できるかな？　でもやらなくちゃ状況はもっと悪くなるだけだ。

とりあえず魔法なら俺の剣で吸収することができるので、ポーチから取り出して片手で持った。もう片方はカルアちゃんの手をしっかりと握る。

次に発動される魔法が終わったなら俺の全魔力を剣に込めて斬撃を飛ばしサンダーバードに深手を負わせればいい。案外いけそうじゃないかな？

「よし、これならいける」

「何か策が？」

「策ってほど深いものじゃないけどね、それでもこの状況を……」

「きゃっ⁉」

「カルアちゃん⁉」

カルアちゃんが小さな悲鳴をあげながら俺の手を引っ張った。

いや違う、カルアちゃんが何かに引っ張られたんだ。

振り返ると肩あたりに何か人の手のようなものがへばりついてるのが見えた。目を凝らしてもっとよく見てみると、それはたくさんの指輪をはめた丸く太い手だった。胴体も腕もなく、お世辞にも綺麗とは言えない手だけがカルアちゃんを掴んでいる。

その手の正体なんて今はとりあえずどうでもいい。魔物が乱入して騒ぎになり、視界も俺以外は悪い状況でカルアちゃんを狙うなんて悪者に決まってる。何が目的かもわからないけど、俺が守らなくちゃ。

手に向かって素早く剣を刺した。

「グ……ギャアアアアアアア!!」

「誰だ！　どうした！」

「どなたの悲鳴ですかな!?」

数本の指が手からこぼれ落ちる。悲鳴も聞こえた。

切った、切っちゃった。誰のかわからないけど人の手を。初めてウサギを殺してしまった時と同じくらいの罪悪感を覚える。でもこうするしかなかったから後悔はしてない。

指を切り取られた手は煙に紛れるように消えていった。

「今の悲鳴と私を引っ張ったものは一体!?」

「それはね」

「キエエエエエエエエエ！」

カルアちゃんの質問に反応したかったけど、先にサンダーバードの魔法が発動してしまった。何本もの雷が部屋内を飛び交い、降り注ぐ。

俺らの方に向かってくる雷は剣で吸収し続けた。計算外のことはあったものの、これなら反撃できそうだ。

「おや、たしかに魔法は放たれたと思ったのですが、何もありませんな？」

「ああ、なんだったんだ？」

大臣さんと国王様の話し声が聞こえた。何もないってことはないだろう、現にこうして俺はまだ雷を吸収し続けているんだ。しかも雷の雨は全然降り止まず、むしろ量が増えていっている。

……あれ、もしかして本当は俺とカルアちゃんだけが狙われているの？

「あっ」

激しくなっていくうちに、ついに雷のうち一本を吸収し損ねてしまった。しかもその行く先にはカルアちゃんの身体がある。このままだと当たってしまう。

防ぎ続けているので剣をそちらに向けるわけにはいかない。となるとカルアちゃんを守る方法は一つ。

「カルアちゃん！　危ない！」

俺は剣を魔法に向けながら漏らした雷を自分の身体で防ぐことにした。

「ぎゃあッ……ガぁ！」

「アリムちゃん、どうしたんですか、アリムちゃん⁉」

い……痛い、顔の半分が熱々の大きな剣山に押し付けられたみたいだ。まさかよりによって顔面に当たってしまうとは。

目が見えない、痛い。特に右目なんて開かなくなっちゃった。頬や口周りも空気が痛いくらいにスースーする。俺でこのダメージなんだ、カルアちゃんに当たってたらどこだろうと致命傷になってたに違いない。

「アリムちゃん！　大丈夫ですか！」

「う……ぐぁ……」

唇が動いてくれなくてうまく声が出ない。でもそのかわり左目はしっかり見えるようになってきた。見る限りじゃ降り注ぐ雷は少なくなっているようだ。

俺はさっきみたいなヘマをしないように気をつけながら魔法の残り全てを吸収しつつ、自分のMPもほぼ全てを剣に与えた。吸収した分の魔力と合わせれば剣の威力が相当なことになっているはずだ。

そういえば騎士団長さんや大臣さんを攻めあぐねさせているこの煙は魔法のはずなのに吸収できなかったな。吸収できてれば俺以外のみんなが視界を奪われるなんて厄介なことにならなかったんだけど……まあいいか。

サンダーバードは雷の雨を降らせた後、空を旋回してこちらの様子を伺っているようだった。あんなの目視して正確な場所を把握しなきゃ攻撃の当てようもない。まるで煙の性質をきちんとわかっているような動き方だ。やっぱり煙を発生させた人物とサンダーバードはグルだって考えたほうがよさそうだね。

じゃあ、もう倒してしまおう。

口が開かないので技名は叫べなかったけど、剣極奥義による斬撃を天高くにいるサンダーバードに向かって放った。どうせ誰にも見えないと高を括って油断していたのかそれは回避されることなく命中する。

　虹帝犬を倒した時と同じ魔核を落としながら、サンダーバードは城の庭に落下した。ふう、とりあえずこれでよし。

「サンダーバードの気配がなくなったぞ！」

「何があったんですか？　前が見えなくて何も分からなかった……」

「煙が晴れていくぞ」

　サンダーバードが倒れたことにより、天候も晴れに戻っていく。日光が射し始めると煙はあっという間に消えていった。日の光が弱点だったのかも。

「国王様、ティール様！　ご無事でございますか！　ルイン様とカルア様もご無事でしたらお返事を！」

「ああ、私は平気だ」

「僕もお父様のおかげでなんとか」

「僕たち四人も無事です！」

　カルアちゃんは無事だってわかってるし、そうか、一番重要な王家の人たちはみんな大丈夫だったんだね。よかった。

「ぐっぁ……うぅっ……」

　安心したら顔半分が死ぬほど痛いことに気がついた。きっとさっきまではアドレナリンが出てたんだ。見えなくなった目ってポーションで治るかな？

「あ……アリムちゃん？」

「んぐ……」

「ひっ⁉」

俺の顔を覗き込んだカルアちゃんが後ずさりした。あ、そうか、顔の半分焼けてるからかなりグロい感じになってるんだ。気になるけど鏡は覗きたくないな。

「なぜカルアとアリムが居たところだけ酷く床が抉れているのだ。二人とも怪我はないか！」

国王様が大臣さんと騎士団長さんを連れてこっちに駆け寄ってきた。それに合わせてルインさんやティール様も心配そうにしながらやってくる。

たしかに国王様のいう通り、ここだけ他の場所と比べて猛攻撃が仕掛けられたのがわかるくらい酷い有様だ。防ぎきれなかったのは俺の顔を焼いたものだけじゃなかったんだね。これは剣に改良の余地があるな。

「お、お父様……アリムちゃんが、アリムちゃんのお顔が……」

「そうか、この惨状からカルアをずっと守ってくれたのはアリムだったのだな。どれ、顔を見せてくれ」

国王様は俺の顔を覗き込んできた。思い切り顔をしかめる。そしてすぐにその場でへたり込んでいる執事やメイドさん達に呼びかけ始めた。

「傷が残ってはまずい。グレートポーションかマスターポーションを持ってこい！　大至急だ！」

そういえばポーチの中に余りのグレートポーションまだ入ってたっけ。それなら国王様に用意してもらうことはないや。

グレートポーションは外傷なら身体に振りかけることでも効果がある。頭から自分にかけてみた。みるみるうちに痛みが引いてゆく。

「ああ、自分でポーションを持っていたのか」

「あー、あー……んんんー……」

ちゃんと声が出る。目も見えるようになってきた。となると火傷も消えてるはずだ。

「ね、どうかなカルアちゃん。ボクの顔元に戻った？」

「は、はい！　戻ってます、戻ってますよっ……」

カルアちゃんは涙ぐみながらそう言った。満を持して手鏡で自分の顔をみる。たしかにちゃんといつも通りだ。ポーションってやっぱりすごいね。

「ごめんなさいアリムちゃん、私ずっと守ってもらっていたのですね。そのせいでアリムちゃんが……」

「別にいいよ、こうして治ったし」

「アリムちゃん……っ。ごめんなさいっ」

カルアちゃんが泣きながら抱きついてきたので、抱きしめ返す。年齢的にカルアちゃんの方が一つお姉さんなのに俺の方が年上みたいだ。いや、ほんとは十六歳だしこれで普通か。

「一体何があったんだ、カルアとアリムの周りで」

「実はですね」

サンダーバードが現れてから何があったのかを全て話した。俺が斬り飛ばした指も発見され、場は騒然となる。まあ当然だね、指が落ちてるなんて気持ち悪いし。

話し終える頃には国王様の顔はいかにも莫大な怒りを覚えたような表情を浮かべ、口調は冷静だけれどブチ切れてるのがよくわかった。

「そうか、つまりは何者かがカルアの誘拐を企てていたということだな。サンダーバードも召喚魔法か何かで呼び寄せたのだろう」

「アリム殿がカルア姫を守って下さらなかったらどうなっていたことか」

「騎士団長であるこの俺がこの場にいながら、少女に何もかも負担させてしまうなどなんと情けないことだ……」

兵士さんたちが指を回収し、布に乗せてこちらに持ってきた。国王様達がそれを確認するけどどうやら見覚えがないようだ。でも、ラハンドさんがそれを見た時に反応を示した。

「これは……」

「ラハンド殿、見覚えがあるのですかな?」

「ああ……多分、こいつはファウストの奴の指じゃねぇかと」

「なに⁉」

「奴をラハンド殿と共に縛り上げた兵士もこの場にいるよな？　こっち来てくれ」

「はっ！」

騎士団長さんの呼びかけで、俺がセクハラされた時にラハンドさんと一緒に剣や槍をセクハラ魔

に向かって構えた兵士さん二人がその指を見た。そして二人とも、たしかにファウストの指と指輪だと証言した。

また、今頃牢屋の番をしていた兵士さん達が慌てた様子でやってきて、食会会場の惨状にパニックになりながらもファウストがなんらかの方法で牢から逃げたことを報告してきた。

「……ご苦労」

「これで決まりですな」

「しかし、一体どうやって牢から抜け出したんだ？　魔封じも施していたというのに」

俺が指を斬った時は手だけが空中に浮いており、体があるべき場所は煙に包まれていた。そして煙は魔法じゃなかったようで、俺の剣で吸収できなかった。となると魔法とは別に身体を煙化させることができたんじゃないだろうか。

スキルは不思議だ。元地球人であった俺からしたら魔法にしか見えないのに、飛ばしてる斬撃なんかも魔法ではないということになってるし。魔法に頼らず身体を煙にするスキルがあったとしてもなにもおかしいことはない。

この考察を国王様達に報告してみた。

「なるほどな、アリムの話が本当ならば納得がいく。オラフルは元SSランクの魔法使いだ。故に大体の魔法は感知できるが、煙についてはさっぱりだった」

「あんな気持ち悪い奴だったが、やっぱ腐ってもSランクか……。もう煙になって逃げちまってるだろうな」

この部屋の屋根は吹っ飛んじゃってるし、煙なら逃げようと思えばどこからでも逃げられるでしょう。サンダーバードを俺が倒した時点で多分逃げてるねこれは。

「なぜカルアの誘拐を目的としていたのかは分からぬが、許しておけん。何としても探し出せ！今すぐ指名手配書も作成するのだ！　絶対に逃すな！」

当たり前だけど食会はお開きになった。そういえば一口もお料理食べてないや。ぷくー。

▼△▼△▼

「あ、アリムちゃん。ごめんなさい、本当にごめんなさい」

食会がお開きになってから色々と慌ただしかった。騎士団長さんと兵士さん達は大慌てでファウスト捜索の準備をし、メイドさん達はお部屋の片付けを始めた。国王様は怒りで震えながら大臣さんと一緒に全体の指揮をとり、ティール様とルインさんはそれのお手伝いをしている。

もう夜も近いのに、まるで今から大きな戦闘でもするんじゃないかという勢いだったよ。お姫様が誘拐されそうになるっていう一大事だったし仕方ないか。

ラハンドさんは明日からお城でファウスト捜しのお手伝いをすると言って今日は帰っていった。

俺は予定通りカルアちゃんのお部屋に泊まる事になってる。でも肝心のカルアちゃんが騒動から一時間も経つというのにまだ謝ってきてるんだ。

「別に謝らなくていいよ、ほら、ボクどこも怪我してないじゃない」

「でも、でもアリムちゃんの綺麗なお顔が、お顔が……」

もしかしたらトラウマになったのかな。不用意に顔をみせたりしなきゃよかった。

「大丈夫だって、ね！　カルアちゃんは何も悪くないよ」

「で、でもアリムちゃん、私の部屋に戻るまでプクーってほっぺた思い切り膨らませて不機嫌そうでしたし……。それも無性に可愛らしかったですが」

「確かに不機嫌だったかも。だってお料理一口も食べてないもん」

楽しみにしていたことが台無しだよ。そういえばラハンドさんもろくに食べられてないんじゃないかな。食会のやり直しとかしないかな。でももう流石にやらないだろうな。

「そうだったのですか」

「うん、食べるの好きなんだ」

「ほ、本当にそれ以外で怒ってませんか？　あんなことになってたのに」

「鏡見てないから自分の顔がどうだったかわからないし気にしてないよ。強いて言うならカルアちゃんを誘拐しようとして食会をめちゃくちゃにしたファウストに怒ってるよ！」

ぷくーっともう一度頬を膨らませてみせた。そしたらカルアちゃんはクスリと笑ってくれる。昔から俺の怒ってる顔は特に可愛いと言われるんだ。解せぬ。

「ふふ、アリムちゃんみたいなステキな子とお友達になれて嬉しいです、私」

そう言って微笑んだカルアちゃんから発せられるお姫様オーラが凄まじい。俺は地球で美花や妹の桜《さくら》ちゃん、俺の母さんや美花の母さんまでたくさんの美人が身近に居たけれど、カルアちゃんは今まで見てきた美人系統のどこにも属してない。

ふーむ、本当に俺はお姫様と友達になったんだな……。

「そう？　ならよかったよ」

「では料理長に頼んで、軽いお夕食を作り直してもらいましょうか。私も飲み物しか飲んでないんです。お腹すきました！」

「そだね！」

そのあとは料理人さん達にスープとパンを用意してもらってそれを食べ、手伝えることがなくなったらしいミュリさんとリロさんも合流して四人でお風呂に入った。やっぱりミュリさんよりカルアちゃんの方が大きかった。

お風呂から上がったあと、カルアちゃんのお部屋で四人でおしゃべりをした。会話の途中で何度も二人は俺の怪我のことを心配し、妹のような存在であるカルアちゃんを助けたことに対してお礼を言ってきた。夜の十一時を回ったところで解散した。

俺はカルアちゃんと一緒の布団に潜り込む。

女の子と添い寝なんて美花以外としたことないぞ。俺自体が今女の子だからやましい気持ちは驚くくらい湧いてこないけどね。

「おやすみなさい、アリムちゃん」

「うん、おやすみカルアちゃん」

気がつけば俺より先にカルアちゃんが寝てしまい、無意識のうちに俺に抱きついてきていた。でも俺もそれが気にならないくらい眠気が襲ってきてるんだ。疲れからかもしれない。

ささっとファウストが見つかればいいな。そして、新しくできた友達といっしょにのんびり平穏な生活を送るんだ……。

▼△▼△▼

「おやぁ……カルア姫が居ないではないですかファウストさん」

「し、仕方ないだろ。あのガキが煙の中でも動けるなんて知らなかったんだ！　ほ、ほらそんなことより指を切られちまった……頼む、直してくれよ、アンタならできるだろッ？」

とある森の中。

仮面をかぶった男にファウストは指のない片手を押さえながら泣きついていた。しかし男は彼を心配する様子もなく、懐から一枚の紙を取り出した。

「この契約者に書かれた俺と貴方の契約内容、忘れたわけではありませんよね？」

「あ、ああ！　だが仕方なかったんだよぉ、い、イレギュラーってやつだ！　失敗したのは俺のせいじゃねぇよぅ」

「ほう、本当に貴方に原因は少しもなく……全てアリムという少女のせいだというのですねぇ」

そう言うと、仮面の男の身体が煙となった。彼の下半身にしがみついていたファウストは転んでしまう。ファウストより十メートルほど離れたところに仮面の男は実体を現した。

「貴方には俺の煙を操るスキルをお貸ししました。それと同時に俺達が保有している魔物をあてがい、貴方のレベル上げもお手伝いしました」

「グフォフォ、あ、アンタには感謝してるんだ。アンタのおかげで奴隷商だった俺はラストマンの野郎に捕まることなく冒険者としてやり直すことができ、Sランクになることもできた」

「ええ、かなり好き勝手できましたよね？　この二年間」

ファウストは汗を大量にかきつつ醜い笑みを浮かべながら仮面の男に再び躙《にじ》り寄る。しかし男は十メートルという距離を保ったまま避けるように後退していった。

「そして今日の作戦さえ成功すれば、貴方は俺達の一員となり、もっと好き勝手できる手筈でしたねぇ」

「そうだ、だからチャンスをくれよ！　今度こそ成功して……」

「もう無理なのはわかってますから。うちの予言者がそう答えを出しました。それに俺達のアイテムも貸し、俺が貴方に渡した能力と相性のいい魔物を協力させた上でこの結果ですよ？　予言なんかなくても貴方は……」

仮面の男は契約書を両手でピンと張るように持った。このまま左右の手を動かせば契約書が破れることは一目瞭然。ファウストはその様子を見て彼に向かって叫んだ。

「や、やめてくれ！　アンタが契約書を破ったら俺は……俺は……！」

「実はねぇ、ファウストさん。貴方がアリムという娘に手を出して牢屋に入れられた時から成功しないことはわかっていたのですよ」

「な、なんで……」

「貴方には二通りの未来があった。一つはおとなしく食会に参加しサンダーバードの被害にあうフりをしてカルア姫を攫《さら》い、成功する。もう一つは……現状ですね。欲をかかなければよかったものを」

「あ……ああ、ああああ……ああ！」

仮面の男は紙に少しだけ力を込めた。ほんの数ミリだけ契約書が裂ける。その様子をファウストは目から涙を滝のように流し、膝を地面につけて見つめていた。

この暗い森の中、ファウストの恐怖による震えと歯ぎしりの音だけが響いている。

「契約破棄となれば貴方は死亡します。ご存知ですよね？」

「…………やめてくれぇ」

「やめてほしいですか？　ではお一つお聞かせ下さい」

「な、なんだ……なんでもする、言ってくれ！」

「アリムという娘は赤髪でしたか？」

「ぐ、グフォフォフォフォ！　リンゴのように真っ赤な髪だったよ」

「そうですか、まあ、それだけ聞ければ良しとしましょう。ではさようなら」

「え、やめてくれるんじゃ……ぐぼぉぉあがあああああああ！」

仮面の男は契約書を破ると煙となって消えていった。

ファウストの全身から猛烈な勢いで血が吹き出した。その吹き出す血に押し出され、目や歯が辺りに散らばってゆく。

翌日、ファウストの捜索をしていたメフィラド王国の部隊によって彼の亡骸は発見された。

エピローグ

修学旅行が終わり、もう四日が過ぎた。

今日は土日の休み明けであり、私は一人で寂しく登校している。毎日一緒に登校している幼馴染の有夢《あゆむ》に置いてかれてしまったのがとってもショックで正直その足取りは重いとしか言えない。

でもそれもまあ、仕方ないと思う。有夢が大好きで大好きで大好きなゲームシリーズ、『ドラグナーストーリー』の最新作が今日やっと二年ぶりに発売されるんだから。

有夢のＲＰＧへの熱意は本当にすごい。何がすごいってゲームのために一週間くらい徹夜することもあるし、最初の村でレベルをカンストさせるだなんてことも普通にやる。更に自分がゲームをやり込んでる様子をネットで動画配信までしてる。その動画を観てる人からは『レベル上げの鬼』なんて言われてるみたい。忍耐力をもっと別のことに使えばいいのに。

とはいっても普段は私を置いてったりなんてしないし、ゲーム好きなんて今に始まったことじゃないからちょっとお小言を言って埋め合わせしてもらえれば許しちゃおう。

【ちょっと、置いていかないでよ】

さっそく連絡をしてみた。わざと顔文字も絵文字もつけないことで怒ってる感じを出してみる。

……有夢とは本当に長い長い付き合い。うちの真隣に二歳の頃に引っ越してきた。幼稚園も小学校も中学校も一緒。中高大一貫校だから高校生になっても一緒だったし、おそらくこのままいけば大学も一緒。

　そんな昔からの幼馴染だなんて誰かに話すと付き合ってるんじゃないかってよく言われる。でもお互いお付き合いはしていない。本当のことを言うと私は有夢のことが死ぬほど大好きで、できることなら一生側にいたい。小さい頃にした冗談半分の「結婚しようね」なんて言葉もずっと、鮮明に記憶の中に残ってる。

　そして有夢は本当に優しい。小学生の頃なんて私をかばって大きな怪我をして、今でも腕のその傷跡が消えてなくて。でもそのことは全然気にしてない風でいて。だから好きなのかな。

　有夢と私は幼馴染で、現状は大親友なの。そして有夢は相当浮き足立ってないと大親友をおいて行ったりなんてしない。今日はその浮き足立ってる日ね。

　今回みたいな場合は大抵、罰としてコーヒー奢ってもらったりしてる。有夢はお金持ってなくはないくせに財布の紐が硬いからこれがとても堪えるの。だからそろそろ返信がくるはず。

　……普段は財布の紐は堅いけど私とか翔とか、特に仲がいい人に対しての誕生日プレゼントとかは惜しまず高いものを買ってくれたりする。

【ごめん、この埋め合わせはいつかする！】

　予想通り返信が来た。お、自分からそう言うか。じゃあどうしてやろうかしら。いつものでいいかな。

【そう？　じゃあ今週末にお買い物でも付き合ってもらおうかな。女性もののお洋服屋さんに、一

緒にね】

【……もちろん、美花の服を買うんだよね？】

【違うよ。あ、ちなみに支払いも】

有夢は女の子みたいな見た目をしてる。声も仕草も女の子そのもので、ちょっと身長が高めの女の子だって初めて見た人は思うはず。むしろ私くらいずっと一緒にいないと男である部分を探す方が難しくって、手先が器用だからお菓子や人形なんかも作れるし、ゲームに熱中すること以外は本当に女子力の塊なの。

そして女の子としてモテる。有夢は男だから当然のように女の子からもラブレターはくるけれど、対比して同性から来るラブレターの方が多い。ただ有夢の恋愛対象はちゃんと異性だからいつも下駄箱を開けるたびに複雑な顔してるけどね。

そんな有夢だからこそ私はずっと女装をさせてきた。誕生日プレゼントにホットパンツ着せたり、特に脈略もなく私のお下がりのスカートをプレゼントしたり、ニーソを履かせるのなんてほぼ毎日のこと。

これを小さい頃から続けてたから女物の服を着ることにはなんの抵抗もなくなってるし、私と二人で出かける時も女の子みたいな格好してる。

つまりは女装させるのを罰ゲームにすればお互いに実質0ダメージなわけよ。うん、私の目の保養にもなるし。

【どうかそれ以外で！】

しまった、支払いも自己負担だなんて言わなきゃよかった。これじゃあコーヒー奢るより高くつくじゃない。一言余計だったわね。

となると別のこと考えなきゃなぁ。一日ゲーム禁止は死んじゃうだろうし、丸一日私とデートするなんてどうかな？　いや、悪くないけどこれもゲームを阻害することになるから嫌がるかも。

じゃあ私のほっぺにキスしてもらう……とか。えへへー、どうしようかなー。

「おい、なんだこの騒ぎは！」

有夢への罰ゲームを考えてたらもう学校の近くまで来ていた。でもなんだか慌ただしい。人混みがボロアパートの下にできていて、何台か救急車なども停まってる。

サラリーマンのようなおじさんが叫んでたから私も気になって近づいてみた。

「何があったんだ？」

「そこの高校の生徒が事故にあったらしい」

「ええ⁉　あそこの学校の生徒ってことは、未来背負う若者の代表だろうに、そりゃあ災難だね……」

「なんでも今にも死にそうだからこの場で応急処置してるんだそうだ」

そうなんだ。これは学校内で大きな事件になりそうね。

………。

いや、まさか有夢だなんてことはないわよね？　まさかあの有夢が事故に遭うなんてことはないはずよ、いくらなんでも！

私はよく勘が当たるとか言われるし実際そうだけど、今日に限っては外れてるはず！

「被害者の子ってどんな子なんだろうね」

「それがほら、ここら辺の住人ならあんたも知ってるはずだ。とても可愛い女の子なのに、何故か男子用の制服きてるっていうあの……」

「まさかあの娘かい⁉」

嘘でしょ？　それどう考えても有夢じゃない、どこを探したってここら辺じゃそんなの有夢くらいしかいないわよ。やだ……待って、さっき死にそうって話してたわよね？　やだ、やだやだやだやだやだ……！

そうよ、どんな容態か見ればいいのよ。輸血が必要なら私はO型だから有夢に血をあげられるし。

私は人混みをかき分けて救急車まで向かった。慌ただしく人が動いてるのがわかる。有夢を助けようとしてくれてるんだ。

あと少しで有夢にたどり着く寸前で警備をしていた人に私は止められた。

「君、これ以上は……！」

「あ、あの、有夢が死にそうってほんとですか⁉」

「たしかに患者はそういう名前だったな。君はあの娘のクラスメイトかい？」

「幼馴染です！　あの、私、有夢のためなら何でもします、何だってします、何でもやります！もし血が必要なら私はO型なのでいくらでも持ってってもらって構いません！　それとも皮膚ですか、内臓ですか。何を渡しても構わないの、だからお願い、有夢を、有夢を助けて！」

「そんなに慌てないで、冷静に。君の幼馴染は今、治療中だからね。そして……ん、どうしたんです？」

有夢を治療してくれていたであろう人が救急車の中から現れ、私の側までやってきた。おかしい、治療してたはずの人たちがゾロゾロと項垂れて外に出てくる。

私の側までやってきた人が、申し訳なさそうな目で私の顔を見てる。

「話は聞こえていました、幼馴染だと」

「あゆ…むは……どうなりました？　わ、私、あゆむが助かるならそれ……で……」

「……力及ばず、本当に申し訳ございませんでした」

「え、嘘、嘘ですよね？」

首が横に振られた。

私の中で何かが切れたように、プッツンと音を立てる。

「いや……いや………っ」

「あ、君！」

気がつけば私は救急車の中に入っていた。

有夢が横たわっている。頭には血だらけのガーゼやタオルがあって頭に傷があることがわかる。

それ以外の外傷は見えない。

綺麗だった顔が真っ赤に染まっている。

目が開いてない、体が動いてない、呼吸してない。

応急処置をしてたのだろうけど、有夢の流血が止まる気配はない。ずっと、ずっと流れてる。

「あ……ゆ……む……？」

　これは現実なんだろうか。これが絶望なのだろうか。これは本当に有夢なんだろうか。ううん、有夢なのよ、だってカバンに小さい頃私がプレゼントしたキーホルダーがついてる……ついてるよ……。

「あゆむ、お願い返事して、あゆ……む、あゆむ、ねぇ、返事してお願い！　お願いだから！　返事してよ！　ねぇ、ねぇってば、ねぇっ……!!」

　返事がない。有夢は……。

「あ、あ、あああ、あ、ゆ、む、あ、あ、あああ、ああああ、ああ――――――――」

▼△▼△▼

　あれからどのくらい経っただろうか？　私の大好きだった人が死んで。今日は久々に学校に行く。毎日毎日、泣いて泣いて泣き明かして。……ご飯もほとんど喉を通らなくて、たくさんの人に迷惑かけて。

今は学校に向かってる。だって、有夢の弟の叶君や、おじさん、おばさん、もう一人の大親友だった翔だって悲しいはずなのに、私だけ絶望していられないから。それに毎日翔が説得しに来てくれた。叶君も心配して来てくれたし、妹の桜も目が見えてないのに私のこと優先させて……だから私が学校に行ってみんなが安心するなら、行かなきゃならないの。何より有夢に合わせる顔がなくなっちゃう。


後悔してることは死ぬほど沢山ある。

あの日、私も十分早く出ればよかった。

もっと優しくすればよかった。

告白、修学旅行中にしとけばよかった。

いや、もっと早くに。

もっと……もっと……。

もっと、好きだよって、大好きなんだよって、伝えて、伝えておけば……っ……よかった……。

でも、こんな風に私だけがクヨクヨしてても何にもならない。前を向かなきゃ。

でも、でも、最後にこれだけは……。

私はスマホの有夢との個別チャットの……最後のコメントの下にこう書き込む。

【じゃあ告白させてください。ずっと、ずっと好きでした。大好きでした。今までありがとう有夢、大好き】

送信ボタンを押す。

もう、向こうに相手はいないけど、有夢が見てくれる。そんな気がするから。

ただね。これを登校中に書いたのがいけなかったのかな。

私は有夢のことと、目の前のスマホのことで頭がいっぱいで。周りのことなんて何も見てなかった。

だから歩道に突っ込む大型トラックに気づかなかった。

ドゴン……っていう鈍い音。

それが私の、最期に聞いた音。

番外編

傷跡

「あゆむー！　こっちこっち！」

「おせーぞ有夢」

「えへへ、ごめーん」

小学五年生の夏休み明け。

俺は校内で美花と翔と待ち合わせをしていた。

「今日掃除当番だったの忘れててさ」

「なら仕方ねーな」

「ほら早く遊びに行こ！」

美花がニコニコしながらそう言う。俺達は三人、あるいはもう何人かを混ぜてよく遊んでる。お陰で一日のゲームする時間が二時間くらい減ってるけど、でも、一緒に遊んではしゃいでる美花が可愛くてつい付き合っちゃうんだ。

「今日は何して遊ぶんだ？」

「ゲーム……あ、うちで三人でゲームなんてどう？」

「お前、ＲＰＧ以外ド下手くそだろ。美花は逆にうますぎて俺じゃ相手にならねーし」

う、翔の言う通りだ。

そりゃ俺はＲＰＧは大人にも負けない自信があるよ。この間なんてゲーム会社も発見してないバグをたくさん見つけてそれぞれ何百回も検証した上でそのデータを会社に渡したらオリジナルグッズもらっちゃったし。

　でも格闘ゲームやレースゲームは心が折れるほど下手くそなの。一番弱いＡＩにすら勝てた試しがない。

「そもそも一昨日もゲームだったでしょ？　今日は別のことしようよ。例えば有夢着せ替えごっことか！」

「そ、それはいっつも俺の目のやり場がなぁ……」

「なによ、同じ男でしょー？」

「じゃあ何でこいつだけ男子とも女子とも更衣室が別なんだよ」

「あはは……」

　着せ替えごっこは嫌じゃないし可愛い服も好きだけど、それは俺と美花二人だけならの話。翔だけじゃなくて男子みんな俺が目の前で着替えたらそうなるんだ。まあ翔は他の子より耐性ついてきてるけど。

「じゃあ翔はなにがいいと思うの？」

「筋トレか柔道」

「却下ね。普通に散歩でもしない？　学校周辺の建物って案外知らないでしょ？」

「ま、思いつかねーしそうするか。有夢は？」

「俺もそれでいいと思う」

　そんなわけで俺達は学校周辺を歩き回ることにした。ここら辺は全て同じ系列の学園が経営する、幼稚園から小学校、中学校、高校、大学までが密集してる。幼稚園から入ってずっとエスカレーター式とかいうシステムらしい。

だからうちの小学校は他のとことだいぶ違うらしいし、このまま順調にいけば大学卒業まで美花と翔とずっと一緒ということになる。なんか偉い人の子供や特別頭のいい子ばっかりが通ってる学校らしいけど、あんまり実感わかないや。

なんにせよこの先十何年もお世話になる地域だから、学校周辺を知っておくと便利だよね。

「途中でうちのカフェ見つけたらまた無料券あるからカフェオレでも飲もうよ！」

「いいのか美花。いつも悪いな」

「お父さんが毎日沢山くれるんだもん、遠慮しないでね」

「さすが経営者さん、相変わらず太っ腹だねぇ」

俺達は小学校から出て街を歩き始めた。中学校までの距離は半キロも離れてないように思える。

一番最初に俺達はそこで足を止めた。

「再来年はここに来るんだよな、俺達」

「お勉強きつくなるらしいわね」

「ゲームする時間減るのかなぁ」

「俺は勉強の心配より、部活だな、部活！」

「やっぱり柔道部よね？」

「あたりめーよ！」

部活はたしか入らなくてもいいんだったかな？　ゲーム部なんてあっても俺のゲームする時間が減るし入らないだろうな。

まだ中学校では授業中っぽかったので俺達はその場から退散した。次に高校を目指すことにした。

その間にたくさんの楽しそうなお店があり、高校生になってバイトできるようになったらお買い物したいね、なんて言い合ったりした。

美花のお父さんが経営してるカフェもしっかりとあった。ここら辺はとても多くて、一キロごとに一軒は見かける。最近じゃ全国チェーンってのになって、今は全世界を目指してるらしい。だから美花はお金持ちだったりする。

さっそく美花に甘いカフェオレ三杯を頼んでもらってそれを飲んだ。どの店でもあまり味は変わらない、ただ、とっても美味しい。

「有夢っていつも美味そうに飯食ったりするよな」

「美味しいもの食べてると嬉しいじゃん」

「そう、じゃあそのうち私がお料理食べさせたりしたら、それも美味しく食べてくれるのかな？」

「美味しかったらね」

よくクッキーとかお互いに作って交換したりしてるからわかる。美花の作るお菓子はお母さんに手伝ってもらってるとはいえとても美味しい。お料理もきっととても美味しいはずだ。

カフェオレを飲み終わってからそのまままっすぐ歩き、高校の近くまで来た。ここまで来るのは久しぶりかな、いや、初めてかもしれない。

「なにここ気味が悪い……私、そのうちここですごーく悪いこと起きる気がする」

「お前の勘は当たるから、そう言われると途端に怖いな」

「うん、本当に怖い。大切な何かを失くしちゃうような、そんな感じがするの」

高校の近くにこんなボロアパートがあるなんて知らなかった。何の変哲も無いボロアパートだし、俺達以外の通行人は何食わぬ顔をして素通りしてくから何の問題もないとは思うんだけど。

翔の言う通り、美花の勘はとても当たるから俺たちにとっては怖いね。

「ここで立ち止まってても何にもならねーだろ。先行こうぜ」

「あ、うん！　そだね」

「そうしようそうしよう」

俺たちはボロアパートから離れようとした。その時、地面が前後左右に激しく揺さぶられ始めた。

「きゃっ!?」

「地震か……！」

十秒ほどで地震は止まる。大きいってわけじゃないけど、それなりに強い揺れだった。

「ふぅ、親父から教えてもらったが今のが余震ってやつの場合もあるらしい。あぶねーから今日は帰ろうぜ」

「そ、そうだね」

「怖かったぁ」

俺達は高校まで歩くのをやめ、ボロアパート前でUターンして帰ろうとした。その時、上の方から破裂音がする。

思わずそちらの方を見てみると、アパート最上階の窓ガラスが割れ、その破片が俺たちに向かって降ってきていた。俺と翔はギリギリ回避できるだろうけど、美花には思いっきり刺さってしまう、そんな距離。気がつけば俺の体は考えるより先に動いていた。

「危ない美花！」

「え？」

俺は美花に飛びついて抱きしめうずくまり、降ってくるガラスから幼馴染を守るように手を当てた。飛びついたことにより丁度よく大半の破片は当たることすらなかった。

「うぐっ……」

「あ、あゆむっ!!」

でも、大きな破片が一つ俺の腕に深々と刺さった。俺の腕は細いから少しだけ貫通しているのがみえる。でもまあ、痛いっていうより美花が怪我しなくて良かったたって思うのが先かな。いや、痛いものは死ぬほど痛いけど。

「いっ…………」

「お、おい有夢、美花、大丈夫か!?」

「ど、どどどど、どうしよう翔、有夢が……有夢がっ……うわ、うわあああああん」

「な、泣かないで美花……」

「だっで、あゆむが、あゆむがぁ……！」

「お、俺、高校まで行って大人の人呼んでくる！」

あ、やばい。美花が怪我しなくて安心したら痛みが……血もどくどく流れてるし……もうダメ……かも。

▼△▼△▼

「いっ……はっ！」

思わず上半身を起こした。あたりはレースのカーテンで覆われており、隣でカルアちゃんが俺の腕に抱きつきながらスヤスヤと眠っている。

やけにリアルな夢だった。まるで追体験してるみたい。

夢を通して見た昔の記憶か、懐かしい……あれからボロアパートの前を通るたびにちょっと怖かったんだよね。

あ、そういえば花瓶が落ちてきたのもあのアパートからじゃん。美花の勘の通りになったんだ。

結局、ガラスが貫通するほど深く刺さってできた傷は何十針も縫ったし、直すのに長い時間がかかった。それに、死ぬまで傷跡は残ってた。今はもうないけど。

そういえば今日も顔を焼かれて、ポーションがなかったら傷残ってたよね。俺って誰かをかばうと残るような傷ができるんだね。

居ても立ってもいられなくなるから誰かをかばうな、なんて無理な話だからこれからは用心するしかないな。

「翔……美花……」

もう会えないとわかってると、尚更会いたくなる。

ふぅ、カルアちゃんの横でくよくよするのもよくないよ。もし起こしたら心配されちゃう。

もう一回寝よう、そうしよう。

あとがき

お初にお目にかかりまする。私、Ｓｓ侍と申す者で候。

一先ず、此度は本作を手にとっていただき誠に有難う御座います。

本作、『Levelmaker』は貴方様にとってどのような作品だったでしょうか。今この文章をお読み下さっている、貴方様のお時間等を割いた分だけ……いや、それ以上に楽しんで頂けましたか？　もしそうであるならば心の底より嬉しい限りでございます。

書き手である私にとって本作は何から何まで初めてのことだらけです。積もる思いは多くありますが端的に表せばまるで初孫のようなもの。ですから主人公のアリムも孫みたいなものです。

そういう理由もあり、張り切って、元あるＷｅｂ版より一から書き直しました。既知の方は比較してみるのもまたオツなものかと思います。

そして、なにより私には感謝すべき方がたくさんおります。

Ｗｅｂ版からずっとお読み下さっている皆々様、家族や友人を始めとした周りで応援と支援をして下さった皆々様、非常に可愛いイラストを手掛けて下さった.suke様、話を持ちかけて下さったＴＯブックス様、初心である私の多くの注文や質問を受けて下さった担当者様、そして本作を読んで下さっている皆々様に、深く感謝を述べたいと思います。

本当に、本当に有難う御座います。

そして次巻、並びに今後もどうかよろしくお願い致します。

Levelmaker―レベル上げで充実、異世界生活―

2019年1月1日　第1刷発行

著　者　Ss侍

発行者　本田武市

編集協力　株式会社MARCOT

発行所　TOブックス
〒150-0045
東京都渋谷区神泉町18-8　松濤ハイツ2F
TEL 03-6452-5766(編集)
　　0120-933-772(営業フリーダイヤル)
FAX 050-3156-0508
ホームページ　http://www.tobooks.jp
メール　info@tobooks.jp

印刷・製本　中央精版印刷株式会社

ISBN978-4-86472-759-4